延迟浪漫
05:20

+ 关注

万千星辰不如你的眉眼
看一眼我就沦陷

人世间有万盏灯火
唯有你是我心之所向

520   1314   9.9万

魅丽文化　花火工作室

魔安 著

天津出版传媒集团

天津人民出版社

图书在版编目（ＣＩＰ）数据

延迟浪漫 / 魔安著. —— 天津：天津人民出版社，
2023.12
ISBN 978-7-201-19949-8

Ⅰ．①延… Ⅱ．①魔… Ⅲ．①长篇小说－中国－当代
Ⅳ．① I247.5

中国国家版本馆 CIP 数据核字 (2023) 第 209059 号

延迟浪漫
YANCHI LANGMAN

出　　版	天津人民出版社
出 版 人	刘　庆
地　　址	天津市和平区西康路 35 号
邮政编码	300051
邮购电话	（022）23332469
电子信箱	reader@tjrmcbs.com

责任编辑	赵子源
特约编辑	艾璐璐
封面设计	刘芳英

印　　刷	湖南天闻新华印务有限公司
经　　销	新华书店
开　　本	880 毫米×1230 毫米 1/32
印　　张	9.5
字　　数	282 千字
版次印次	2023 年 12 月第 1 版 2023 年 12 月第 1 次印刷
定　　价	46.80 元

目录

C
O
N
T
E
N
T
S

目 录

CONTENTS

第一章
路梨与迟忧宴
♥

梅赛德斯－奔驰文化中心，时尚圈六大顶级品牌之一的 C 牌今年罕见地将秀场移到中国，定在了这里。

文化中心外潮人会聚，摄影师更是众多，穿着打扮风格各异的潮人们等着去门口那个印有巨大 C 牌商标的背板前合影。他们即便没有拿到秀场的入场券，也要来秀场外跟 C 牌的商标合影一张，回去发到微博上，以证明自己是时尚的弄潮儿。

文化中心内，一位模特随着音乐节拍在 T 台上走动，坐在 T 台两边嘉宾席上的人很多,有时尚杂志主编、影视明星以及不少名媛和贵妇。时尚圈向来势利,受到邀请的嘉宾依照各自的身份和地位被安排座位,越是重要的客人,其座位的位置越好。

路梨坐在第一排,她举起手机,拍下模特身上那件她认为还不错的套装。她拍好照片后,放下手机,撩了撩头发,继续认真看秀。

她在看秀,对面的摄影师则在看她。

路梨左手边坐的是一位知名女演员,她是C牌的全球代言人,右手边坐的是当红明星,C牌的大中华区品牌大使,两人无论是气质还是外表都很出众,在美女如云的娱乐圈皆是佼佼者,否则也混不到如今这个地位。

路梨坐在两人中间,却丝毫不输她们,不仅不输,甚至隐隐还有压过的架势,美貌压过与她同龄的女明星,气势压过大她一轮的知名女演员。

摄影师拍下三人同框照,看着照片里黯然失色的女明星们,颇为感慨。

大秀临近尾声时,模特们排着队出来谢幕,设计师也走上台来向所有观众挥手致谢,现场一片掌声,C牌的大秀正式结束。

大秀结束之后,大家忙着合影,路梨没有要跟别人合影的念头,也婉拒了几个想跟她合照的明星,起身离场,助理千永正在场外等她。

千永恭敬地接过路梨手里的手包:"太太。"

路梨看了一眼仿佛永远一个表情的千永,"嗯"了一声,然后说:"我把照片发到你微信上了,我觉得那几套衣服还不错。"

千永点头:"好的,届时会直接送到您的衣帽间。"

秀场上的衣服除了一些限定款外基本能直接出售,当各路明星的公关还在为艺人跟大牌借一件衣服而百般周旋时,有的人在秀场上看上了,觉得不错,大秀一结束便直接买下来,不用考虑价格。

司机把车开过来,千永为路梨打开车门,等她坐进去之后,他才坐到副驾驶座上。

劳斯莱斯车内空间宽敞,路梨靠在椅背上玩手机,千永从后视镜里看了看她,说:"太太。"

路梨一直盯着手机屏幕，没抬头："嗯。"

千永："今晚迟先生会回来，他让我提前跟您说一声。"

路梨依旧盯着手机："哦。"

她的语气极为平淡，仿佛千永口中的那个"迟先生"不是她已经在国外出差三个月的丈夫。

千永汇报完，把视线从后视镜上收回来，盯着前方的马路。

路梨终于编辑好微博，点击发送后，她才放下手机，准备等一会儿评论多一点儿后再看。

对了，刚才千永跟她说什么来着？

迟忱宴今晚要回来。

路梨想到自己三个月未归家的丈夫，撇了撇嘴。

他出国三个月，这一回来，她又要花几天时间陪他去迟家见长辈，这也就意味着，这种宛如丧夫般、每天吃吃喝喝买买逛逛的日子要中止了。

昨天朋友还给她发微信消息，说迟忱宴一走就是几个月，心真够大的，竟然不担心她红杏出墙。

路梨对此嗤之以鼻，从迟忱宴把千永一个大男人安排给她当助理开始，她就知道他对她非常放心。虽说千永是他的人，但毕竟是个男人，让一个男人每天寸步不离地跟着自己娇滴滴的老婆，一般男人干不出这种事。

千永是迟忱宴主动派给她的，工资不用她付，所以不用白不用，毕竟千永是从迟忱宴手底下出来的助理，工作能力还是十分有保障的。

再说了，虽说一般男人干不出这种事，可是迟忱宴不是一般的男人，跟她也不是普通的夫妻。

今年是迟忱宴和路梨结婚的第二个年头。

三年前，一场轰动娱乐圈和金融界的世纪婚礼拉开了路家和迟家的联姻帷幕。

路梨生在 G 市，父亲路恒荣是赫赫有名的地产大鳄，母亲则是当年红极一时的影星，出演了不少经典角色，嫁给路恒荣后便息影，从此淡出娱乐圈，同年她生下了女儿路梨。

母亲的缘故，路梨是在记者的镜头下长大的：她一岁生日时，家里举办生日派对，记者爬到树上偷拍；她三岁上幼儿园时，记者又爬到幼儿园的树上偷拍；后来，她再长大一点儿，母亲便索性公开了接她放学的照片，照片中的女孩遗传了母亲美丽的容貌，惊艳了众人。

路梨的母亲是她父亲的第三任妻子，她上面还有两个同父异母的哥哥。路梨从小就知道，继承家业是哥哥们的事，她只需要享受着大小姐这个身份带来的一切，然后等年龄一到，听从家里的安排，嫁个门当户对的公子，从娇小姐变成阔太太。

这并没有什么不好，豪门大小姐寻死觅活地反抗家族联姻，为了真爱抗争到底的桥段只会出现在偶像剧里，路梨觉得跟谁结婚都一样，无非就是换个地方过日子。G 市中，跟她同龄的少爷们不少，大家即使不认识彼此，也都基本上听过对方的名字，她无论嫁给谁，生活圈子还是那样，并不会变。

她没想到父亲和哥哥的路子会那么野，她这一嫁，竟然跨越了大半个国家，嫁到了经济文化中心 S 市。

她这一嫁轰动了整个 G 市，所有人震惊之余，纷纷感叹路家人有手段、有野心。

G 市之前一直是自成一派，近些年来，越来越多的企业不得不外迁求发展，但直接联姻的，路家还是头一个。

路家的联姻对象是迟家，迟家在财富榜上名列前茅，旗下的盛景集团包括金融、娱乐、科技等多个板块，其中盛景科技近些年发展迅速，已经成为盛景集团的核心板块，由迟家独子迟忱宴掌管。

迟忱宴就是路梨的联姻对象。

迟家很低调，社交网站上找不到这位迟公子的照片。最美千金远嫁 S 市，G 市无数人扼腕叹息，直到媒体公布两人在 S 市拍的结婚照。新娘的美丽大家已是熟知，第一次公开露面的新郎也没有让人失望，结婚照中两人郎才女貌，很是登对，除了宣誓后双方接吻时一脸不情愿，可以说是天作之合。

地下车库里豪车云集，一辆劳斯莱斯平稳地停下。

千永先下车，为路梨打开车门。

路梨回过神，下了车，上电梯。

这是一套位于市中心的公寓，在第六十二层，顶层复式的设计，总面积约有五百二十平方米。三年前这套房被路恒荣以高昂的价格购下，作为女儿路梨的陪嫁礼物，后来成为路梨和迟忧宴的婚房。

路梨自结婚后便一直住在这里，迟忧宴除了出差和回迟家，也住在这里。

千永把她送到门口后便离开了，路梨上了二楼的卧室，把包扔到床上，然后坐到床边，背靠床头，捞起旁边的偶像抱枕。

房屋设计者似乎十分洞悉人性，考虑到豪门夫妻的生活习惯，将二楼设计成了两间卧室，共用中间的淋浴间和衣帽间，当中间的门打开时，两间卧室便相通，关上门时，则是两个相互独立而私密的空间。

路梨和迟忧宴各自睡一间卧室，中间的门一般是关上的。

路梨在心里一直把这两间卧室分别叫作"男寝"和"女寝"。

现在路梨正躺在"女寝"的床上，抱着她的偶像抱枕，刷着微博。

路梨的微博粉丝不多，只有九十几万，毕竟她不是娱乐明星，不过都是活跃粉丝，她刚才发了一张自己看秀时的照片，点赞很快破万。

她大学一毕业就结婚了，结婚后也没做什么事，她过的是标准的阔太太生活。有天她闲着无聊注册了微博账号，本来是为了追星，被粉丝发现后她就删掉了追星日常，重新注册了一个追星小号，在大号上她主要分享穿搭和日常。

路梨扫了一眼评论，发现在一众夸赞中有一条不一样的点评："迟忧宴不是今天生日吗，路梨怎么还去看秀呀？两人的感情也太差了吧。"

路梨疑惑地看着这条评论，她疑惑的不是对方评价他们感情太差了，而是迟忧宴的生日在今天这件事。

今天是迟忧宴的生日吗？怎么没有人告诉她？

迟忧宴的生日是哪天来着？

路梨在网上搜了一下，原来今天是迟忧宴的公历生日。

迟家比较传统，长辈一直过的都是农历生日，他家对公历生日看得没有那么重，所以今天她身边也没人提起。

路梨放下心，继续刷微博。

刚才的那条评论已经被顶了起来，下面有很多回复——

"上面的朋友是不是对我们著名的'塑料夫妻'（貌合神离的夫妻）有什么误解？老公过生日哪有看秀重要。"

"家族联姻嘛，我现在还记得去年两个人在 T 大学捐赠仪式上离得十万八千里，那一副我们不熟的样子，三十张照片没有一张看起来像两口子，哈哈哈哈！"

"对对对！还有那张结婚照，我的妈呀，我第一次看到那么尴尬的新郎新娘接吻。"

"上次不是还有记者拍到迟忧宴陪路梨回 G 市探亲，他们两个竟然一人乘坐一架私人飞机！"

"一人一架……有钱人真的好浪费啊……"

"呜呜呜呜，可惜了两人的外形这么搭，要是感情好一点儿该多好呀。"

"这对真夫妻愣是不发一点儿糖。"

…………

路梨看到这里，撇了撇嘴角。

迟家低调，迟忧宴很少在公众面前露面，她嫁过来后也想低调一点儿，但架不住公众的好奇心，自婚礼上那张相互嫌弃的接吻照流出后，他俩的感情状况一直是公众关注以及八卦的焦点。

夫妻两人唯一一次一起公开露面，是在去年 T 大学的捐赠仪式上。

T 大学是迟忧宴的母校，他为母校设立了一个基金会。盛会当天，夫妻二人全程零互动零交流，最后合影时一个站在左边一个站在右边，中间隔着一众 T 大学领导。捐赠仪式现场流出的照片有很多，然而就是没有一张里的路梨和迟忧宴看起来像两口子，况且还是结婚一年的两口子。

后来，无论是迟忧宴单独接受访谈，还是路梨在社交网站上晒日常，两人都十分默契地不提及对方。迟忧宴在访谈中不知道路梨最喜欢的颜色、最爱吃的水果，路梨的微博日常中也不见迟忧宴的踪影。

两人私底下回双方父母家时也被拍到过几次，他们一前一后走着，用好一点的词来形容就是貌合神离，用直白一点的话来形容就是相看两生厌。

微博上曾经有人发起"最甜蜜情侣档、夫妻档"的投票，火爆一时。

最近又有博主搞了个"最塑料夫妻"的投票，入围的一共有四对夫妻，除了路梨和迟忧宴，另外三对都是绯闻满天飞的夫妻，然而鲜少露面的路梨和迟忧宴竟然打败其余三对夫妻，夺得了第一名。

在公众眼里，他俩的感情还不如那些绯闻满天飞的夫妻。

路梨那时正在微博上用小号给她的偶像留言，听闻自己和迟忧宴当选头号"塑料夫妻"，内心十分平静，甚至觉得颇有道理。

那些绯闻满天飞的夫妻起码还真心爱过彼此，她和迟忧宴又没有爱过对方，这个第一名他们当之无愧。

其实，路梨觉得这样下去也很不错，反正这种不是丧偶胜似丧偶的阔太太日子她过得十分舒坦，她妈千方百计地嫁入路家为的是什么，还不就是为了过上这种生活。

可惜迟忧宴只出差了三个月，今天就回来了。

路梨想到这里，心里有点儿烦，因为他回来之后，她就要陪他去见迟家长辈。

路梨不知道那些长辈有什么好见的，全世界都知道她跟迟忧宴两人貌合神离，迟家长辈怎么可能不知道，就不能不让她去吗？

"可能这就是迟家要装点的面子吧。"路梨想，"两个人再不和也没关系，该一起出席某些场合的时候，他们就必须要在一起。"

她轻轻叹了口气，拿起手机，又返回到刚才评论区的那个话题。

网友都在感慨他们结婚三年，明明郎才女貌，但就是不甜蜜，一时间众说纷纭——

"除了婚礼上，他们私底下接过吻吗？"

"出席捐赠仪式都相隔十万八千里，那平时会有肢体接触吗？"

"他们平时住在一起吗？"

"他们知道对方的名字怎么写吗？"

"他们有对方的微信号和手机号吗？"

…………

关于他们夫妻感情的猜测越来越多，从两人有没有牵过手一直猜到有没有对方的微信号，路梨看着那些评论，无语了。

路梨拉下脸，鼓了鼓腮，决定不看这些乱七八糟的评论，直接切换到小号。

她小号的名字叫"梨子味小仙女"，这是她的专属追星号。

路梨追星比较"博爱"，主要是因为她少女时期真情实感地追了某个歌星，买他的专辑、看他的演唱会，还给他送礼物，她以为自己喜欢的是个励志的歌手，谁知后来这个歌星被爆出情感不忠的丑闻，路梨看到新闻后如遭晴天霹雳，消沉了好一阵。之后她还是追星，只不过从专一变成了"博爱"。

从新人组合到新晋演员，再到高颜值歌手，只要她看得上眼的，全都是她的偶像。只要她喜欢的人多，那么他们就伤不到她。

路梨点开自己的追星小号，因为她出手大方，她的小号也有不少人关注，每天都有人来向她推荐自家偶像。路梨一边看着私信，一边刷着主页上其他人的美照，不时点个赞。

她刷了一会儿微博，竟然发现首页上有人在申请开通"迟忱宴"超话（微博的一项功能，"超级话题"的简称）。

路梨看着"迟忱宴"三个字，在心里缓缓打出一个问号。迟忱宴，是她知道的那个迟忱宴，路梨的老公迟忱宴吗？

超话已经开通了，路梨点进去，超话最上面有简介：迟忱宴，盛景集团董事，盛景科技总裁。

路梨："还真是。"

迟忱宴这男人是要背着她准备出道吗？他明明连微博都没有，现在竟然有超话了？

路梨往下翻了翻，超话刚开通，粉丝都比较激动，然而他们发来发去都是那几张照片——迟忱宴和路梨婚礼上的合影（裁掉了路梨），迟忱宴出席 T 大学捐赠仪式的留影，还有迟忱宴接受访谈的照片。

路梨看到照片，顿时了然。

迟忱宴当然不准备出道，人也很低调，然而耐不住他长了张迷惑人心的脸。虽说他鲜少露面，然而仅有的几张照片张张都很优质，修都找不到地方修，再加上迟家独子、盛景科技总裁这些光环加持，有喜欢他的粉丝也很正常。

路梨感慨，要不是这男人第一次公开露面就是在婚礼上，老婆又美又有钱，一般人比不上，他的粉丝只会更多。

路梨看着迟忱宴超话里仅有的几张照片，颇为遗憾。

可惜迟大总裁每天忙着工作，不可能出道，否则就凭这张脸、这身材，要是能出道的话，她一定支持。

路梨从迟忱宴超话退出去，玩了会儿手机，李嫂来敲了敲房门，说晚饭做好了，先生已经回来了，正在楼下等她。

路梨"哦"了一声，翻身下床，下了楼。

客厅里，迟忱宴正坐在沙发上，电脑放在膝上，手指在键盘上不停地敲着，忙着工作。

路梨撇了撇嘴。

迟忱宴听到路梨下楼的声音，最后在电脑键盘上敲了敲，然后合上电脑，看向路梨，打了声招呼："路梨。"

路梨点了下头："嗯。"

一时无话。

迟忱宴又开口："吃饭吧。"

路梨："好。"

晚餐的菜色很丰富，两个人面对面坐着，餐厅里只有碗筷碰撞时发出的轻微响声。

路梨用筷子戳了戳碗里的米饭。

她并不经常跟迟忱宴一起吃饭，尤其是像现在这样两人单独吃饭。迟忱宴每天忙着工作，她忙着看秀逛街追星，两个人都有各自的事情，像两条不会相交的平行线。

路梨觉得气氛着实尴尬，便找了个话头："你知道吗？我看到你有超话了。"

迟忱宴一时间没反应过来，茫然地问："超话是什么？"

路梨扯了扯嘴角，懒得解释，说："没什么。"

迟忱宴点点头，也没兴趣多问，继续吃饭。

路梨受母亲影响，为了保持身材，晚餐一般吃得很少。她很快吃完了，看着饭碗发呆。她浑身充斥着跟迟忱宴不是生活在一个世界的无力感。

虽说她并不在意这种丧偶式婚姻，但是当这个"偶"出现在她面前时，她还是会觉得无聊。

如果能有如胶似漆的伴侣，谁愿意面对这个面和心不和的老公，哪个被娇养长大的女孩子不想被自己的老公亲亲抱抱举高高呢？

路梨想象了一下自己被迟忧宴亲亲抱抱举高高的样子，忍不住打了个哆嗦。算了，太恐怖了。甜甜的恋爱注定不属于利益至上的联姻，她跟迟忧宴根本就不是一类人。

路梨跟迟忧宴第一次见面，两人似乎就确定了，他们都不是对方的理想伴侣人选。

他不喜欢她这种从一出生就等待嫁人，没有自己主见的大小姐。她也不喜欢他这种每天只知道工作，没有半点儿生活情趣的男人。如果不是因为联姻，两个人在别的地方相遇，绝对不会多看对方一眼。

据说当初联姻时，两家长辈还给两人算了八字，算命先生激动得拍大腿，说自己从业以来从来没有见过这么契合的八字，两人是天造地设的一对，由此两家坚定了联姻的决心。

路梨现在一想起来，还是忍不住在心里咒骂当年的那个算命先生。

"骗子，江湖骗子。天造地设的一对？天杀的一对还差不多。"

她上辈子一定是跟那个算命先生有仇，这辈子他才算出她跟迟忧宴八字相合。

迟忧宴发现路梨吃完了饭就盯着碗，也不知道在想什么，脸上的表情十分丰富。

路梨察觉到迟忧宴在看她，于是抬起头，放下碗筷。

迟忧宴收回视线。

路梨上楼回卧室。

迟忧宴的房间设有书房，他晚上有时候会在书房看书和工作；路梨的房间配的是健身间，里面有一些健身器材。

时间不早了，路梨做完两套瑜伽，便去浴室洗漱。

迟忧宴在书房看完文件，来到衣帽间，挑了件自己的睡衣，然后看到属于路梨的那些衣柜里似乎又多了不少衣服。路梨爱看秀，看中了就直接买下来，衣柜里一大半是她的衣服。

迟忧宴拎着睡衣去浴室，刚好碰到路梨穿着睡衣出来。

两人交换了一个眼神，路梨便去了属于迟忧宴的那间"男寝"。

三个月没见了，路梨盘腿坐在迟忧宴的床上，一边玩手机一边等他。

淋浴间里，温热的水柱打在头顶上，迟忱宴抹了一把脸上的水。

他今天看到三个月未见的路梨，才恍惚记起来他们竟然已经结婚快三年了。

他和路梨婚前只见过一面，彼此都明白对方不是自己理想中的另一半，然而他们还是为了家族利益牵手走进了婚姻殿堂。

路家和迟家想要合作，但两家人互相都不熟悉，所以他们的这段婚姻就是联系两家利益的主线，稳定了两家的心。

三年来，路家和迟家合作得不错，路氏地产成功打入了S市市场，迟家盛景集团的在S市之外的市场也逐渐繁荣，双方都达到了目的，而这段当初用来维稳的联姻已经从必不可少的主线，逐渐变成了可有可无的存在。

迟忱宴想起路梨跟他面对面吃饭时心不在焉的样子。三年了，他们的感情从未有过进展，仿佛他们这辈子都不会来电。

这次归家前，他收到了岳父，也就是路梨的爸爸路恒荣发来的邮件。

路梨是路恒荣的老来女，并且就这么一个女儿，从小就很受宠爱，虽然路恒荣当年让女儿联姻，但并不是随便挑的女婿，迟忱宴从家世、学历到外形都很优秀，他原本想着让两人先结婚，婚后再慢慢培养感情，只是他没有想到联姻三年，女儿跟女婿还是不来电，两人感情不和的传闻甚至传到了G市。

路恒荣的邮件是试探，意思就是他们一直这样，长辈看着也担心，三年已经够长了，用不着将就一辈子，不如两家商量一下，两人好聚好散，以后还是朋友。

迟忱宴当时正坐在飞机上，看着岳父在邮件里说让他跟路梨过不下去就好聚好散时，心里的感觉很微妙。

这是路梨跟父母联系时透露的想法，再由父母转述给他吗？

于是迟忱宴回了一封邮件，说他尊重路家的选择，同时让助理提前联系好离婚律师。

对于这段乏善可陈的婚姻，如果路家先选择结束，他当然不会勉强。

"男寝"里，路梨觉得迟忱宴今天洗澡的时间格外长。她都开始打哈欠了，迟忱宴才从浴室里出来。

迟忱宴看到坐在床上打哈欠的路梨，心里一直想着"好聚好散"四个字。

他刚才不应该跟她交换眼神的，既然他俩要离婚了，他觉得再发生亲密关系不太好。于是迟忱宴坐到床头，半天没有动作。

路梨翻了个身，不解地看向迟忱宴。这是怎么回事？三个月没见，迟忱宴怎么表现得跟以前不太一样？

路梨还记得以前迟忱宴出差两个多月，回来之后很热情。今天为什么这么淡然？

迟忱宴闻到路梨身上的身体乳的香气，很好闻。他不敢保证再这么下去自己能把持住。

迟忱宴深吸了一口气，说："今晚我去那边睡吧。"

"那边"当然指的是路梨平常睡的房间，他不好让已经上床的路梨回去，便说自己过去。

路梨怎么可能听不懂这话的意思，她有些蒙。

三个月没见，迟忱宴现在竟然对她一点儿意思都没有，还要分开睡。

路梨认为自己跟迟忱宴在这方面还算有些默契，他们本就是夫妻，他若是有生理上的需求，她不会拒绝他。而她不拒绝，他就不能在外面找别人，他对她的要求也是如此。

因此，迟忱宴的拒绝让路梨产生了怀疑，她突然想起之前在一个情感博主的微博里看到的话："一个正常男人如果在家里表现得'不饿'，那他多半是在外面……"

迟忱宴是个正常的男人，所以不可能整整三个月了还这么冷淡。

路梨想到这里，一个激灵直起身，紧蹙着眉问："你是不是在外面'吃饱'了？"

面对路梨突如其来的质问，迟忱宴有些意外。

路梨很少在他面前表露自己的情绪，两人也从未发生过争执，彼此相敬如宾，所以结婚三年了，他对她的印象一直停留在从出生便等着嫁人的大小姐，他不知她除了买衣服鞋包以外还有什么爱好，也不知道她真实的性格。

迟忱宴轻轻挑了下眉，她问他是不是在外面"吃饱"了，是他理解的那个意思吗？还是字面意思？

毕竟路小姐从小上国际学校，接受的是西式教育，英文说得比中文溜，有时候不了解中文的多层含义也是有可能的。

路梨见迟忱宴竟然一直不回答她，放在身侧的手逐渐紧握成拳。她心中的念头转了千百回，最后落在了"离婚"上。

别的她都无所谓，唯独这种事不能忍。

就在这时，迟忱宴开口了："我午餐在飞机上吃的，味道一般，至于晚餐……"

他用眼神示意："和你一起吃的。"

路梨觉得这男人是在跟她打太极，简直是此地无银三百两，她拉下脸，说："你觉得我问的是这个吗？"

迟忱宴闻言，微微松了一口气。不知道为什么，他竟有点儿想笑。她果真是另一层意思，所以她竟然会担心他是不是在外面拈花惹草了。不过他也知道这种担心不是因为感情，她对他没有感情，而是因为如果他有外遇的事情一旦传出去，她的面子会挂不住。

路梨觉得迟忱宴是揣着明白装糊涂，气哼哼地准备下床。她已经想好了，立马就给家里打电话，说这日子过不下去了，然后派人搜集迟忱宴出轨的证据，最后离婚，让他净身出户。

只是她忘了两人签了婚前协议，协议由两家的律师团共同拟定，一旦离婚，你的还是你的，我的还是我的，不会有任何财产纠纷。

路梨的脚尖刚要碰到床旁的拖鞋，迟忱宴终于回过神，他伸手抓住她，顺便把她的拖鞋踢到一边。

脚尖捞个空，路梨抬眼瞪人。

迟忱宴这才认真回答她的问题："没有在外面'吃'过。"所以更不存在什么已经"吃饱"。

路梨似乎不太相信："真的？"

迟忱宴："你不信的话，我可以证明一下。"即使已经到了离婚的地步，在离婚之前，她既然主动表达了需求，他便没有理由拒绝。

路梨："这……"

迟忱宴把她的拖鞋踢开了，显然是不想让她离开。

迟忱宴上了床。

事实证明，迟忱宴没有骗她，他用实际行动证明了他很"饿"，他"饿"了整整三个月。

这让路梨有些招架不住，不过毕竟是自己先起的头，又不好意思赖账，然后就觉得自己跟迟忱宴唯一一个合适的地方似乎也不合适了。

翌日，天光大亮。

路梨也不知道自己睡了多久，从枕头下面掏出手机时，屏幕上的时钟数字显示的是"11"。

她身边没人，迟忱宴早就起床上班去了。

路梨龇牙咧嘴地撑着身子从床上爬起来，觉得浑身上下哪儿都不舒服，她趿着拖鞋去洗漱，一个小时后，洗漱打扮完毕，才勉强恢复精力。

李嫂已经把午饭做好了，路梨坐在餐桌前，一边啃小排骨，一边看手机。

微信有几条未读消息，千永说昨天她在秀场上看上的衣服已经送到她的衣帽间并且已经摆好了，然后是乔佳一让她下午出去，说有大事要宣布。

乔佳一是路梨嫁到S市后认识的朋友，乔家是做旅游生意的，路梨跟她偶然认识后，发现双方都是看起来一本正经，私底下却喜欢追星。因为有共同的兴趣爱好，两人的互动越来越多，关系越来越亲密，很快便成了好朋友。

路梨给乔佳一回复了个"OK"，又随手往下翻了翻，突然发现还有一条一直被自己忽略了的消息。

发消息的人是她爸的秘书，问她跟迟忱宴最近相处得怎么样。

秘书关心这个做什么？路梨不太理解，又看这条消息是两天前发来的，便懒得回复。她吃完饭便去衣帽间挑选昨天在秀场上看上的衣服，然后就准备出门。

市中心新开的一家甜品店，在角落的卡座里，女人喋喋不休地宣泄着自己的愤怒。

路梨用吸管搅着杯子里的西瓜汁，听着对面乔佳一愤怒的辱骂，不时点头"嗯"一声。

乔佳一骂的是昨晚被爆出隐婚生子的那个男艺人，她追星比路梨更加真情实感，所以现在非常愤怒，路梨对她的遭遇表示同情。

其实以她们的身份和地位，想要接触娱乐圈的明星并不是什么难事，但是追星的乐趣在于与偶像的那种距离感，所以两人很少会主动接触明星打听八卦，然而弊端就是明明事先跟圈内人打听一下就能"避雷"的，结果她们因为想要与明星保持距离而没有打听内幕，导致现在"塌房"了。

路梨继续安慰她："没事，实在不行咱就换。"

乔佳一说累了，拿起吸管，一口气吸下半杯柠檬茶。

她这才顺了口气，看向对面追星多到不怕"塌房"的路梨，突然想到了什么，换了个话题："迟忧宴出差回来了？我昨天听别人提了一句。"

路梨撇了撇嘴："嗯。"

乔佳一摇头叹气："说实话，我一直觉得你跟迟忧宴的婚姻肯定维持不了三个月，没想到你们在一起三个月又三个月，现在都三年了，牛！"说到这里，她还竖起了一根大拇指。"而且我发现你们还挺默契的，说不定可以携手一辈子，比那些刚结婚时如胶似漆、没两年就离婚了的人强！"

路梨搅西瓜汁的动作顿了一下，这话她怎么听起来那么别扭。

她看着对面的乔佳一："你今天找我出来不是要宣布大事吗？就是宣布你喜欢的明星隐婚了？"

乔佳一这才想起今天约路梨出来的主要目的，她往路梨面前凑了点儿，神神秘秘地说："不是。"

路梨："那是什么事？"

乔佳一不好意思地笑了一下，跟刚才愤怒的样子判若两人。

她瞅了瞅陷入丧偶式婚姻的路梨，同情对方之余，深吸了一口气，最终还是开口："我……我交男朋友了。"

路梨张了张嘴，一脸惊讶。她看着一脸娇羞的乔佳一，默默吐出一个脏字。

乔佳一带着三分歉疚三分诚恳四分同情，说："梨子，对不起，是我对不起你。"

路梨撂下吸管，整个人往后一仰，靠在沙发靠背上。她绝望地看了一眼对面的乔佳一。敢情对方把她叫出来，要宣布的大事不是那个男明星隐婚了，而是她结束单身了？

路梨清楚地知道乔佳一结束单身意味着什么。

乔佳一结束单身了，以后她出去玩，第一位候选人只会是她的男朋友，而不再是她。

乔佳一要开始谈甜甜的恋爱了，而她只能跟自己的老公继续将就着。这里不是 G 市，以前她和一群大小姐玩在一起，在 S 市，乔佳一是她唯一的朋友。

乔佳一表情悲怆："我真的挣扎了很久，我也不想啊，跟他在一起的每一秒我都于心不安，我脑子里全都是你，可是，可是……"

路梨抬了抬手指，有气无力地说："可是什么？"

乔佳一以手掩面似在哭泣："可是敌人的攻势实在是太猛烈了，我、我只是犯了全天下的妙龄少女都会犯的错。"

路梨重新坐直身子，接受了这个事实，她问道："你男朋友是谁？长什么样？"

乔佳一立马笑出来，掏出手机给她看照片："没你老公好看啦。"

对方是乔佳一的发小，刚从国外留学回来。两人从小便玩在一起，只是一直没捅破窗户纸。他出国几年后，两人才明白了对彼此的感情，现在他回国了，他们便顺理成章地走到了一起。

路梨看完后，还是说了声"恭喜"。

乔佳一觉得歉疚："我以后尽量不在你面前秀恩爱，在朋友圈发男朋友的照片肯定屏蔽你，行吗？"

路梨回了个冷漠的表情。

乔佳一深深地看了路梨一眼，又忍不住说："你不是也有老公嘛，我俩也算扯平了。"

路梨脸上明明白白地写着一句："我跟我老公什么情况你心里还不清楚吗？！"

乔佳一只好噤声。

跟乔佳一分别后，路梨坐上迟忱宴新买的宾利。

千永通过后视镜望了路梨一眼，看到她脸上的表情很是忧郁。

他有些不解，路梨每次出来跟乔佳一玩总是很高兴，这是第一次，她们聚会后她一脸愁容。"小姐妹之间难免有摩擦，可能是吵架了。"千永心里想着。

路梨望着车窗外发了一会儿呆，然后叹了口气，低头看手机，翻看朋友圈。

乔佳一刚发了跟男友一起牵手打卡小吃店的照片，照片中两人十指紧扣，一人手里拿着一个粉色甜筒。

路梨本想点个赞，结果那条朋友圈不见了。

乔佳一肯定是才记起来要屏蔽她。

路梨退出微信，打开微博，只有追星可以使她快乐。

她在微博上看了看明星们的美照，心情这才好了些。

路梨想起父亲的秘书发给她的那条微信消息，再想到自己跟迟忱宴。她以前一直觉得这种每天吃喝享乐的日子没什么不好，直到唯一的朋友谈恋爱了，她才发现自己长这么大了，感情生活却一片空白。因为感情生活一片空白，所以她每天才会忙着追星、看秀、买衣服，企图用这些来弥补空白。

她没谈过恋爱就直接结了婚，迟忱宴工作很忙，跟她又没什么共同语言，两人各睡一间房，除了偶尔过夫妻生活，平时几乎没有交流。

她恍惚觉得再这么下去，她不应该担心迟忱宴出轨，而是要担心自己会不会禁不住那些诱惑。毕竟一个感情空虚的女人很容易被诱惑，只要有一个钩子，可能就会上钩。

若是东窗事发，头条标题她都能想到——震惊！某知名少妇长年"丧偶"，内心空虚竟然做出这种事！

呸呸呸！路梨的汗毛都竖起来了，她赶紧将这些念头抛到脑后。

长年"丧偶"她承认，内心有点空虚她也承认，但她绝对不会被外面的男人诱惑，她才不是那种水性杨花的女人！

路梨咬着牙。不就是个性冷淡，跟她三观不合、性格不合，从昨晚开始连夫妻生活都不太和谐的迟忱宴嘛！她就不信两人能这么过一辈子，将来某一天，他们肯定会离婚的。等完成了联姻的使命，离了婚，她就功成身退，选一个喜欢她的男人。

迟忱宴不喜欢她这种一出生就等着嫁人的娇气大小姐，那她就交个喜欢她这种娇气大小姐的帅气男朋友，然后每天跟男朋友撒娇卖萌加耍赖，要男朋友亲亲抱抱举高高，最后甜甜蜜蜜、双宿双飞！

想到这里，路梨仿佛已经看到了自己未来的美好生活，坚定地点了点头。

"迟前夫，拜拜了您！"

她想得太投入，完全没有注意到一辆失控的大货车从后方鸣着笛撞上来。

…………

大货车一般是不允许白天在城市中心主干道行驶的，但今天也不知道哪个环节出了差错，一辆大货车在主干道上横冲直撞，最后失去控制，只听"砰"的一声巨响，尖锐的刹车声响起，碎片四处飞溅。

不一会儿，现场响起尖锐的警报声，交警在四周拉上黄线，救护车到了，医生把伤者抬上担架，然后救护车响着警报向医院飞驰。

交警拉起的警戒线周围聚集了不少围观群众，大家对着发生事故的地方指指点点。

好在豪车就是豪车，安全系数高，货车前面的挡板都碎了，宾利只是后车身有一点儿变形。

市交通广播电台播报了这场事故，事故路段正严重堵车，提醒广大司机朋友绕道行驶。

路梨出车祸的时候，迟忱宴正在跟公司几个高层开一场重要的会议，秘书罕见地走进来打断会议，俯身在迟忱宴耳边说了几句。接着，几个高层就看到迟忱宴从椅子上站起来，说了句"散会"。秘书留下来跟大家解释情况，迟忱宴开车飞奔至市中心医院。

在去医院的路上，迟忱宴握着方向盘，恍惚体会到了什么是夫妻一体。

他和路梨虽说是形式夫妻，但三年来并没有闹过不愉快，如今路梨出事，他还是很担心与焦急的。就他个人的道德价值观而言，他对路梨负有责任，因为路梨是他的妻子。

医生办公室里，穿制服的警察和穿白大褂的大夫站在一起，共同面对着一个年轻男人。

迟忧宴从警察和医生的口中了解到了大致的情况。

交警说事故原因是货车在违规时间进入城市主干道，刹车失灵，跟路梨乘坐的车追尾。货车司机伤势比较严重，现在还在抢救，宾利车上的三人则相对比较幸运。

由于是从后方追尾，宾利车上的安全气囊弹出，前座的司机和助理都只有一点儿轻微擦伤，坐在后座的路梨则撞到了头，不过并不是很严重。

医生说，路梨只是受了轻伤，额头上缝了一针，而且是用美容线缝的，不用拆线，可以自己吸收，以后也不会留疤，等她醒过来后，就可以出院了。

迟忧宴点了点头，然后见到了办完住院手续的千永。

自己没什么事，太太却在病房里昏迷着，千永十分歉疚。

迟忧宴不是个不讲道理的人，他让千永回家好好休息，然后把事故后续的追责调查交给了跟过来的周秘书。

有媒体想要报道此次货车撞豪车的事故，公众对宾利车上的人十分好奇，想要一探究竟。

迟忧宴让周秘书先去拒绝那些媒体记者，并嘱咐他要做好保密工作，迟家和路家都不想上新闻。

处理完这一切，迟忧宴才坐在路梨病房外的沙发上，亲自给路梨的父亲路恒荣打电话汇报情况。

周秘书已经替他给在S市的迟家人打了电话，至于给路家人的电话，得由迟忧宴亲自打。

路梨父母知道女儿遭遇车祸后，急得想直接乘坐私人飞机飞过来。迟忧宴跟两人详细汇报了路梨的情况，路恒荣一再确认路梨除了额头缝一针外并无大碍，这才放弃了飞过来的打算。挂电话时，他提醒迟忧宴好好照顾路梨，等她醒了后给他们打个电话报平安，至于两人离婚的事，等路梨好了之后再说。

迟忧宴答应下来。

跟路恒荣的通话结束，迟忧宴放下手机，长长地呼出一口气。

下一刻，他便想起今天早上上班时律师交给他的离婚协议初稿，让他过目。其实也没什么好审阅的，两人签了婚前协议，所以他们离婚会很方便，不会有任何纠纷。

他在沙发上坐了一会儿，护士出来告诉他："路小姐已经醒了，吵着要见您。"

迟忧宴点了点头，只是在听到后一句话时有些疑惑。

路梨醒了，吵着要见他？

迟忧宴站起身，走到路梨病房门口。他抬起手准备敲门，突然颇为感慨。这场车祸让他第一次体会到了夫妻一体的责任感，只是两人马上就要离婚了。

迟忧宴沉下心，敲了敲门，然后旋开门锁，打开门。他看到路梨已经从病床上坐了起来。

她穿一身病号服，病号服偏大，显得她越发单薄，额头上缝针的位置垫了块纱布，整个头都被绷带包着，她坐在床上四处张望，似乎在找着什么。

迟忧宴开口："路梨。"

路梨听到他的声音就停了下来。她抬起头，循着声音看去，看到病房门口站着一身正装的迟忧宴。

四目相对，迟忧宴发现路梨突然红了眼眶，接着她的鼻头也红了，小巧的鼻翼翕动着，这是要哭的前奏。

迟忧宴顿时觉得震惊，又有些不知所措。路梨从来没有在他面前表露过什么情绪，更别说哭。他连她哭起来是什么样子都不知道，现在她哭了，他是不是应该哄哄？

迟忧宴掩唇轻咳一声，想着说什么客套话安慰她一下，让她不要哭，毕竟他们只是表面夫妻，他也并不善于哄人。

在他开口的前一秒，路梨朝他伸出双手，表情委屈至极，双眼噙着一汪泪，然后带着哭腔开口："老公，好痛，抱抱。"

她这一顿撒娇，语气千回百转，还带着委屈心酸，简直可怜到了极点，也嗲到了极点。

迟忧宴蒙了，浑身微僵，开始想自己是走错地方了，还是认错人了。

然而，病床上那个泫然欲泣的女人的脸告诉他，他没走错地方，也没认错人。眼前的人确实是路梨，他的妻子路梨。

迟忧宴又觉得自己可能听错了，于是选择性忽略那双冲他伸出的手。他正准备说点儿什么，病床上一直伸出双臂等待着的人突然翻身下了床。

她眼皮一眨，眼眶里的眼泪就落了下来，她赤着脚，呜呜呜地朝门口那个一直站着不动的男人跑过去，她一边跑一边声泪俱下地说道："老公，你为什么不抱抱我？"

迟忧宴："这……"

既然老公不抱她，那她就去抱老公。路梨扑过去，抱住迟忧宴精瘦的腰，然后把眼泪和鼻涕全都蹭到他的衬衫上。

"老公，我头好痛呀，我好害怕，我还以为我快要死了，以后都见不到你了，呜呜呜……"

迟忧宴浑身僵硬，他缓缓低头，看向怀里已经哭得像某种可爱动物的女人。

女人边哭边打着嗝，也抬头看他，双手依旧紧紧圈着他的腰。

迟忧宴看着她满眼泪花，然后看了一眼她额头的纱布，想到几部有关失忆的电影，缓缓地问道："你……知道自己是谁吗？"

怀里的人乖巧地回答："我是路梨，路氏地产的千金，爸爸是路恒荣。"

看来没有失忆，迟忧宴微微点头，又问："那你知道……我是谁吗？"

怀里的人破涕为笑，似乎在笑他怎么问出这种幼稚的问题，她答道："你是迟忧宴，路梨最最亲爱的老公！"

迟忧宴听到那句"亲爱的老公"之后，心里"咯噔"一下，比刚才还要无措。

路梨撒完娇，松开迟忧宴的腰，用衣袖擦了擦脸上残余的眼泪和鼻涕，然后低头看自己踩在地板上的光脚。

迟忧宴也注意到路梨光着脚，说："你先回床上去。"

路梨软绵绵地答道："好。"

她回到床上，然后歪着头看迟忧宴。

这种含情脉脉的眼神是之前迟忧宴从来没有见过的，她的双眼亮晶晶的，似乎在发光。

迟忧宴别过头，不跟她对视："你等一下，我去叫医生。"

路梨乖乖点头，一副听话的样子："嗯。"

迟忧宴退出病房，然后转身冲到医生办公室，双手撑在办公桌上。

"您不是说我妻子只是受了轻伤，没什么大碍吗？！"

第二章
情深似海
♥

迟忱宴带着一群医生回到病房的时候，路梨正举着手机在跟父母打视频电话。

"我真的没什么事啦，都不用住院，你们看我不是好好的吗？"

"我跟迟忱宴？我跟我老公一直很好啊。哎，有人来了，先挂了呀，拜拜。"

路梨结束跟父母的通话，一扭头，先看到的是迟忱宴，然后看到他身后跟着一群表情凝重的医生。

路梨十分茫然："老公？"

迟忧宴听到她无比自然地说出"老公"两个字，眼皮忍不住跳了一下。

他身后的主治医生走过去，笑着对路梨说："路小姐，我们想给您做一次更详细全面的检查。"

路梨："做检查？"

主治医生："是的。"

路梨看向迟忧宴。

迟忧宴挤出一丝微笑："去做个检查吧，以免还有什么问题没发现。"

路梨这才点点头："好吧。"

大大小小的检查她做了一天，主要是围绕着脑袋做的。

迟忧宴不见了踪影，路梨填了一张又一张问卷，被医生和护士从一个仪器带向另一个仪器做检查，她鼻子一酸，有些害怕。

医生办公室里，路梨的检查结果已经出来了。

迟忧宴坐在办公室的椅子上，听著名的神经外科专家给他分析检查结果。

路梨由于车祸刺激出现了暂时性的认知障碍，迟忧宴听到后，嘴角一抽。具体表现为对自己与丈夫的情感认知产生错乱，通俗地说，在她现在的认知里，自己跟丈夫的感情很好，可谓是妇唱夫随。

医生喝了口水，继续说："问卷结果显示，路小姐觉得你们结婚时的那个吻非常甜蜜，是她这辈子最难忘的吻。"

迟忧宴听了微微皱眉，想到那个无比敷衍的吻。

他问大夫："这种情况能不能恢复，什么时候能恢复？"

大夫叹了口气，说这种情况实属罕见，他们也束手无策，好在对病人的身体没有影响，让病人保持好心情，说不定过一阵就恢复了。病人也没有住院的必要，她额头上的伤不碍事，注意不要碰水，过几天就好了。

迟忧宴听完，点了点头。

他走出医生办公室，在去路梨病房的途中，又回忆起刚才和医生的对话。原来她是认知混乱了。

　　唉，既然她没有必要住院，那就先回家，好好休养一阵，说不定就能恢复如初了。只是他没想到路梨的认知障碍竟然会出在他们的感情上。迟忧宴忍不住笑了一声，摇了摇头。

　　他推开病房的门，看到路梨坐在床沿，脑袋耷拉着，一副垂头丧气的样子。

　　路梨见到他进来，也没有刚醒来看到他时那么激动，只是看了他几眼就又垂下头。

　　迟忧宴恍惚觉得路梨是不是已经恢复了，直到听到路梨闷闷地说："老公。"

　　于是迟忧宴知道路梨还没有恢复，他走过去，应道："嗯。"

　　路梨一直在想今天做的那些烦琐的检查，她不知道自己究竟哪里出了问题，竟然要做那么多检查，并且迟忧宴也没有反对，把她交给那些医生和护士，仿佛也觉得她有问题。

　　想到这里，路梨抬起头，委屈巴巴地看向迟忧宴，似乎想要说什么。

　　迟忧宴耐心地等着。

　　路梨本来想问迟忧宴为什么让她做那么多检查，但看着迟忧宴那张符合她审美观的脸，千言万语最终化作一句："老公，抱。"

　　她说完，张开手臂。

　　迟忧宴看着路梨，想起医生说过的话。

　　她现在当他是丈夫，但不是从前的丈夫，而是跟她感情深厚的丈夫，所以她才会对他做出这些举动，才会对着他肆无忌惮地撒娇。如果让她保持好心情，说不定过一阵子她就能恢复如常了。

　　结婚三年，他竟然不知道她这么会撒娇。他微微叹了一口气，然后伸出手托着她的臀把她抱起来。

　　路梨像只树袋熊一样挂在他身上。

　　迟忧宴没这么抱过路梨，甚至根本没怎么抱过路梨，这是他们除了结婚那天和夫妻生活以外的第一次亲密拥抱。

　　迟忧宴掂了掂，发现路梨比他想象中还要轻不少，抱起来格外轻松。

　　路梨被迟忧宴抱着，终于如愿以偿，双臂圈住他脖子，把下巴搭在他颈窝，笑了起来。

迟忧宴听到路梨在笑，不解地问："你笑什么？"

路梨的四肢把迟忧宴缠得更紧。

她觉得迟忧宴的腰实在是太细了，虽然细却有力，一点儿赘肉都没有，隔着衬衫她都能感受到他腹肌的线条。

男人强健的腰腹有时也是很吸引人的，而这个有着精瘦腰肢和腹肌的男人是她的老公。

路梨此刻无比满足，收紧了圈住迟忧宴腰的腿，然后凑到他耳边轻声道："老公的身材，阿梨好喜欢。"

路梨说完这句话，明显感觉到迟忧宴僵了一下。

不过她并不觉得这样跟自己老公互动有什么不妥，并且十分喜欢他的反应，她噙着笑继续问："老公害羞了吗？"

"我还知道其他的。"路梨蹭着他，轻声说，"老公的腿不是腿，是塞纳河里的春水；老公的背不是背，是保加利亚的玫瑰；老公的嘴……"

路梨追星，这种夸张的吹捧平常看得多了，所以张嘴就来，此刻她觉得自己喜欢的所有偶像加起来都不如正抱着她的迟忧宴顺眼。

"好了。"迟忧宴终于忍不住打断她。

路梨立马停下来，巴巴地看着他。

迟忧宴的耳郭慢慢爬上一抹红。他从小到大都被周围人夸赞，已经麻木了，但这是头一次有人能把他赞美得让他不自在。

也不知道路梨从哪里学来的这些话，他微微别过眼，说："先回家吧。"

路梨："好！"

迟忧宴想把路梨放下来，觉得大庭广众之下抱着她不太好，他正想松手，路梨立马察觉到他的意图，双手双脚将他缠得更紧："不要。老公的手不是手，抱着阿梨向前走。"

迟忧宴："唉……"

好在现在是晚上，医院人不多，迟忧宴也做不出把在车祸中撞到脑子的妻子从自己身上扯下去的事，于是认命地抱着她往外走。

周秘书刚打发了那些想要对事故中的豪车主人一探究竟的记者，

就看到迟忱宴紧紧地抱着一个女人向他走来。

他被吓得差点儿晕过去。迟总什么时候包养了小三?

当看到迟忱宴怀里的女人就是路梨时,他更是倒吸了一口凉气,比刚才以为老总怀抱小三时还要震惊。

今天太阳打哪边出来的?他们两口子怎么变得如此亲昵?

路梨的下巴搭在迟忱宴的肩膀上,她认得这个此时一副见了鬼的表情的人,他是迟忱宴的秘书。

她叫了声:"周秘书?"

"啊?"周秘书下意识地应了一声,回过神来后,他压下心底的震惊,对着迟忱宴说,"迟总。"

迟忱宴似乎也有些尴尬,不过化解尴尬的最佳方式就是忽视它,于是他像身上没有一个大型人形挂件一样,平静地开口:"去开车。"

周秘书点头:"好的,迟总。"

周秘书把车开过来,路梨这才从迟忱宴身上下来,然后被他小心翼翼地放进车后排座位。

在路上的时候,周秘书向迟忱宴汇报了车祸的情况。

目前播报的新闻只大致写了事故的伤亡情况,卡车司机伤势较重,但也脱离生命危险,而那辆牌照连号的豪车上,前排的司机和助理均无大碍,只有后排的少妇撞到了头。

路梨出事时乘坐的是一辆宾利,并且车牌号又是引人注目的连号,不少人看到新闻后就对车主的身份产生了好奇,想知道是哪个豪门少妇那么倒霉。不过警方和医院都没有向记者透露当事人的身份。

迟忱宴听后点点头,"嗯"了一声。

路梨听着迟忱宴和周秘书的对话,然后趴在迟忱宴肩上打哈欠。

周秘书忍不住从后视镜里看了一眼新闻里的那位"倒霉的豪门少妇",然后抓紧了手中的方向盘。

车子开到苏河湾,下车后,路梨十分懂事地没有要迟忱宴抱,乖乖拉着他的手一起回家。

迟忱宴本来不习惯这么牵手,不过感受到路梨热乎乎的掌心,便由着她了。

他们回到家，时间已经不早了，李嫂做了夜宵，迟忱宴让路梨先吃点儿，再去洗漱睡觉，要注意额头上的纱布不能沾水。

迟忱宴嘱咐完，趁着她没反应过来便离开了，他被路梨黏了一路，终于能喘口气。

反正已经回到家，路梨也不急着找迟忱宴，她坐在餐桌前，一边小口地吃醪糟小汤圆，一边回忆着关于家里的一切。

她发现记忆里她跟迟忱宴竟然是分房睡。为什么是分房睡呢？路梨仔细想了一下，好像是因为两人觉得分房睡睡眠质量更好。迟忱宴经常会加班到很晚，怕影响到她，所以就分房睡。

老公真的好体贴啊。

路梨想到这里，点了点头，又吃了一口汤圆，然后一边用勺子喝汤，一边掏出手机。她本来是习惯性地登录小号，想去看看偶像的，但不知怎么的，今天突然提不起兴趣了。迟忱宴那么优秀那么帅，她放着自己老公不看，跑去看别的男人做什么？

于是，路梨放弃了看偶像的消息，刷起了主页，接着她看到首页有一个本地生活号博主发了一条微博。

"××路车祸最新进展，倒霉豪门少妇出院，身份疑似曝光？"

路梨看了一眼标题，然后又看了看照片，接着"噗"的一声，嘴里的醪糟喷了出来。

这不是她吗？

照片应该是路人远远偷拍的，照片里，她头上包着纱布，像只树袋熊一样挂在迟忱宴身上，周秘书正为两人拉开车门。

照片虽然很糊，但是要素齐全，中心医院门口，女人头上包着纱布，新款豪车，司机开车门，路梨肯定就是今天新闻里的那个倒霉豪门少妇了。

迟忱宴千防万防，防住了记者，却没防住路人。

这张照片虽然很模糊，两人也没有正对镜头，但是若仔细看，还是能认出来。

路梨把照片放大，先是对着照片里迟忱宴的侧脸在心里盛赞了一番老公，脸上也浮起一丝甜蜜的微笑。接着，她的视线焦点一转，在看到照片里的自己时，脸上的笑容瞬间消失了，血压控制不住地飙升，眼前一片模糊。这到底是哪个路人偷拍的照片？

她当时正坐在迟忱宴的手臂上，一只手圈着他的脖子，另一只手拂开落到鼻尖的头发。

在照片里，由于距离和角度的原因，根本看不到那根头发，所以她看起来像极了正在挖鼻孔，而且表情还有点儿扭曲。

路梨看着自己的丑照，只觉得头发都要一根根竖起来了。

她从小所受的教育告诉她，作为一名大小姐，只要出现在公众面前，必须是优雅、得体的。

路梨发到微博大号上的为数不多的自拍照都是经过精挑细选的，每一个细节都找不到一丝差错。

这倒不是说她把自拍照修得很假，毕竟她美貌过硬，原照不修图也很漂亮，而是说照片上的所有细节，比如进餐时刀叉摆放的位置、微笑时露出的牙齿，以及站立时手脚的摆放都要符合礼仪标准。

她是路恒荣的女儿，她的一举一动关乎的不仅是自己的体面，还有路家的体面。

路梨打了个哆嗦，似乎已经想到了母亲看到新闻后打电话甚至坐飞机过来教训她的场景。母亲把路家的体面看得比什么都重。

至于那两个跟她没什么感情，却对她很严厉的哥哥，这种挖鼻孔丑照给他们造成的冲击堪比爆炸。

路梨想到这里，整个人都不好了，哭丧着脸站起来，哭哭啼啼地四处寻找迟忱宴的身影。

想到迟忱宴可能在书房，于是她噔噔噔地跑上楼，一把拉开两间卧室中间一直关着的那扇门，一边呜呜地哭一边叫"老公"。

此时，书房里，迟忱宴正在跟几个高层开视频会议。

白天会议开到一半就因为路梨出车祸而中断了，所以只好这个时候接着开。

迟忱宴听完客户经理的汇报，点了点头，打开电脑的麦克风。

所有高层均表情严肃，洗耳恭听他的指导意见。

下一刻，他们就听到电脑里传出一个女人的啼哭声："呜呜呜，老公……"

几个高层都一脸尴尬。

迟忱宴愣了好一会儿才反应过来这个声音是从他这里传出来的，他立马关掉麦克风，然后猛地抬头，看到路梨哭丧着小脸向他扑过来，下一秒就要闯入镜头了。

"啪"的一声，迟忱宴眼疾手快地合上了电脑。

视频会议再一次中断。

几个高层还连着线，大家都沉默着，不约而同地看向右下角属于总裁的那个对话框，然后露出意味深长的笑容。

书房里，路梨扑到迟忱宴怀里，坐在他腿上，脑袋在他胸前蹭来蹭去。

迟忱宴的表情有一瞬间的凝固。他深吸一口气，强迫自己冷静下来。

他想着要不要实话告诉路梨，说他们的感情没有她想象得那么好，他以前并不会抱她、牵她、哄她，更不会由着她肆无忌惮地闯进他的书房向他撒娇。然而，他一低头，看到路梨已经泛红的眼眶，那些话便说不出口了。

迟忱宴瞟了一眼已经关上的电脑，问路梨："怎么了？"

路梨掏出手机让迟忱宴看那张照片，同时还不忘补充一句："我真的没有挖鼻孔，你不许说我丑。"

迟忱宴仔细看着那张偷拍照，眉头紧蹙。

路梨在他耳边絮絮叨叨地说着，说她的形象就这么毁了，母亲肯定会骂死她，哥哥肯定会教训她。

迟忱宴放下手机，发现路梨并没有开玩笑，此刻的她正一脸担忧。

他让医院和警察不要向记者透露路梨的身份，主要是因为他们不想上新闻。不过既然被认出来了，他们不是肇事方，而是受害者，所以也没有什么大不了的。

照片中的路梨因为角度问题，动作看起来是随便了一点儿，但这只是一张普通的照片，迟忱宴不明白路梨的反应为什么会这么大，像是被戳到了痛处一样。

迟忱宴听着路梨反复提到母亲和哥哥，似乎明白了一些。

G市的大家族最讲究规矩和体面，路梨接受的也是这样的教育，所以从小便格外注意自己的形象。退一步讲，就算是一个普通的女人，也不会喜欢自己表情扭曲的照片被传播出去。

路梨抱着迟忱宴的脖子，多了一丝安全感，觉得自己的形象应该还可以挽回："老公，你快让人把这张照片处理掉，这张照片不可以流传出去，更不可以让我家人看见。"

她摇晃着迟忱宴的肩膀："我的形象不能就这么毁了呀，老公。"

迟忱宴没辙，只得点了点头。

他看了一眼那条微博的发布时间，又有些疑惑。此时距离发布时间已经过去了将近两个小时，宾利车上的人是路梨，按理说消息应该传出去了才对。为什么到现在还没有一个人跟他提起这件事？盛景集团有人二十四小时值班，一有风吹草动就会通知公关部。难道是因为照片上的路梨和他很难辨认吗？

他鲜少在公开场合露面，别人认不出他也说得过去，但是公众对路梨并不陌生，虽说照片有点儿模糊，不过仔细看还是能认出来的。

迟忱宴揣着满腹疑惑点开了这条微博的评论区。

热评第一条："不可能！光天化日搂搂抱抱的两个人怎么可能会是路梨和迟忱宴？"

路梨看到照片后只顾着着急，没有翻看下面的评论，此刻她也把脑袋凑到手机前，跟迟忱宴一起看。

迟忱宴缓缓往下翻看评论——

"我怎么觉得这个人长得很像路梨？抱着她的男人怎么也那么像迟忱宴？"

"路梨是谁？"

"路氏地产的千金啊，路恒荣你们不认识，徐慧娴你们总认识吧，当年电影圈头号美人，后面嫁入路家就息影了，她是路梨的母亲。三年前路梨嫁到S市，丈夫是盛景集团的接班人迟忱宴。"

"路梨和迟忱宴不是感情不好吗？相看两生厌的那种。"

"这到底是不是路梨和她老公？"

"不可能！绝对不是！你们不要被这张照片骗了！年轻有钱的夫妻S市多的是，谁不知道前一阵迟忱宴去国外出差三个月，路梨在国内玩到飞起，老公过生日她还忙着看秀，天塌下来我都不会相信这是他们！"

"也是啊，去年出席捐赠仪式时两个人都是一副我们不熟的样子，站都不愿意站在一起，今年怎么可能就当街搂搂抱抱了。"

"不管这人是谁，我只想说这种死亡角度，怎么连挖鼻孔都这么好看。"

"倒霉少妇的老公也很好看啊，这侧脸绝了。"

"这种抱法真的好甜，我老公这样抱我肯定抱不动。"

路梨和迟忧宴都一脸无奈。

路梨没想到自己担心了半天，竟然没有一个人相信照片中的人是她和迟忧宴，原因还是两人的举动太亲密。

迟忧宴看了一眼一直坐在他腿上的路梨。

没人相信照片中的人是他们，主要是因为两人的亲密行为不像路梨和他能做出来的事，大家觉得没有话题性，所以照片也就没有传播开来，大家小范围讨论一下后就散了。

公关部没有打电话给他，因为根本就不用公关，而路梨也只是虚惊一场。

迟忧宴心中有一种说不清道不明的感觉。他不知道路梨现在是什么心情，他没有告诉路梨他们的真实关系，而这些评论则间接告诉了她。或许她知道后就会意识到自己的认知出了问题，然后就恢复如常。

迟忧宴觉得这并没有什么不好，甚至轻轻松了口气。如此反常的路梨，他实在有些招架不住。

迟忧宴等着路梨意识到问题后，从他的腿上下去。

路梨一直盯着手机屏幕，似乎在思索，随后她动了动。

迟忧宴以为她要从他腿上下去了，结果下一秒，整个人被贴得更紧。

路梨贴上去，一把抱住迟忧宴的脖子："老公。"

迟忧宴的双手无处安放。

路梨嘟着嘴说："老公真是太低调了，我就说不要这么低调吧，你看，网友们都开始揣测我们的感情了！"

迟忧宴心中缓缓冒出一个问号。

路梨继续说道："你太低调了，总说我们拍照不要站在一起，走路不要走一起，也不让我在朋友圈和微博发你的照片，怕被别人看到后说我们秀恩爱，怕他们嫉妒我们的甜蜜，然后做出不理智的事情。"

路梨："可是我觉得偶尔秀一下也没什么啊，不想被人说喜欢秀恩爱，但也不能被人说成夫妻不合吧。"

迟忱宴微惊，一时说不出话来，他再一次为路梨异于常人的思维所折服。

路梨点点头："要不我发微博说照片上的人就是我跟你，堵上那些乱说的人的嘴。"

迟忱宴急忙阻止："别。"

路梨笑了一下，撒娇说道："那张照片上的我那么丑，我才不会承认是我呢。"

迟忱宴松了一口气。

路梨回想着照片上迟忱宴惊鸿一瞥的侧脸，然后抬起头，近距离地欣赏他的俊脸。

她忍不住感叹："老公的眼睛里有星星啊，那些说星星亮的人，一定没有看过你的眼睛。"

迟忱宴心里"咯噔"一下，知道她又开始抒情了。

路梨接着说："这个世界上怎么会有这么优越的五官呢，阿梨想在老公的睫毛上荡秋千，想在老公的鼻梁上滑滑梯，想在老公的锁骨窝里游个泳，阿梨想……"

迟忱宴正想开口让她不要再说了，唇上蓦地一软。

路梨微微直起身，吻在迟忱宴的唇上。

她吻得很轻，在他薄唇上停留了几秒，然后离开。她一脸娇羞，眼眸似水，眼角飞上细碎的桃花。

路梨："阿梨想亲亲老公迷人的唇。"

迟忱宴愣住了，一时间忘记了说话，忍不住去回味刚才唇上那柔软的触感。

他和路梨并不是没有接过吻。

第一次是在婚礼上，两人宣完誓后，像走流程一样，在宾客的掌声中吻了彼此，然后各自在心里数着秒数，等待一吻结束。后来两人也接过吻，不过很少。因此，这个突如其来的吻让迟忱宴忍不住再一次看向路梨。

路梨一脸娇羞，眼里满是爱意。

迟忱宴别过眼，说："很晚了，睡觉吧。"

路梨这才从他腿上下来："好。"

第二天是周六，迟忱宴终于抽出时间回迟家，当然必须得带上路梨。

迟忱宴看了一眼衣帽间里正在搭配情侣装的路梨。

路梨现在的状况只有他和医生知道，旁人对此一无所知。

她已经换好了衣服，特意穿了条酒红色的裙子跟迟忱宴的领带相配，然后过来挽住迟忱宴的胳膊："老公，走吧。"

两人下楼，司机已经等在楼下。

车子在迟家门口停下。

与他们住的高楼林立的街区不同，迟家是一栋老洋房，位于静安区最幽静的地段，是民国时期英国某位著名建筑设计师的杰作，百年来被维护得很好，如今门口的花园里仍是郁郁葱葱一片。

路梨在嫁给迟忱宴之前就对迟家的情况有一定了解。

迟忱宴父母在他十六岁时因意外去世，迟忱宴是他们唯一的孩子，也就是盛景集团的接班人。

迟家的故事比路家的精彩多了，迟忱宴虽然是独子，但是有几个叔伯以及堂兄，这些人一直在盛景旗下的公司任职，父母去世时迟忱宴还在读书，没有掌管整个集团的能力，所以几个旁支蠢蠢欲动。

好在这时痛失爱子和儿媳的迟老夫人站了出来，本已退休的她重新担任盛景集团董事长一职，打压了蠢蠢欲动的几个旁支，等到迟忱宴学成毕业，便扶他坐上盛景科技总裁的位置。

三年前，迟老夫人突发中风，迟忱宴在那之后娶了路梨。如今，迟老夫人虽然还未卸任董事长之职，但盛景基本上已经是迟忱宴在管。

在路梨的印象里，迟老夫人一直是个和蔼亲切的老太太，很难想象当年迟忱宴父母去世时，这位老人是如何稳住整个盛景的。

路梨一路上都挽着迟忱宴的胳膊，到了迟家，她立马撒下迟忱宴，朝迟老夫人跑去："奶奶！"

迟忧宴看了一眼自己空荡荡的臂弯。

迟老夫人坐在沙发上，腿上盖着毯子，一见到路梨便笑开来，向她伸出手："梨梨。"

路梨拉住迟老夫人的手，亲昵地坐到她身边。

父亲工作繁忙，母亲则忙着一边讨好父亲，一边跟两个继子斗智斗勇，所以把她交给了管家和保姆。嫁到迟家后，路梨第一次在迟老夫人这里感受到了来自女性长辈的关怀。

迟老夫人看到路梨额头上贴着纱布，担忧地问道："知道你出车祸可吓死我了，怎么样，还有没有伤着哪里？"

路梨抱着她的胳膊，笑吟吟地说："没有啦，一点儿小伤。"

迟忧宴走过去，叫了声"奶奶"。

路梨从迟忧宴手中接过袋子："奶奶，我上次在商场看到一个胸针，觉得特别适合您，立马就买下来了，您看喜不喜欢。"

迟老夫人点点头："好，好。"

今天的迟家算得上热闹，迟忧宴和路梨回来了，迟家其余几个长辈和小辈也在。

路梨一进来就忙着跟迟老夫人聊天，迟忧宴坐在另一张沙发上，旁人倒也没觉得两人有异常。

迟忧宴看着把在商场上杀伐决断的祖母哄得眉开眼笑的路梨，他以前一直不知道原因，如今亲身体验过路梨撒娇的本事，他才找到了答案。

还没到饭点，几人起了牌局，不过没人敢去叫迟忧宴，如今还能来迟家吃饭的，基本都是安分守己的人。

如今迟忧宴掌握着整个盛景，岳父又是路恒荣，不知不觉中，他已经成为迟家的当家人。

路梨跟迟老夫人聊了半天，才想起自己光顾着跟奶奶说话，把老公给忘了。

"我老公呢？"她扭过头寻找迟忧宴。

迟老夫人听到路梨说出"我老公"三个字，眼里闪过一丝惊讶。

虽说每次迟忧宴带着路梨回迟家时两个人都表现得很亲密，但她并不是老眼昏花的老太太，知道两人的亲密是演出来给她看的。此外，她虽然不经常上网，不代表她不会上网，网上那些消息她都知道。

刚才路梨的一句"我老公"脱口而出，没有一丝表演的痕迹。

迟忧宴的姑姑坐在一旁，闻言忙答道："忧宴好像去外面了。"

路梨冲迟老夫人撒娇："奶奶，我去把他找回来，让他跟我一起陪您聊天好不好？"

迟老夫人拍拍路梨的手，虽然心中疑惑，但还是点点头："去吧。"

路梨走出洋房，看到迟忧宴背对着她站在不远处，他手里拿着一个喷壶，正在给花园里的植物浇水。

她正想扑过去来一个甜蜜的夫妻共同浇花，就在这时，她眼前走过一个人，对方在看到她时明显愣了一下。

来人是迟馨。

路梨看到迟馨手里的喷壶，顿时皱起眉头。

迟馨名义上是迟忧宴的表妹，其实两个人并没有血缘关系。

迟忧宴的舅母和舅舅是二婚，迟馨是迟忧宴的舅母与前夫的女儿，本来姓徐，母亲嫁到迟家后，她便改姓了迟。

迟馨似乎没想到路梨会出现在这里，她扯出一抹略显生硬的微笑，叫了声"表嫂"。

路梨"嗯"了一声，打量着迟馨，眼神倏地变得不太友好。

女人的直觉无比准确，她早就看出来迟馨对迟忧宴有意思。也怪她的亲亲老公实在是太优秀了，容易招蜂引蝶。以前的迟馨只是喜欢偷看她老公，现在竟然敢直接采取行动了。

路梨挑了下眉："你去浇花吗？"

迟馨握紧喷壶垂下头："嗯。"

路梨："想跟你表哥一起浇花？"

迟馨似乎没有想到路梨会问得这么直白，她抬起头"啊"了一声。

她脸颊发红，咬着唇答道："嗯。"

路梨笑了一声，她眼里容不得沙子，所以也不跟企图勾引她老公的迟馨假客气："你跟我老公又没有血缘关系，你也这么大年纪了，他已婚，你不知道要避嫌吗？其他人都在里面，就你跑到外面想跟我老公一起浇花，你是不是对他有什么不可告人的企图？"

迟馨往后退了一步，满脸都写着不可置信。

谁都知道迟忱宴和路梨是为了家族利益而联姻，两人婚后是什么相处模式，所有人都看在眼里，路梨以前是绝对不会管迟忱宴跟谁一起浇花这种小事的。

此时的路梨盛气凌人，摆出一副豪门大小姐的架势。迟馨因母亲改嫁来了迟家，性格敏感且自卑，路梨身上的气势，她永远也不可能拥有。

迟馨红了眼眶，低下头，开口时声若蚊蚋，似乎委屈至极："你误会了，我、我没有。我只是想跟表哥一起浇花，我们从小就喜欢一起浇花，我没有对表哥……我跟表哥真的是清白的，是我自作主张想去和他一起浇花，表哥跟我真的没有什么。"

她说得含混，明明是说两人很清白，听起来却好像她真的跟迟忱宴有什么一样。从小一起浇花，既体现了她跟迟忱宴关系好，又透露出她跟他是青梅竹马的事实。

就她这番话，任何一个原配听了都会被激怒。

迟馨了解路梨，看似是个盛气凌人、不可一世的大小姐，其实并没有什么城府，并且她的出身决定了她不会容忍丈夫跟别的女人有暧昧关系，即便是一个毫无感情、冷漠疏离的丈夫。

迟馨想，即便挨一巴掌，她也认了，这样才能坐实她是受害者的身份。她只是想去浇花而已，无理取闹的是路梨，不是她。

她闭上眼，一滴眼泪顺着脸颊滑过，挂在下巴上。

路梨一脸嫌弃地看着她。

"你跟我老公当然没有关系。"她的语气中没有一丝愤怒。

迟馨没想到路梨竟然会这么冷静，她睁开眼，看到路梨正抱着手斜睨着她。

路梨嘲讽道："你们认识得早又怎么样？我跟我老公现在情深似海，你还想跟他有什么关系？"

对于迟馨这种人，路梨见得多了。而要治这种人，她也很有经验，根本不用费什么心思，秘诀只有一个——手段越简单粗暴，效果越好。况且她跟迟忱宴的感情那么坚固，岂是迟馨这种小人能挑拨得了的？

迟馨脸上还挂着泪，仿佛听到天方夜谭一般，一脸不可置信。

"你们在做什么？"

这时，一道男声突然响起，像大提琴的琴弓擦过琴弦，极为动听。

路梨一扭头，看到迟忱宴过来了，立马笑得眼睛弯成两个月牙。

迟馨也看到了迟忱宴，她委屈地低下头，吸了吸鼻子，开口道："表哥，我只是想来浇花，没想到你也……"

她觉得路梨刚才那番话只是在她面前装样子，谁不知道他们根本没有感情，现在迟忱宴来了，路梨刚才那番话便成了笑话。因此，她先告状是绝对没错的。

不料她还没说完，路梨就像一只蝴蝶一样朝迟忱宴飞了过去。

"老公！"

"怎么了？"迟忱宴问。

迟馨明白迟忱宴这句话不是在问她，她这才发现根本没有人听她说话。

她抬起头，看到路梨已经跑到迟忱宴身边，双手紧紧抱着他的胳膊。

路梨嘟起嘴，说："迟馨说你小时候经常跟她一起侍弄花花草草，是不是真的？"

迟馨浑身一僵。

迟忱宴微微蹙了下眉，然后看向迟馨："有吗？"

路梨抱紧了迟忱宴的胳膊，笑得十分得意，心里暗想："我就说嘛，老公怎么可能跟迟馨一起浇花。"

迟馨看着面前姿态亲昵的两个人，既震惊又不敢置信。

路梨竟然会撒娇？表哥怎么就由她搂着？他们怎么突然好成了这个样子？

迟馨的脸涨得通红，她深深地看了路梨一眼，然后扔下喷壶，捂着脸跑开了。

路梨抱着迟忱宴的胳膊，对着迟馨的背影"嘘"了一声。

迟忱宴低头看了一眼一脸得意的路梨，不知道她跟迟馨起了什么争执，不过现在看来应该是她赢了。

路梨察觉到迟忱宴在看她，于是抬起头，鼓起腮帮子，像是生气了：

"老公！"

迟忱宴一脸疑惑，不知她为何提高声音。

路梨看着他的俊脸，觉得这件事情中他也有错，因为他没有早点儿发现迟馨对他的非分之想，然后搬出身材、相貌、气质乃至学历都很出众的她，让迟馨有点自知之明，不要再痴心妄想。

路梨气呼呼地说："你知不知道你这个表妹对你有那种想法！"

迟忱宴对迟馨并没有什么印象，迟家跟他有血缘关系的同辈都因为怕他而跟他不是很亲近，更何况一个被母亲带进迟家的表妹。在为数不多的家庭聚会中，他也没有注意过迟馨。

"什么想法？"迟忱宴问。

路梨一听更生气了："什么想法？当然是我对你的那种想法！"

迟忱宴："不会吧……"

看着理直气壮的路梨，他突然觉得有些泄气，但还是应道："我以后注意。"不管怎么说，这件事都是他疏忽了。

路梨这才点点头，表示满意。

迟忱宴带着路梨进去用餐。

菜品很丰富，迟馨却不见了踪影，说是突然感觉身体不舒服，回家去了。

一大家子围坐在圆桌边，路梨和迟忱宴坐在一起，路梨不时给迟忱宴夹菜、跟他撒娇，看起来不像是结婚了二年，反倒像是新婚，感情好得蜜里调油。

所有人都察觉出了异样，只是没人敢说。能说什么呢？人家两口子感情好，他们却说人家不正常？

饭后没多久，家庭聚会结束，其他人都离开了，只有迟忱宴和路梨留下。

迟忱宴被祖母叫到了书房谈事，路梨也不好跟奶奶抢老公，便自己在客厅玩。

迟老夫人最近养了一条名叫丸子的小金毛，只有半岁，路梨吃完饭便迫不及待地跑去逗它。

书房里，迟忱宴跟祖母汇报了一下盛景的近况，以及下个星期他会出席的 IM 企业论坛。

迟老夫人似乎听得并不怎么专心，她的书房窗户正对着楼下花园，她坐在轮椅上，一直盯着窗外。

花园里，路梨拿着一根浇花用的水管，跟用人一起给丸子洗澡。

"路梨是怎么回事？"迟老夫人突然开口。

迟忧宴愣了一下，没想到祖母会突然问起路梨。

迟老夫人转头看向孙子。

迟忧宴知道祖母是看出来路梨的异常了，便也不再瞒着，把路梨的情况都说了出来。

迟老夫人听完，表情很是耐人寻味。

"你打算怎么办？"她问迟忧宴。

迟忧宴看了看正在花园里给狗洗澡的路梨，说："等过一阵吧，看她能不能好起来。"

迟老夫人说："那如果她一直这样呢？"

迟忧宴沉默了，陷入了沉思。

迟老夫人看到他这样，轻轻摇了摇头，没再追问。

路梨和迟忧宴在迟家陪迟老夫人又聊了好一会儿才离开。

临走时，路梨挽着迟忧宴的胳膊跟迟老夫人说再见，还不忘跟小金毛丸子挥手说再见。

路上，路梨歪着头靠在迟忧宴的肩膀上，甜甜地说："老公，我们也养一只狗好不好？"

迟忧宴一直在想祖母说的那句"如果她一直这样"，没有注意到路梨的问题。

"老公？"路梨一连叫了好几声，最后忍不住晃了晃他的胳膊。

"嗯？"迟忧宴猛地回神。

路梨嘟起小嘴："你在想什么？"

迟忧宴不知道怎么跟她解释，只得淡淡地说："没什么。"

叫了好几声不应，应了之后还说"没什么"，路梨最讨厌别人敷衍自己。

她似乎有小脾气了，不再贴着迟忧宴坐，而是坐到离他最远的位置，身体紧贴着车门，眼睛看向车窗外，两个人之间的距离宽到能坐下两个人。

路梨满心想的都是"老公快来哄哄我"。

迟忱宴却不觉得这样坐有什么不妥，毕竟以前他和路梨乘坐一辆车时就是这么坐的。

路梨等了一路都没等到迟忱宴来哄自己，下车后，她没有去牵迟忱宴的手或者抱迟忱宴的胳膊，自己一个人先走了。

她故意走得很慢，进入电梯时还停了一下，希望迟忱宴从后面拉住她的手。可惜迟忱宴没有，他跟着她走进电梯，两人并肩站着。

电梯上到六十二楼。

迟忱宴一到家便回了自己的房间，路梨洗漱完，盘腿坐在自己的床上，捶着怀里的抱枕，眼睛死死地盯着墙。

这几天她跟迟忱宴都是分房睡，因为迟忱宴说他晚上要工作，怕吵到她，本来是很贴心的举动，但这个理由用的次数多了之后，她就有意见了。

路梨想着在车上时迟忱宴敷衍的回答以及一路的冷淡，忍不住又捶了几下抱枕，眼眶泛湿。

她觉得今天跟迟馨吹的牛吹早了，什么情深似海，一点儿都不情深似海！

路梨躺在床上翻来覆去睡不着，越想越觉得委屈，最后睁开眼，打开灯，下了床。

老公怎么可以这个样子！

她跑去拉她的房间跟迟忱宴的房间之间的那道门，却发现这道门不知道什么时候被锁住了。

路梨拉了两下没拉动，便转而走向另一道门。

这道门虽然拉不开，但是他们的淋浴间和衣帽间是相通的。淋浴间和衣帽间的门果然没关，路梨穿过去，进入迟忱宴的"男寝"。

迟忱宴刚关了灯，还没睡着，就听见"哒哒"的脚步声。

他坐起身，床头灯随之亮起。路梨站在床边，一身白色睡裙，披散着头发，怀中抱着个抱枕，一脸委屈地看着他。

迟忱宴的眼皮跳了几下。

路梨对着床上的男人叫了声："老公。"

迟忱宴还没来得及回答，路梨就直接扔掉怀里的抱枕，一下子撞进他怀里。

路梨委屈巴巴地说道："老公，我生气了，你快跟我道歉。在车上为什么不听我说话，下车时为什么不牵我的手，回家后为什么不跟我亲亲抱抱举高高？我问你话时，你不可以说没什么，不许敷衍我。"

迟忱宴一边感受着怀中娇小柔软的妻子，一边听着她的话，没想到她一路那么安静竟然是因为在生气。

因为两人安静地相处对他来说才是正常的，所以他一时没有察觉到她情绪的转变。

迟忱宴吸了口气，本来想说什么，但是话到嘴边还是化成了一声"对不起"。

路梨听到迟忱宴的道歉，满意地笑了，又往他身上贴紧了一点儿。

迟忱宴的心情很复杂，回来的路上他一直在想，如果路梨的认知障碍永远好不了，那该怎么办？他可以一时依着她，顺着她的认知，表现得好像他们情投意合的样子，但能一辈子这样吗？他突然感到很迷惘，找不到答案。

那份离婚协议草案还躺在他办公桌的抽屉里。迟忱宴看着半夜跑到他房间，委屈地抱怨了一通，听到他说一声"对不起"就立马心情变好的路梨，微微叹了口气。

他决定先不去想那么多，顺其自然，总会好的。

他查了资料，患上这种认知障碍的人恢复的可能性很大。

迟忱宴伸手摸了摸路梨的后脑勺。

路梨趴在他身上，像只幼犬一样，耸耸鼻尖，有些贪婪地闻着他身上的味道。他身上有沐浴露的香气，还夹杂着一种淡淡的、他独有的味道。

既然两人和好了，路梨自然也不打算回自己房间了。他之前跟她说他工作到很晚会吵到她，今晚他没有工作，自然不可能吵到她。

路梨觉得他们是一对情比金坚的夫妻，每天晚上分房睡的做法实在是太不好了。既然都情比金坚了，难道她还会怕他吵到她吗？老公熬夜工作，她难道不应该表示理解，默默等着老公，并鼓励老公吗？独自跑到另一间房去睡算个什么事。

老公让她独自睡是因为老公温柔体贴，她作为一个同样体贴的老婆，不能就这么听老公的。

路梨从迟忧宴身上下来，然后打了个滚儿，占据了半边床。她决定以后都睡这里了，跟老公一起睡。

她掀开被子盖在身上，看向迟忧宴的眼神十分坦然。

迟忧宴发现，路梨出现认知错乱后看他的眼神完全变了。他知道，要让现在的路梨回自己房间睡很困难。

于是，迟忧宴也躺下了。

灯关上，两米二的大床上，两人各占半边。

路梨在黑暗中睁着眼，看着头顶黑咕隆咚的天花板，听着迟忧宴平稳的呼吸声。

路梨有在这张床上的记忆，她一想起就忍不住红脸。他们都很年轻，白天又不怎么忙累，现在不应该这么平静才对。她额头上的伤早就不疼了，只是有点儿痒，痒就说明皮肉在生长，伤口在愈合，所以根本不碍事。

路梨微微偏了偏头，看着迟忧宴的模糊身影。她抿唇一笑，一个翻身，滚到迟忧宴身上。

迟忧宴立马睁开眼，路梨已经像只树袋熊一样缠在他身上。

她在他怀里拱了拱，然后暧昧地喊了一声："老公。"

迟忧宴浑身一僵，事情果然还是到了他最头疼的一步。

卧室里一片黑暗，迟忧宴虽然睁开了眼睛，但并没有说话。

片刻后，他重新闭上眼，放缓了呼吸，假装已经睡着了，并未被她的动静吵醒。

路梨发现迟忧宴没有反应，像是睡着了。于是她又在他身上拱了拱，结果他还是没醒。

迟忧宴耐心地等着路梨从他身上下去，过了一会儿，怀中的女人果然安分了。

他刚松了一口气，胸口却突然一暖。

路梨已经解开了迟忧宴睡衣的扣子，这么一来，迟忧宴就不可能继续装作睡着了。

"路梨。"他睁开眼，打开床头的灯，然后格开两人之间的距离。

路梨："老公，你醒啦。"

迟忱宴看着路梨脸上甜蜜的笑容，深吸了一口气。

他说："你额头上还有伤，我去那边睡吧。"他掀开被子，起身下了床。

路梨见状立马从后面抓住他的睡衣："老公！"

迟忱宴回身，见路梨的一张小脸已经垮下去了。

路梨说："额头上的伤有什么关系？就一点点小伤而已，我都感觉不到疼了，根本不碍事。"

迟忱宴很无奈，第一次尝试着哄她："我……这是为你着想，乖啊。"

路梨的脸色更难看了，她又不迟钝，自然能感觉出来迟忱宴不愿意亲近她，这让她感到很挫败。她闷闷地问了一句："老公，我很丑吗？"

迟忱宴似乎没想到她会问这个，眼中闪过一丝诧异，然后就着灯光端详她精致的小脸。

她完美地遗传了母亲的美貌，无可挑剔。

"你很漂亮。"他说的是实话。

路梨抬眼看他，表情幽怨："那你为什么不愿意亲近我？不要找理由搪塞我。"

迟忱宴不知道该怎么跟路梨解释。以前的亲近是建立在两个人都很清醒的基础上，即便没有感情，也是两情相悦的。

现在他很清醒，路梨对他的认知却是混乱的，如果他现在亲近她，他会有一种乘人之危的犯罪感。

路梨见迟忱宴不说话，嘟着嘴从床上爬起来。

她站在床上，比站在地上的迟忱宴高了不少，她伸出手勾住迟忱宴的脖子，然后慢慢爬到他身上。

迟忱宴没办法，只好抱住她。

路梨红了脸，接着缓缓伸出一条雪白的胳膊，关上了灯。

…………

路梨一连几天心情都很好，微博也发得勤了一些，粉丝自然能从她晒的食物和花草中看出她心情好，纷纷在评论区撒起了花。

其实路梨本想在微博上发迟忱宴的照片，但是看到自己之前的微博中都没有他的身影，便知道迟忱宴低调又害羞，不好意思公开秀恩爱。

于是，路梨把秀恩爱的地方转移到了朋友圈，她没有秀得明目张胆，只是暗暗地秀。她只发了两张照片，没有配文。一张照片中的背景是餐厅，能看到餐桌上摆着玫瑰花，餐具十分精致，角落里的两双筷子紧紧依偎在一起。另一照片是他们吃饭时拍的，看似是在拍菜，其实仔细点儿就会发现对面男人修长匀净的手。

路梨发完照片，收到的第一条评论来自乔佳一。

乔佳一的留言只有一个问号。

路梨有些疑惑，不知道这个问号是什么意思，不过为了以示友好，她还是给乔佳一回了一个"机智"的表情包。

下一秒，她就收到了乔佳一发来的微信消息："那个野男人是谁？你出轨还拍照发到朋友圈？"

"你跟你老公……嗯，你们挺好的。"

旋转咖啡厅里，乔佳一一边往咖啡里放奶，一边看了一眼对面额角贴着卡通创可贴的路梨。

路梨哼了一声："那当然。我老公又帅又优秀又有钱，我不跟他好跟谁好。"

乔佳一："嗯……"

之前路梨发了朋友圈后，两人在微信上聊了半天，路梨愤怒地回复："我跟我老公明明情比金坚、琴瑟和鸣，你是从哪里看出来照片里的人是野男人，并以此污蔑我出轨的？"

乔佳一不屑地说："你和你老公什么情况我还不了解吗？快说，那个野男人是谁？"

两人从线上聊到线下约见面，彼此都说要见面后好好说个清楚。

车祸后已经复工的千永知道路梨此行的目的后，忙背着路梨把她在车祸中撞到脑子的事情跟乔佳一说了。

乔佳一本来还不信，现在看到一提起迟忱宴就浑身散发着恋爱的酸臭味的路梨，她才信了。

乔佳一倒是想告诉路梨，她跟迟忱宴并没有感情，不要对迟忱宴做出什么傻事来，可惜现在的路梨根本听不进去。

乔佳一喝了一口咖啡，想起此行的另一个目的，便提出要预定路梨今晚的时间。

她男朋友回国后在家里的支持下开了一家俱乐部，今天开业。

俱乐部是会员制，入会费高昂，主要目标客户群体是S市的有钱人。

今天俱乐部开业，晚上会举办活动，她男朋友邀请了朋友们来玩一玩热热场，因为定位高端，来的人自然越显贵越好。

乔佳一首先想到的就是鼎鼎有名的阔太太路梨。

路梨虽然不是爱玩的人，但也去过几次这种俱乐部，本来她没什么兴趣，但想着帮朋友忙，便答了下来。

她之所以答应乔佳一，还有一个重要原因，那就是迟忧宴今晚要加班，她一个人在家太无聊。

乔佳一起身捧着路梨的脸道："谢谢我们S市最有面子的阔太太赏脸，令俱乐部蓬荜生辉！"

路梨笑了笑。

两人分别后，乔佳一便去帮男朋友准备开业派对了，路梨逛了一会儿商场，最后在经常做头发的那家沙龙里让造型师给她搞了个假刘海。

她额头上的纱布已经拆了，换了张小小的创可贴，想着晚上要见人，不想被人问东问西，所以用假刘海挡一下。

造型师用假发片给她做了刘海，路梨戴上后，斜刘海刚好遮住额角的创可贴。

因为时间充裕，造型师顺便给她做了个发型，是时下最流行的大波浪鬈发。

造型师一边为路梨卷头发，一边忍不住感叹上天的不公。有的客人，造型师要根据其脸型和五官来设计发型，一弄就是好几个小时；有的客人则不是用头发修饰脸，而是用脸来升华发型。路梨就是后者，就连发量也比一般人多。

做好发型后，路梨对自己的新造型很满意，立马拍了张自拍发给迟忧宴："老公，我的新发型好不好看？"

迟忱宴正在看文件，办公桌上的手机亮了一下，他点开一看，发现是路梨的自拍照。

鬈发衬得她很有二十世纪九十年代的感觉，同时又多了一份朦胧的性感。

迟忱宴回复："好看。"

路梨秒回："老公有眼光！我今晚跟朋友出去玩，老公要努力工作啊。最美的老婆配最棒的老公，阿梨的老公是最厉害的！"

迟忱宴："嗯……"

不知道为什么，路梨似乎总能把不正经的话正经地说出来。

他不知道该怎么接下去，于是回了个微笑的表情。

另一边，看着迟忱宴发过来的系统自带的微笑脸，路梨沉默了。

她手机里的表情包很多，而迟忱宴手机里好像没有什么表情包。

路梨本想让迟忱宴存一点儿她平常用的表情，转念又想到他肯定会觉得很幼稚，存了也不会用。

路梨对着镜子想了想，突然灵光乍现，下了一个表情包制作应用程序。

不一会儿，迟忱宴的手机接连响起消息提示声。他从文件中抬头，拿过手机一看，全是路梨发来的微信消息。

迟忱宴本想下班后再看，又想到这几天晚上自己频繁"乘人之危"，总有做贼心虚的犯罪感，所以还是点开了，没想到全是图片，更准确地说是全是表情包，还是动图。

第一张，路梨面对着镜头，闭着眼，嘟起小嘴，对着空气亲了一口，像是在亲屏幕对面的人一样。旁边有两个粉红色的卡通字：亲亲。

第二张，路梨鼓着腮帮子，收下巴抬眼睛，像是在撒娇，又像是在生气。配字：不开心。

第三张，路梨面带甜笑，冲镜头比了个"OK"的手势。配字：好的。

第四张，路梨伸出双臂在头顶比了个心。配字：爱你呀。

…………

一共有十张图片，全是路梨用自己做的表情包。

路梨的消息紧接着发过来："老公，你把这些表情包存起来，以后你和我聊天就用这些表情包。这是老公的专属表情包哟！"

迟忱宴看着那些表情包，一时间说不出话来。

她拍照时没有打光，高清镜头直接对着脸，五官和皮肤都完美得无可挑剔。

他一直看着路梨版的亲亲表情包，然后忍不住去回忆与她亲吻时的感觉。

接着，他把路梨版的表情包一一保存下来，并回复："好。"

他想了一下，又发了一个刚存好的表情包："好的（路梨版表情包）。"

路梨见迟忱宴这就开始用自己制作的表情包，欣喜得把手机放在胸口傻笑了好一会儿。

迟忱宴的消息又发了过来："我工作了。"

路梨隔着屏幕点头："嗯嗯，去吧去吧，爱你呀（路梨版表情包）。"

迟忱宴看着手机上路梨的表情包，忍不住笑了一下。

路梨做好发型，跟老公聊完，出发去乔佳一男朋友的俱乐部。

此时正值晚高峰，路上堵了一会儿车，她到达的时候人已经到得差不多了，场子也热了起来。

乔佳一带着男朋友亲自出来迎接，一见到路梨便发现她换了个发型，从以前的纯情造型变成了迷倒众生的美艳造型。

乔佳一忍不住感叹："你不去当明星简直是浪费！可惜你已经结婚了，迟忱宴耽误了你出道。"

路梨不高兴了："不许你这样说我老公！"

乔佳一："呵呵。"

乔佳一介绍了自己男朋友跟路梨认识后，三人便往俱乐部里面走。

路梨一进去，不少人就把她认了出来。抛开她是迟忱宴的太太不谈，只是路氏地产的千金这个身份，就值得俱乐部主人亲自迎接了。

路梨在迟忱宴面前可以肆无忌惮地撒娇，但在这种社交场合，架子都端得很足。

她一身高级定制时装，手拎限定款皮包，外加红唇和大波浪鬈发，生出几分生人勿近的冷艳感。

男朋友去陪别的客人了，乔佳一便拉着路梨到包间坐下，几个女孩子本来正在聊天，见到路梨，纷纷冲她点头打招呼。

路梨扫了一眼，突然发现一个熟悉的身影，迟馨也在这里。

路梨从上到下把迟馨打量了一番，别的不说，她的穿搭还挺像那么回事。

迟馨对上路梨的目光，表情有些僵硬，但她的朋友知道她是迟忱宴的表妹，更知道路梨是迟忱宴的太太，她只得起身，对路梨点了点头，不情不愿地叫了声："表嫂。"

路梨听出迟馨语气里的不情愿，然而不情愿又怎样，还不是必须得叫她，路梨心情不错，应道："嗯，坐吧。"

众人又继续聊天，聊的话题无非就是衣服、首饰和美容，路梨虽然懒得参与，但偶尔也会回应别人的恭维。

其中一个女人可能是最近感情生活过得比较滋润，总把话题往男人身上带。

她一口一个"我们家亲爱的"，还鼓动大家一起秀恩爱，丝毫没有注意到朋友的眼神暗示。

路梨打着哈欠，本来觉得没什么，直到她去上洗手间，在隔间里听到外面几个人的谈话。

"我说你长没长脑子啊，你在谁面前秀恩爱不好，非要在路梨面前秀，还鼓动大家跟你一起秀！"

路梨听到这里，挑了下眉。原来她们也知道她跟迟忱宴夫妻情深，是不会把男朋友给自己买了几个包、送了一枚钻戒这种事情看在眼里的。

"谁都知道路梨和迟忱宴看彼此不顺眼，你在路梨面前秀恩爱，不是存心给她添堵吗？信不信她明天就收购你家公司，后天就让你们全家去扫大街？"

路梨脸上的笑容僵住了。

外面几个人的声音渐渐远去。

过了好一会儿，路梨才从隔间出来，面无表情地洗完手，准备回家。

迟忱宴最近一直在忙 IM 企业论坛的事情，本次论坛以科技为主题。盛景集团是主办方，临近开幕，有很多事需要他处理。

他加完班，收到千永发来的消息，跟他汇报路梨今天的行程。

其实不用千永汇报，下午路梨自己就已经把行程给他汇报得差不多了。

千永："太太已经离开了俱乐部，现在正在回家的路上。"

迟忧宴看完，放下手机，下班回家。

路梨回来得比他早，迟忧宴回到家时，路梨已经洗漱完躺在床上，正在看着手机发呆，见到他，她也没有像前两天那样跑到他面前，一边伸出双手一边说"老公回来啦"。

路梨只轻轻叫了声："老公。"

迟忧宴"嗯"了一声，虽说白天已经在照片上看过她的新发型了，但他还是说了一句："新发型很好看。"

路梨心不在焉地"哦"了一声。

迟忧宴见她恹恹的，有些疑惑，但他没问，先去洗澡了。

路梨看到他进了浴室，立马抓狂地捶怀里的抱枕。

路梨站起来在床上蹦了两下，然后看向淋浴间。轻微的水声从里面传出来，迟忧宴还在洗澡。

路梨想了一下，下了床。

淋浴间里有轻微的雾气，迟忧宴淋浴完后，穿上浴袍，系好腰带，他不喜欢用吹风机，直接用毛巾把头发擦到半干。

他拉开淋浴间的门，然后被门口的人吓了一跳。

路梨直直地站在门口，似乎在等他出来。

迟忧宴以为她是有什么事，便问："怎么了？"

路梨看着他半干的头发，以及浴袍领口露出的胸膛和锁骨，上前一步站到迟忧宴面前，然后伸出一只手轻轻勾住他的睡袍带子，用商量的语气问道："老公，你给我看看好不好？"

迟忧宴猛然一惊，条件反射地往后退了一步："路梨！"

迟忧宴看着路梨，在敞开浴袍的前一秒把灯关了。

眼前突然一黑，路梨在黑暗中伸出手去摸索："老公，你关灯干什么？老公？"

路梨没有摸到迟忧宴，下一刻，灯又被打开了。

迟忱宴已经将浴袍带子系得死死的。

路梨生气了，没有如往常那样像八爪鱼一样黏在他身上，睡觉时都背对着迟忱宴。

迟忱宴靠在床头上给助理发完信息，扭头看了一眼背对着他的路梨。认知错乱后，路梨非得跟他睡在一起，而他也任由她一直睡在这里。

迟忱宴放下手机，关了床头灯。他躺下来，知道路梨没有睡着。

所有人都以为路梨跟迟忱宴感情不好，网友们给他们安了个"最塑料夫妻"的头衔不说，现实中别人都不敢在她面前秀恩爱，甚至还有人觉得她空虚寂寞。

迟忱宴低调就罢了，路梨可不想跟他一样低调，她还是要适当高调一点儿。

路梨翻了翻微博，搜索有关自己和迟忱宴的信息。

他们不是娱乐圈明星，有关他俩的新闻不多，但是那条给他们颁发"最塑料夫妻"称号的微博的点赞量竟然破了十万。

路梨气得攥紧了拳头。

她又往下翻了翻，看到一个财经博主发的微博，发布时间是半个小时前。

"IM企业论坛今日在S市召开，盛景集团董事、盛景科技总裁迟忱宴出席并发表讲话，现场与来华企业签下多个订单。"

路梨记得迟忱宴最近确实在忙一个很重要的商业论坛，今天他出门前还是她给他打的领带。

博主发了论坛现场的一些照片，正中间那张照片上的人正是迟忱宴。照片里，迟忱宴英俊帅气，坐在白色沙发上，两条修长的腿似乎无处安放，十指轻点，在认真听记者提问。

纵使见过很多次迟忱宴穿西装的样子，但当看到他穿着西装出席正式活动的照片时，路梨还是忍不住尖叫出声。

那个财经博主发了好几条有关IM企业论坛的微博，而有迟忱宴照片的那一条微博的点赞和评论格外多——

"长得这么好看为什么要那么低调？应该多出来让我们饱饱眼福。"

"你们不要光看脸，还要看内涵，看人家发的言、签的单！"

"我很庸俗，看不懂那些。"

不一会儿，路梨就在热搜上看到了 IM 企业论坛。然而，评论几乎都是有关迟忧宴的，这个话题已经被顶了上来，迟忧宴的热度竟然不输当红男艺人。

没一会儿就有人毫不留情地指出残酷的现实："你们醒醒，总裁他已婚。故事已经有女主角了，那就是路氏地产千金路梨。"

有人回复："那可就没意思了。"

有人不服气地回道："谁说路梨就一定是女主角？！"

网友 A："对！联姻的大小姐往往会变成前妻，真正的女主角还没出场呢！"

网友 B："就是就是，你看迟总今天的发言那么精彩，签单那么多，媒体都发微博夸了，而路梨的微博里有提到他吗？"

…………

路梨看到这些评论，气得胸口隐隐作痛。

他们没有感情？她不是女主角？她微博里没有关于迟忧宴的内容？

路梨握着手机，表情变得坚定而认真。她要让网友们看看到底谁才是总裁的女一号，女主角不仅已经出场，而且故事甜到发齁。

她保存了财经号发布的迟忧宴签订单的照片，然后直接发到微博上，并配文："我的老公赚钱养家最棒！"

IM 企业论坛上午的会议结束，中午是休息时间，由五星级酒店大厨为与会者提供食物。

迟忧宴下午还要参加一场会议，吃完饭便在私人休息室里休息。

周秘书抱着电脑跟他汇报了工作内容，迟忧宴听着，不时点一下头。

周秘书汇报完工作，合上电脑，然后欲言又止地看着迟忧宴。

迟忧宴问道："还有什么事？说吧。"

周秘书犹豫着答道："迟总，您……上热搜了。"

迟忧宴看了他一眼。

IM 企业论坛在 S 市召开，由盛景集团主办，各界都很关注，上个热搜并不是什么大不了的事情。

周秘书收到迟忱宴的目光，知道他肯定还不明白是怎么回事，立马补充道："是您和您的太太一起上热搜了。"

迟忱宴脸上露出一丝疑惑，接着他掏出手机，随即想起自己的手机里没有安装微博。

他把手伸向周秘书："借你的手机看看。"

周秘书恭敬地递上自己的手机。

周秘书登录的是自己的账号，用户名是"烟烟的小迷弟"，最近几条微博全是在夸当红明星梁烟。

迟忱宴的表情有一瞬间的僵硬，接着他抬头看了一眼面前西装革履的周秘书。

周秘书："嗯……"他大意了。

迟忱宴点开热搜，热搜第四条是"路梨、迟忱宴"，第六条是"路梨被盗号"。

他皱着眉点进去，第一条就是微博账号"路梨"于一个小时之前发的微博："我的老公赚钱养家最棒！"

下一条热门微博是营销号发布的："疑感情生变，迟忱宴出席 IM 企业论坛并签下多个订单，妻子路梨公开示爱为哪般？"

迟忱宴随手点开评论区，网友们都跟他这个当事人一样觉得不可思议——

"路梨不会被盗号了吧？"

"迟忱宴的脸和手真的好绝（歪个楼）。"

"路梨肯定被盗号了！是自己的钱不够花还是脸不好看，路梨怎么可能给她老公开示爱？"

"老婆给老公加油叫感情生变？"

"废话，他们根本没有感情，路梨突然搞这么一出，可不是感情生变了吗？"

"这条微博既幼稚又搞笑，我不信是路梨自己发的。"

迟忱宴看到这里，明白了为什么有个热搜词条是"路梨被盗号"。

就在这时，拥有九十多万粉丝的路梨又发了一条微博，内容是一张新鲜出炉的自拍照，配文："没有被盗号。"

迟忱宴看得倒吸一口凉气，随即绝望地闭了闭眼。自接手盛景后，什么大风大浪他没见过，这是他第一次感到无比棘手。

他总不能发通稿说路梨脑子出了问题，目前还在恢复期，请大家多担待一下。

他也错过了告诉路梨真相的最佳时机，如果现在才跟路梨说她的认知有问题，他敢保证，路梨会以为这是他为了抛弃她而编出来的谎话，然后在他面前哭得昏天黑地。

他发现自己受不了路梨撒娇，更受不了她委屈巴巴地望着自己的样子。

迟忱宴揉了揉眉心，手机响起消息提示音，是路梨发来的微信消息："老公，我今天在微博上给你加油了！我们一起上热搜了！"

路梨："我一定会打破那些关于我们感情不和的谣言，请阿梨的亲亲老公放心！（路梨版表情包）"

迟忱宴看着路梨自制的表情包，一时间说不出话来。

另一边，路梨给迟忱宴发完微信消息，又看了一眼自己的微博。

评论里全是"问号脸"的表情包，所有人都无法理解她的做法。

路梨这次铁了心要扭转全网唱衰他们夫妻的现状，营造出妇唱夫随的形象。她切换到了小号"梨子味小仙女"，然后若有所思地看着自己关注的众多超话。

两人结婚三年，竟然连个超话都没有。他们郎才女貌、感情深厚，竟然没有人喜欢。于是，本着与其等别人来做不如自己动手的原则，路梨着手创建关于两人的超话。

她追星多年，知道什么样的超话名称才能吸引注意，思考了一会儿，她便决定取名"吃梨夫妇"。这个名称暗含迟忱宴和路梨这两个名字。

路梨选择创建"吃梨夫妇"超话，把申请助力的微博发出去。由于她这个追星小号既"博爱"又大方，所以也有将近一万的粉丝，不一会儿就有很多人为她助力，超话创建成功。

路梨修改完了超话简介，然后作为创建者在超话里发了第一条正式的微博："'吃梨夫妇'超话创建成功！这里是属于迟忱宴和路梨的超话，'神仙'夫妇，'入股'不亏，欢迎大家关注！"

追星小伙伴A："连这一对也有人喜欢吗？"

追星小伙伴B："梨子味小仙女不是存心给自己找难受吗？"

路梨发完超话创建后的第一条微博，便等着其他小伙伴的创建感言，结果却发现超话的粉丝数从最初的三十一掉到了十五。

路梨退出超话，看了一眼还挂在热搜榜上的"路梨、迟忱宴"词条，又重新进入超话发了一条微博："请大家去'路梨、迟忱宴'这个热搜上多多宣传一下'吃梨夫妇'，对于有产出的小伙伴（包括但不限于视频剪辑、图片剪辑等），可以参加抽奖得神秘大礼！"

路梨拍了几张自己梳妆台的照片，以及自己那几大柜子全新的护肤品和化妆品，全都是断货款、热门款和限购款。

这条微博一发，梨子味小仙女的粉丝都沸腾了。

不一会儿，在"路梨、迟忱宴"的热搜微博里，除了那些对他们夫妻的操作表示迷惑的评论以外，还多了许多关于"吃梨夫妇"的宣传微博。

许多人看到后，都惊讶地表示，这两口子竟然连超话都有了？

路梨看着"吃梨夫妇"超话不断增加的粉丝数，满意地点了点头。

迟忱宴肯定不知道她为他们的夫妻形象做了多大的努力，超话要想保持热度，夫妻形象要想变好，就一定要多"发糖"。

今天的热搜盛景方面没有回应，毕竟只是一条关于总裁的新闻，既不是绯闻，也不是丑闻，没有回应的必要。

至于路梨……迟忱宴叹了口气，决定让她以后不要在微博上发与他相关的内容，理由很简单，不过也很好用，那就是他想保持低调。

路梨在认知错乱后很听他的话，他说什么她都听。

迟忱宴想到这里，不由得笑了笑。

他回到家后，用人说太太在书房。

楼上他的卧室里有一间书房，方便他办公用；楼下还有一间更大的书房，路梨有时候会用。

书房门没关，迟忱宴见路梨正对着电脑在忙什么，看起来很专注，连他走进书房她都没察觉，脸上还挂着一抹难以形容的微笑。

迟忱宴悄悄走过去，站在路梨身后，微微俯下身，看了看电脑屏幕。

屏幕上写着几行硕大的桃粉色的花体字："无爱不欢：霸道总裁的惹火小娇妻！

"主角：迟忱宴 × 路梨。"

第三章
"吃梨夫妇"

♥

路梨在电脑上写了一下午的小甜文，脸上的笑容甜蜜又荡漾。

攻破夫妻不和的谣言，首先得用一篇小甜文。

"这段文字是什么意思？"突然，男人好听的声音从身后传来。

"啊！"路梨被吓得从椅子上跳起来，一扭头，看到迟忱宴不知道什么时候站在她身后，正盯着电脑屏幕。

"没什么没什么！"路梨手忙脚乱地关掉网页，只是她关掉一个网页，下一个网页又弹出来。

"霸道总裁娇娆妻"。

迟忱宴看着七彩字体，微微挑了下眉。

路梨羞愤得快哭了，不知道自己打开这多网页做什么，拿着鼠标噼里啪啦地点了半天才关完。

迟忱宴从电脑屏幕前直起身，看着路梨的眼神十分有深意。

路梨现在恨不得找个地缝钻进去，她故作镇定地转移话题："老公下班回来啦。"

迟忱宴瞟了一眼电脑屏幕，一副对刚才的文字很感兴趣的样子。

路梨一把挽住迟忱宴的胳膊把他往书房外拖，同时夸赞道："老公今天开会辛苦了，老公穿西装好帅，老公赚钱好厉害，阿梨最喜欢花老公赚的钱……"

迟忱宴没忍住，"扑哧"一声笑了出来，不过他没继续追问。

路梨松了一口气，这种羞耻的东西是不能被老公看见的。

当晚，迟忱宴兴致不错，路梨被撩拨得晕晕乎乎，谁知最后关头，迟忱宴突然开口问了她一句……

路梨瞬间清醒过来，心想再也不敢给老公看了！

IM 企业论坛之后，迟忱宴去了 B 市出差，一去就是一个星期。

路梨便过上了每天等老公想老公盼老公的日子。

千永按路梨的吩咐去寄快递，将近百来个快递，里面是各式各样的化妆品和护肤品，还有首饰之类，据说是太太送给微博上的粉丝的。

路梨看着已经初具规模的"吃梨夫妇"超话，心情十分愉悦。

她切回自己的大号，关注了迟忱宴超话和"吃梨夫妇"超话。

超话粉丝发现后都震惊了，随即讨论起来——

"她会不会看到我们写的小甜文了？"

"可能吧……"

"肯定不会！路梨那种名媛怎么会看小甜文，人家肯定每天在家看艺术和哲学书。"

"也是，那她为什么关注超话？"

"助理手滑了吧……"

路梨看着超话里粉丝的讨论，她才不看那些催眠的书。难道她就不能看小甜文了吗？她当然会看。

路梨抿了抿唇，其实她也有个人超话，并且粉丝还不少，粉丝关注她是为了跟她学习如何精致地生活。

她每次出镜都很优雅，"名媛""高贵"这些词是所有人对她的第一印象，所以她在微博上给迟忱宴加油才会被很多人质疑是被盗号了。

在他人看来，她和迟忱宴貌合神离，她不可能会这样做，而且作为名媛，她也不会说出这么幼稚的话。

路梨吸了下鼻子，难道名媛就不能很可爱吗？名媛还每天追星呢，哪天她暴露本性，可能会把他们吓死。不过她也只是在心里想一想，过过瘾。

迟忱宴出差还没回来，路梨翻了翻自己的日程表。

她的生活并不是每天随意地吃喝买，而是助理详细规划过的，她喜欢的品牌上新了，千永就会在日程上给她安排购物，有朋友约她出去玩，日程上就会有聚会，另外每个星期的美容和瑜伽也都在日程表上。

今天的日程表上写的是跳舞。

她的生活当然不是只有享乐，她也喜欢学习，一是为了充实自己，二是为了发朋友圈。

S市有很多专门为贵妇开设的钢琴班、芭蕾舞班、油画班和插花班，价格高昂，生意都很不错，贵妇们上个课既能陶冶情操，还能认识新朋友。

路梨对这些课程没有兴趣，且不说钢琴和芭蕾舞她从小就学，重要的是班里的学员大都四十岁以上，跟她没有共同话题。而跟她同龄的基本都未婚，只有她顶着个贵妇头衔到处跑。

路梨跟乔佳一认识后，被她拉去了S市的一个舞蹈工作室。那时候两人喜欢的偶像跳舞很厉害，她俩便想学偶像跳的舞。

以前在G市的时候路梨追星都是偷偷摸摸的，专辑、海报什么的都要藏起来，生怕被母亲发现，母亲隔一段时间就会检查她的芭蕾学得怎么样，她根本没有时间也不敢去学这类舞蹈。

嫁到S市的一个好处就是她自由了许多，喜欢什么不用再藏着。不过路梨也就学着玩，当兴趣爱好，锻炼锻炼身体。

今天在舞蹈工作室的练习室里，乔佳一和路梨第一次对学什么产生了分歧。

乔佳一想学最近很火的一支炫酷性感的舞蹈，路梨想跳星空少女组合的一首关于表白的新歌《This is love》(《这就是爱》)中的舞蹈。

星空少女组合最近凭借这首《This is love》红得发紫，歌曲旋律既轻快又甜蜜。整支舞蹈集合了撒娇、卖萌、示爱的动作，配上"我怎么这么喜欢你呀，每天都在想着你呀，亲爱的下一秒再不吻我就要生气啦，为什么总是被你哄一哄就好"的歌词，跳起来像是在隔着屏幕跟男朋友表白。因此，《This is love》中的舞蹈又被称为表白舞。

乔佳一听到那肉麻的歌词就起了一身鸡皮疙瘩，表示强烈反对，恨铁不成钢地看着认知错乱后把迟忧宴当此生真爱的路梨。

路梨拉住乔佳一的手晃了晃："你跟我一起学吧，你跳给你男朋友看，我跳给我老公看。"

乔佳一惊讶得眼睛都要瞪出来了，见鬼似的看向路梨："你要跳给迟忧宴看？"

路梨点点头："嗯嗯。我跟老公说了今天来学跳舞，然后要跟他汇报成果。"

老公出差了也没关系，她录成视频发过去，隔着屏幕跳支可爱的舞跟老公隔空示爱。

路梨觉得这首歌的歌词太适合她跟她老公了，全是她想对老公说的话。

乔佳一十分头疼，她抓住路梨的肩膀使劲儿摇晃："路梨，你醒一醒！我求求你，你醒一醒好不好？"

路梨掰开乔佳一的手："我一直醒着啊。"

乔佳一恨铁不成钢地说道："你以后别说我没阻止过你。"

路梨勾唇一笑："你阻止不了我。"

《This is love》的舞蹈动作并不难，只花了一下午，路梨便跟着老师把整套动作学会了。

乔佳一打死不学这种舞，去另一间练习室学别的舞蹈了。

最后一个音符落下，路梨对着镜子跳完最后一个动作，把最后一句歌词"我怎么这么喜欢你呀，我的男朋友"，直接改成了"我怎么这么喜欢你呀，我的老公"。

老师赞赏地点点头："你学得很快，跳得很好。"

跳得好是一回事，跳这支舞最重要的是表情管理，路梨跳的时候双眼发亮，自然流露出爱意，让人看了很难不心动。

路梨学完舞，顺便借了舞蹈工作室的摄影机和摄像师。

这个舞蹈工作室在业内很有名气，经常会将一些老师和学员的跳舞视频发到视频网站上，粉丝很多，所以有专业的设备和摄影师。

迟忱宴出差了，她不能亲自跳给他看，但又迫不及待地想给他看自己的学习成果，于是她便决定录制成视频发给迟忱宴，这样他还可以反复看。

乔佳一从另一间练习室过来，蹲在地上看路梨跳舞，忍不住摇头感叹路梨这种小甜妹嫁给迟忱宴那种不解风情的男人实在是委屈了。

舞蹈视频拍好后，还要剪辑和配乐，路梨让摄影师弄好了就发给她，然后便回家了。

一回到家，她就给迟忱宴发微信消息："老公，我今天学会了一支舞蹈，已经录成视频了。你猜我跳的是什么？猜对了就发给你看！"

迟忱宴今晚见了一个很重要的客户，回到酒店时已经将近十点，这才看到路梨发来的消息。

他不知道路梨跳了什么，而且他是在路梨认知错乱后才知道她平常上的舞蹈课不是芭蕾课。

迟忱宴回复路梨："我猜猜看。"

他正琢磨着路梨会跳什么，这时，周秘书给他发来一条视频链接分享。

迟忱宴点了进去。

············

路梨洗完了澡，贴上一片面膜，拿起手机，看到迟忱宴终于回复了她。

一条是两分钟前的消息：我猜猜看。

一条是刚刚送达的消息：《This is love》

路梨惊喜不已："老公，你居然一下子就猜对了！是我们心有灵犀吗？"

迟忱宴："不是。"

路梨："那你是怎么猜到的？"

迟忱宴："因为我已经看到了。"

路梨："老公，你在哪里看到的？我明明还没发给你啊。"

另一边，迟忱宴看着路梨发来的微信消息，揉了揉眉心。他翻到刚才周秘书发过来的视频链接，转发给了路梨。

路梨扫了一眼视频标题——向上舞蹈工作室：K老师在线翻跳《悸动》！

她有些疑惑，舞蹈工作室经常会把一些老师翻跳舞蹈的视频发到网上，可是这跟她有什么关系呢？

路梨狐疑地点击播放，星空少女轻快甜蜜的歌声响起，紧接着，屏幕上出现了一个扎丸子头、穿短款小衬衫和高腰格裙的女人，她随着节拍轻快起舞。

路梨先是张大嘴，愣了几秒，然后猛地站起身，一把揭掉脸上的面膜。

这是怎么回事？这不是她跳舞的视频吗，怎么会出现在网上？

路梨惊得鸡皮疙瘩都起来了，她看了看左下角的播放量，马上就要破百万了。

舞蹈视频继续播放着，路梨颤抖着手打开了弹幕。

从第一秒星空少女的歌声响起，就有无数条弹幕飘过——

"怎么回事？标题不是写的翻跳《悸动》吗？传错视频了吧！"

"这个小姐姐是谁啊，好像不是K老师吧？"

"肯定不是啊，身材就不像，这腿好长，这腰好细！"

随着鼓点响起，视频中的人抬起头，对着镜头眨了眨眼，网友们看到她的脸后都是一惊。

"这不是路梨吗？"

就在这时，摄影师给了她一个脸部特写，一张骨相绝佳、秒杀一众女明星的脸出现在了屏幕上，坐实了视频里的人就是路梨。

众人震惊过后，开始认真欣赏起了路梨跳舞。

星空少女甜美的歌声回荡，视频里的路梨踩准了每一个节拍。

这支舞跳起来虽然不难，但想要跳好并不容易，网友们原以为路梨只是随便跳两下，没想到她每个卡点、定点都十分到位不说，她还把这支告白舞的精髓用动作和表情诠释得淋漓尽致。

她每一个眼神都带着爱意，每一个表情都透着可爱，让人即便隔着屏幕也能被触动，原本只是来看看热闹的人出不去了。

正当众人讨论着这支被误传到网上的舞到底是路梨跳给谁时，在视频的结尾，路梨用双手在身前比了个心，上方是她拜托剪辑师加上去的粉红色花体字。

——谨以此舞献给路梨最爱的老公。

网友们热烈讨论起来：

"她老公是谁？是原本的老公，还是已经二婚有新老公了？"

"还是迟忱宴，两人没离婚。"

"我是不是漏了什么剧情，这两口子到底是怎么回事？"

"迟忱宴其实还好，最近路梨的行事也太反常了吧！"

"迟总知道他老婆跳给他看的舞现在被我们看到了吗……突然有些心虚。"

路梨面如死灰地看完了自己跳的舞，以及那些弹幕。

她正想给舞蹈工作室打个电话，工作室的电话就打过来了。

工作室老板发现实习生把路梨的舞蹈当成舞蹈老师的舞蹈传到了视频网站上，现在播放量已经突破百万的时候，吓得魂飞魄散。

"路小姐，对不起，真的对不起，这是我们工作上的失误，您的衣服跟K老师的太像了，实习生看缩略图把您认成了她，真的对不起，我们已经把视频删掉了。"工作室老板含着泪道歉，生怕下一秒路梨就让人收购了他们工作室，然后让他们搬走。

路梨面无表情地听着老板的解释和道歉，如果现在删掉视频有用的话，那一百万播放量能当作从来没有过吗！能让看过那个视频的人都忘记这件事吗？

路梨吸了吸鼻子，这下她的形象全毁了，要是母亲看到了怎么办？

现在删视频已经晚了，早已有人下载下来了。

路梨挂断电话后，又看了一眼微信，乔佳一发来了消息，是一条微博链接。

乔佳一："你不是拍给你老公看的吗，为什么我在微博上刷到了？"

乔佳一："在一个平台上仅三个小时的播放量就破百万了，你牛啊！你知道百万播放量多么不容易吗？"

路梨不知道怎么回复乔佳一，更不敢去想那条视频现在的传播情况，她切换到跟迟忧宴的微信聊天界面，直接打了个视频电话。

迟忧宴接了起来。

电话里路梨的声音含着委屈："老公，我本来只是拍给你看的，被工作室的人弄错了。现在怎么办？我没想要出道啊，我只想做老公的乖乖阿梨。"

迟忧宴揉了揉太阳穴，事情果然跟他料想的差不多。

一想到本来只有自己可以看的视频，现在在各大平台的播放量破了百万，男人就沉下了脸。

路梨的心情稍微平复了些，她软软地喊道："老公。"

迟忧宴："我现在就让公关部把视频删掉吧。"这并不是一件难事。

路梨撒完娇，握着手机想了想，突然说："来不及了。"

迟忧宴不解："嗯？"

路梨解释道："网友们已经看到了，删也没用啊。幸好我给老公跳的只是表白舞。"

路梨见识过失败的危机公关，她觉得现在删除已经晚了，反正她跳告白舞的事情已经传出去了，与其欲盖弥彰，还不如顺水推舟，刚好破除关于他们感情不和的谣言。

"这次就当是我放出去，当着所有人的面向老公表白，好不好？老公，我爱你。"

迟忧宴听到电话里路梨赤裸裸的告白，愣了一瞬。他喉咙卡了一下，似乎想要说些什么。

路梨并不强求迟忧宴跟她一样说些肉麻的情话，因为她知道他很害羞，说不出口。

路梨接着说："老公，下次舞蹈工作室再把我跳给你看的舞放出来，我们就收购他们，把他们都辞掉好不好？"

迟忱宴"嗯"了一声。

路梨："谢谢老公。"

迟忱宴："晚安。"

路梨挂了电话。

酒店套房里很安静，迟忱宴认真看着路梨专门跳给他看的舞，不知不觉中扬起了嘴角。

他不知道自己现在的这种感觉是不是就是歌词里的"会心一击"，只是想到本来专属于自己的舞蹈现在被公开了，难免有些郁闷。

他突然有点儿后悔刚才路梨表白时，他没有回应她。

迟忱宴看了一眼微博下面的评论区，第一条热评是："这是谁的老婆？我是不是没机会了？"

他忍不住眯了眯眼。

不过已经有人替他回答了此人："朋友醒醒，这是迟忱宴的老婆。"

那名网友似乎十分激动："我查了，他们感情又不好！我可以等！"

迟忱宴攥紧了拳头，恨不得顺着网线把这些人找出来揍一顿。

他切换到跟路梨的微信聊天界面，翻了翻聊天记录，看到路梨每天都会发过来的"亲亲老公"四个字，心里才好受了些。

舞蹈工作室删掉路梨的跳舞视频后，通过工作室的官方微博号发了一封道歉信，解释了是因为实习生不小心搞错了，才导致路梨跳舞的视频被当成教学视频发到了网上。

然而，路梨跳舞的视频早就被搬到了各大营销号上，各种标题都出来了。

"昔日著名的'塑料夫妻'，如今妻子竟向老公跳舞示爱，看得所有人大吃一惊！"

"究竟是人性的扭曲还是夫妻情变，顶级名媛人设崩塌，竟对老公做出这种事？"

路梨躺在床上，看着手机，撇了撇嘴。

她牺牲这么大，形象都不要了，就是希望大家能看到她跟迟忱宴有多么恩爱。

路梨看了一眼"吃梨夫妇"超话，超话里大都是在夸她的表白舞，看似热闹，粉丝并没有涨多少，看来以后他们在秀恩爱这方面还需要加把劲儿。

路梨这么想着，切回到大号，发现她的粉丝竟然多了不少。

最新一条微博下面还多了很多评论：

"路梨，你以为你啥都不缺吗？你错了，你缺一个我啊！"

"梨梨这颜值这身材，嫁给有钱人当阔太太有什么好的，还不如自己出道！"

…………

路梨看着自己微博里多出来的粉丝和评论，心里缓缓冒出一个问号。她要的是"吃梨夫妇"超话涨粉丝，她的大号涨这么多粉丝做什么！

她有老公了，她也不出道，她的人生目标就是和她那个全世界最帅最优秀的老公一直在一起！她要和老公变成最甜蜜夫妻！

路梨抓了抓头发，退出了微博，正准备再给迟忧宴道声晚安，突然接到一个电话，来电显示是"妈"。

路梨被吓得差点儿没拿稳手机，手机在她手里打了两个转，才被她拿住。

手机铃声一直在响。路梨知道母亲肯定是看到她的跳舞视频来骂她了，她不敢接。

她挣扎再三，壮着胆子按了拒接，然后立马给迟忧宴打电话。

"老公，我妈妈刚才给我打电话了，我不敢接，你打电话过去跟她说，好不好？"

迟忧宴本来已经睡了，被路梨的电话吵醒了。

听着电话里路梨的撒娇声，有一瞬间他怀疑三年前自己娶回家的是另一个路梨。那个是 G 市名媛、富家千金，而这个……

迟忧宴知道自己除了答应她，别无他法。

路梨："谢谢老公，阿梨在家里等你回来哟，爱你。"

迟忧宴不由得笑了一下，然后认命地给丈母娘打电话。

路梨挂完电话没多久，就收到了母亲发来的短信，事实证明她的老公果然是最厉害的，轻而易举就搞定了丈母娘。

母亲在短信里没提别的，只是让她有空的时候回家看看她父亲。

路梨回了个三百六十度旋转七彩发光的"好"。

两天后，迟忱宴终于从 B 市出差回来。

他搭的是私人飞机，不过路梨还是提前问了到达时间，亲自跑到机场去接他。

从机场回家的车上，路梨一直抱着迟忱宴的胳膊，紧紧贴着他，撒娇说："老公，我好想你，我差点就忍不住飞去 B 市找你了。你下次出差带上我，好不好？"

迟忱宴想起了上一次他去国外出差三个月回来后，路梨见到他时的冷漠和疏离。

路梨见迟忱宴一直不说话，忍不住晃了晃他的手臂。

迟忱宴回神，对路梨笑了笑："好。"

路梨在迟忱宴脸颊上落下一吻。

前排的司机头都不敢偏，死死地盯着前方。

今天迟忱宴没有工作，两人在一家路梨早就想去的餐厅吃了饭，路梨忙着拍照发朋友圈，隐晦地暗示对面的人是自己老公，发完朋友圈还不忘发微博，重新恢复她之前打卡米其林餐厅、展现精致优雅生活的风格，仿佛之前那个跳告白舞的人不是她。至于微博下面的评论，路梨直接忽略了。

吃完饭，两人回到家，路梨早就挑好了电影要跟迟忱宴一起看，两人窝在沙发上，灯全都关了，放映厅的幕布上播放着电影。

影片最后有一段男女主角的亲热戏，尺度倒是不大，只是导演技巧高超，用镜头和配乐把气氛渲染得很暧昧。

路梨看得脸都红了，往沙发里缩了缩。

迟忱宴察觉到她的小动作，伸出手把她揽过来。

路梨感受到在自己腰际游走的手，叫了一声："老公。"

"嗯。"迟忱宴应得漫不经心，嗅着路梨身上幽微的香气。

不知道为什么，这次出差，他格外想她。

借着幕布散发出的微光，迟忱宴突然看到路梨左腿膝盖上有一块瘀青。他不由得停下动作，皱了皱眉，轻抚上去："怎么弄的？"

路梨很淡定："跳舞弄的，没事啦。"

表白舞里有一个跪地的动作，她那天穿的是短裙，又忘了戴护膝，练习室的地板硬，腿上弄出瘀青很正常。

迟忧宴把她修长的腿拉到胸口，然后低头在她膝盖上亲了亲，又轻轻抚摸。

"以后不要跳了。"他说。

路梨红了耳朵："平时站着坐着没什么感觉啦，只是硌到还是会痛。"

迟忧宴抬起头，摸摸她的耳朵……

他们从放映厅回到卧室已经是半夜了。路梨洗了澡，缩在被子里不想动弹。

迟忧宴玩着路梨的头发，轻声跟她聊天："周末回去见奶奶吧。"

路梨打了个哈欠："只是见奶奶吗？"

迟忧宴："嗯。"

路梨："好呀。"

如果只是去看奶奶的话她很乐意，如果还要见其他亲戚的话她就不愿去了。

迟忧宴感受着路梨单薄的脊背贴在他胸前，像一只小小的奶猫，他有一下没一下地抚着她的背哄她入睡。

迟忧宴从B市出差回来后又投入到繁忙的工作当中。

路梨不再每天盼星星盼月亮地盼老公回家，过上了每天都可以和老公亲亲抱抱举高高的日子。

乔佳一家最近开了一家温泉度假酒店，特邀路梨去体验一下。

在私人汤池里，水温一直保持在四十摄氏度，连池边的石块都是精心排列的。

乔佳一用吸管搅动着杯子里的橙汁，瞅了一眼跟她抱怨老公的路梨。

两人关系好，彼此之间什么都能说，并不忸怩。

乔佳一早就知道路梨跟迟忧宴从结婚后一直有夫妻生活，只是她不知道在路梨的认知出问题的情况下，迟忧宴这样算不算心机深沉，她是否需要提醒路梨注意一下，并对迟忱宴进行道德上的谴责。

"你这个……"乔佳一顿了一下，接着说，"应该叫作旱的旱死涝的涝死。既然你现在这么喜欢你老公，我怎么说你都不听，那就涝死吧，等你恢复了，自然也就旱死了。"

乔佳一趴在池边，舒服得"哼"了一声，又说："对了，你老公看到你百万播放量的视频后有什么反应没？"

路梨想起这件事就黑了脸："我老公答应了，以后谁再把我跳舞的视频放到网上就把那人送走。"

"然后呢？"乔佳一忍不住问。

路梨："什么然后？"

乔佳一："送走之后呢？他还说什么没？"

路梨笑了一下，说："他让我以后不要再跳了。"

乔佳一腹诽："迟忱宴看到那些评论，就只有一句不要跳了？"

她问路梨："就没有跟你说你跳舞的时候很可爱，他很喜欢之类的？"

路梨摇摇头，不过她并不在意这些："我老公害羞，说不出这些话。"

乔佳一扶额。她知道，迟忱宴不说，是因为他还是以前那个迟忱宴，认知错乱的路梨却理解成了他是因为性格内敛和害羞。

乔佳一在心底骂了迟忱宴一顿，然后对路梨说："你以后别让他老碰你。"

路梨没说话，小口喝着饮料。

两人泡完，冲了澡，穿上浴袍去做按摩。

路过休息室时，乔佳一往里面瞅了一眼，往前走了一段路后，她突然想起刚才在休息室里看到的那个人有点儿眼熟。

乔佳一停下脚步，折返回去。

路梨只好跟着她往回走："怎么了？"

乔佳一走到休息室门口，看到里面的那个人，面上难掩惊喜，拍了拍路梨的胳膊。

"嘿，你看，里面那个人是不是白千迎？"

路梨顺着乔佳一的视线看过去，见一个年轻女人优雅地坐着，服务生正恭敬地递给她一杯红酒。

路梨点点头："应该是。"

名媛大都比较关注时尚，白千迎是近两年在时尚圈崭露头角的华裔设计师，两年前她创立了自己的时尚品牌 YING 并大获成功，还在美国举办了时装秀。

乔佳一很喜欢 YING 的风格，也顺带着关注了一下这位美女华裔设计师。

"她不是一直住在美国吗，怎么会出现在这里？"路梨不解。

"人家回国来玩不行吗？"乔佳一用胳膊捅了捅路梨，"去合个影吧。"

路梨摇摇头，但还是跟了上去。

乔佳一大方地跟白千迎打招呼，白千迎笑着跟乔佳一客套了两句，拍了合照，然后看向路梨，伸出手问候道："路小姐，你好。"

路梨本来只是站在旁边等着乔佳一，没想到白千迎会主动跟她打招呼，她笑了一下，跟白千迎握了握手："你好。"

她有些不解："你认识我吗？"

白千迎顿了一下，随即微笑着说："我看过路小姐跳舞的视频。"

路梨："噢……"

乔佳一向白千迎表达了自己对 YING 的喜爱，然后问她怎么回国了。

白千迎把垂到颊边的头发别到耳后，笑了笑，说道："因为今年 YING 的秀场会挪到 S 市。很高兴认识路小姐和乔小姐，届时还请二位亲临秀场。"

路梨点了点头，乔佳一也答应下来。

按摩的时候，乔佳一把自己与白千迎的合照发到微博上，然后又问路梨为什么不跟白千迎合影。

路梨闻着熏香，答道："我又没多喜欢 YING，跟她合影做什么。"

乔佳一一边享受按摩一边说："你知不知道她很厉害，她是个孤儿，从小在孤儿院长大。"

路梨"嗯"了一声："然后呢？"

乔佳一："据说她从小就喜欢服装设计，拼了命地学习，她在美国留学的钱全是自己打工赚来的，而且她成绩特别好，毕业设计直接得了大奖。她一毕业就被时尚品牌看上签下来，哦，对了，据说她那个毕业设计是为了纪念她前男友。"

路梨闭着眼说："那是挺励志的。"

周末，路梨跟着迟忱宴回了迟家。

上次路梨送了迟老夫人一枚胸针，这次她带了自己亲手烤的小饼干。

迟老夫人看到饼干立马尝了尝，然后拉着路梨的手一个劲儿夸她乖巧，还说看到她跳舞的视频了，跳得真好。

路梨脸上的笑容僵住了，为什么她现在有一种全世界的人都看过那个视频的感觉？

两人陪迟老夫人吃了午饭，迟老夫人有午睡的习惯，吃过饭后她便被用人推回卧室休息了。

午后的迟家很安静，只有花园里的鸟儿和昆虫的叫声，小金毛丸子也在窝里打起了盹儿。

路梨跟迟忱宴去了他的卧室休息。

这间卧室是迟忱宴小时候住过的，里面还保留着不少他以前用过的物品。

路梨并不困，她发现自己都没有好好看过老公曾经的卧室，于是一进去就在卧室里翻找。

迟忱宴问："你在找什么？"

路梨："老公，你房间里都不摆照片吗？"

迟忱宴躺在床上看手机："照片？"

路梨点点头："对啊。"

她以前的卧室里有很多照片，墙上挂着，书桌上摆着，见证她从小美到大。

路梨扑到床上，躺在迟忱宴身边，笑吟吟地说："我想看看你小时候的照片。"

迟忱宴看了路梨一眼，深吸了一口气，还是下床去了书房。

回来的时候，他手里多了一本影集。

路梨兴奋得从床上坐起来，从迟忱宴手里接过影集："嘻嘻。"

她盘腿坐在床上，把影集在面前摊开，看到第一张照片就想尖叫。

"老公！"路梨用一只手捂着嘴不让自己叫出来，另一只手使劲儿拍迟忧宴的胳膊。

迟忧宴往影集上瞟了一眼，那是他婴儿时期的照片。

路梨看着迟忧宴婴儿时期胖嘟嘟的样子，心都快化了，她抱起影集捂在胸口："老公也太可爱了吧！"

迟忧宴笑了一声，不置可否。

路梨把影集放下来，接着往后翻。

照片是按时间顺序摆放的，记录了一个婴儿长成男孩，再变成少年。路梨每看几张就忍不住拍拍迟忧宴的胳膊，激动得无以复加。

看到他婴儿时期的照片，她小声尖叫道："老公，你小时候好可爱！"

看到他儿童时期的照片，她忍不住感叹："老公，你小时候好好看！"

看到他少年时期的照片，她又激动地喊道："啊，老公你怎么这么帅！"

看着照片上迟忧宴一身校服的模样，路梨仿佛情窦初开的少女。她抬起头，端详着迟忧宴的脸。

虽说现在的迟忧宴更好看，但他十八岁时一脸青涩的样子更吸引人。路梨后悔得捶枕头："老公，我好后悔没有早点儿认识你啊！"

迟忧宴看了一眼那张让路梨亢奋不已的照片，他并不觉得有什么特别的。

路梨看完整本影集，心扑通扑通跳得厉害，感觉像是看到了初恋一样。她扑到迟忧宴身上，再抬头看他的脸，仿佛跟影集里十八岁的少年重合在一起。

路梨懊恼地说道："我真的好想见见十八岁时的你啊。"

迟忧宴笑了一下，不知道该说什么，抬起手摸了摸路梨的头。

路梨掏出自己的手机："老公，我也给你看我的照片好不好？"

迟忧宴点点头："嗯。"

路梨翻到自己十六岁时的照片，将手机递到迟忧宴面前。

网上有一些路梨小时候的照片，不过这张照片迟忧宴还是第一次看到。

她穿一身西式校服，看向镜头时下巴微抬，很傲气，眉眼漂亮得过分，放在哪个学校都是无可争议的校花。

路梨把她跟迟忧宴的照片摆在一起，清贵校草和千金校花，怎么看都十分般配，要是把这两张照片放到"吃梨夫妇"的超话里，粉丝数绝对会激增。

不过路梨随即又打消了这个念头，因为她这个人十分小气，迟忧宴十八岁时的模样，她才不给别人看。

"老公。"路梨趴在迟忧宴的胸膛上，突然说，"我终于知道以前那么多男孩子追我，我为什么都没答应了。"

迟忧宴："为什么？"

虽然知道以路梨的家世和长相，读书时没有同龄的男生追根本不可能，只是听她亲口说出来，感觉还是不一样。

路梨抬起头，看着迟忧宴的脸，眼神认真又坚定："因为冥冥之中我在等你。我跟你上辈子一定手牵手喝了孟婆汤过了奈何桥，这辈子才情深似海。你看我们多配啊。我现在才明白什么叫天生一对，什么叫命中注定，什么叫有夫妻相。"

迟忧宴听着路梨的话，用拇指轻轻揉了揉她的额角，然后仔细看看她的脸，真的有夫妻相吗？

路梨一直笑，然后翻过身钻进迟忧宴怀里。

迟忧宴轻轻拍了拍她的背："睡吧。"

路梨闻着他身上的味道，打了个哈欠，上下眼皮打起了架。

她做了个梦。梦到迟忧宴还在念高中的时候，十八岁的他是很多女生的暗恋对象，后来她转学去了他就读的高中，她面对学校里一众男生的追求都不为所动，只对清冷校草迟忧宴另眼相看，两人在接触中相互吸引，最后来了一段甜蜜的校园恋。

路梨梦到这里，睡梦中也面带微笑，只觉得心口甜丝丝的。

就在这时，她的梦突然起了波折。

学校里又转学过来一个女生，这个女生的成绩比她好，长得比她楚楚可怜，这样的女生很招人疼，所有人都喜欢她，路梨的风头很快就被她抢走了。不仅如此，就连迟忧宴也开始向着这个女生。

女生和迟忱宴并排坐在一起讨论数学题，头靠得很近，路梨很不高兴，扯开女生问她什么意思，女生噙着泪说他们只是讨论数学题而已，没有别的意思。迟忱宴一脸不耐烦，说她这是捕风捉影，让她给那个女生道歉。

路梨直接被气醒了。

一睁眼，她就看到近在咫尺的迟忱宴，他闭着眼，呼吸均匀。

路梨想到梦里那个跟别的女生搞暧昧还护着对方的迟忱宴，气得咬了咬牙，开始在迟忱宴怀里闹。

迟忱宴被怀里的人吵醒了。

路梨正用小尖牙在他肩膀上轻咬。

迟忱宴半眯着眼打了个哈欠，把她按回自己怀里，示意她继续睡觉。

路梨又开始在他胸口乱咬。

迟忱宴终于清醒了。

"怎么了？"他低头，看到一脸怒气的路梨。

路梨咬着牙，气哼哼地把刚才的梦告诉了迟忱宴。

迟忱宴没忍住，笑了出来。

路梨："老公，你就没有什么话想对我说？"

迟忱宴："嗯……"

见他犹豫，路梨"哼"了一声，把腿搭到他身上，紧紧抱住他。

"幸亏是梦，否则我会让你好看！"

迟忱宴笑了一下，搂住路梨，说："不会。"

迟忱宴平常工作忙碌，能陪路梨的时间不多。

不过路梨已经习惯了，她的豪门贵妇生活非常充实。

D牌新款上架，路梨专门抽出时间去逛了逛。

她很喜欢D牌，D牌每个季度的新款她都会买，她这次是来给迟忱宴挑男装的。

门店里，路梨正在挑领带。

有一条银灰色的领带她觉得很符合迟忱宴的气质，还有一条蓝色的，她觉得跟她那条蓝裙子刚好相配，最后让店员把两条都包起来。

"好的，路小姐。"店员恭敬地说道。

路梨又看起了袖扣，这时店里来了新客人，正是迟馨。

迟馨并不是一个人，身旁还有一个朋友。

路梨认出迟馨身边的人，是娱乐圈的一个女明星，演过两部偶像剧的女配角，叫蒋诗佳。

蒋诗佳最近交了个男朋友，下个月男朋友过生日，所以她约迟馨出来给男朋友买礼物。

迟馨也看到了路梨，她本想装作没看见，谁知蒋诗佳指着路梨问道："那是不是你表嫂？"

路梨微抬下巴，似乎在等她，迟馨只得跟着蒋诗佳走过去，不情不愿地叫了声："表嫂。"

路梨很喜欢这种"你看不惯我又干不掉我，还得叫我表嫂"的感觉，懒懒地应了一声："来买东西？"

迟馨皮笑肉不笑地回道："表嫂也来买东西吗？"

路梨抬了下眼皮："来给你表哥买。"

"路小姐和迟总的感情还真是好呢。"一旁的蒋诗佳突然插话，笑得人畜无害。

迟馨觉得蒋诗佳是在帮她说话，表面是夸路梨和迟忧宴感情好，实际上是在讽刺，谁不知道路梨跟迟忧宴感情不和？

路梨瞟了一眼恨不得把所有名牌都堆在身上的蒋诗佳，面无表情地说道："谢谢，我跟我老公的感情向来很好。"

蒋诗佳挑了下眉："怎么每次都是路小姐一个人在逛，迟总也不来陪一陪。"

路梨："我老公要赚钱，我也用不着他陪。"她随手指了指两颗袖扣，"把这也给我包起来吧。"

立在一旁的店员立马点头应下："好的，路小姐。"

蒋诗佳看到路梨随手指的那两颗昂贵的男士袖扣，眸色一暗。

她缠了男友好久，他才给了她一张副卡，额度还有限，今天来买礼物，差的看不上，好的又太贵，才迟迟没买好。

路梨懒得跟两人废话，拎起包，说了句"走了"就离开了。

傍晚，迟忧宴给路梨打了个电话，说他今晚有个应酬，让她不用等他回家吃晚饭。

路梨："老公，我今天逛商场给你买了东西，你要早点儿回来看哟。"

迟忱宴："好。"

今晚的饭局定在一家会所，迟忱宴到达的时候，对方早已经到了。

包间里是此次应酬的对象王敬和他的两个助理，此外还坐着几个女孩。

蒋诗佳坐在王敬身后，看到迟忱宴和他的秘书从门外进来。迟忱宴比照片上显得更为英俊，而且很年轻。

王敬伸出手："迟总。"

迟忱宴跟王敬握了手，在他对面坐下。

王敬给其中一个叫秀秀的女孩使了个眼色，秀秀立马会意，站起身朝迟忱宴走去，准备敬酒。

她走到迟忱宴身边，男人抬头看了她一眼。就这么冷冷一眼，秀秀就不敢坐下去了，浑身上下开始起鸡皮疙瘩，只得向王敬投去求救的目光。

王敬晃着手中的酒杯，冲迟忱宴笑道："迟总？"

迟忱宴懒得回答，从周秘书手里接过文件，示意可以开始谈正事了。

秀秀只好坐回了刚才的位置。

蒋诗佳靠在王敬身上，目光却一直有意无意地落在对面的人身上。

她听不懂两个人谈的事情，只觉得迟忱宴那副看似云淡风轻，却把王敬逼得咬牙切齿的样子迷人极了。

王敬下个月就满五十六岁了，比迟忱宴大了很多。

蒋诗佳想起了迟馨。她本来是冲着迟忱宴表妹的名头才跟迟馨认识的，结果发现迟馨根本不是迟忱宴的亲表妹，迟忱宴跟这个表妹一年也说不上一句话，迟馨还对这个表哥心思不单纯。

以迟馨的智商，她就差把自己的心思写在脸上了，还当着路梨的面去勾搭迟忱宴。

迟忱宴和王敬谈了许久，还剩最后一个问题没有达成共识。

王敬频频让步，迟忱宴不断压价，这最后一个条件，王敬死咬着不松口。

迟忧宴看了眼时间，不想再耗下去，便站起了身。

王敬立马坐直，开口道："迟总。"

迟忧宴点了点头："时间不早了，王老板。"

他说完就带着周秘书离开了。

王敬咬了咬牙，迟忧宴的态度很明确，想让他再坐下来谈，自己就必须让步，否则他不会再跟他耗下去。

看着迟忧宴的背影消失在门口，蒋诗佳提出要去洗手间，出门时还顺手拿起桌上的文件。

王敬点了支烟，骂了一句。

他早就察觉到，这一晚蒋诗佳的眼珠子都快黏到迟忧宴身上了。

蒋诗佳顺着走廊往前走。

其实男人在她眼里都是一个样，只是人前装得像正人君子。更何况迟忧宴并不是一个深情的男人，他和路梨可是有名的貌合神离的两口子。

白天路梨说的那些话并不可信，毕竟没有哪个女人会公然说自己跟老公感情不好。

她见过很多路梨那样的太太，老公在外面花天酒地，逢人问起来，还打落牙齿和血吞，笑着说老公很爱自己。

⋯⋯⋯⋯⋯

迟忧宴快要进电梯的时候，听到身后有人叫他："迟总。"

蒋诗佳小跑过去，把文件递到迟忧宴面前："迟总，您有份文件忘拿了，我给您送过来。"

周秘书从蒋诗佳手里接过文件翻了翻，发现是一份无关紧要的规划图。

迟忧宴瞥了一眼文件，"嗯"了一声，进了电梯。

蒋诗佳跟着进入电梯。

周秘书似有不解，蒋诗佳冲他笑了一下："我下班了。"

电梯下行。

"迟总，"蒋诗佳并不闲着，没话找话，"我今天在胜光百货看到您太太了。"

听蒋诗佳提起路梨，迟忱宴这才多看了她一眼。

蒋诗佳笑道："您太太抱怨说您工作太忙，平时都没有时间陪她呢。"

"是这样吗，迟总？"她好奇地看向迟忱宴。

迟忱宴"嗯"了一声。

周秘书有些好奇，太太跟这位小姐认识吗？还会聊这些？

蒋诗佳一路说笑着，很是自来熟。

电梯一路下行，到达地下车库的时候，蒋诗佳目送着迟忱宴离开，一脸不甘。

会所的VIP休息室里，乔佳一听路梨讲述了她和迟忱宴的事。

昨天路梨还看到，到现在还有很大一部分人坚持认为他们夫妻关系好是假装的。怎么会有人闲得无聊揣测人家两口子的私事啊？

路梨越想越生气，把吸管撇到一边："我该怎么辟谣？亲口和大家说我跟老公好得很，用不着他们操心？这种事情我能说得出口吗？我不要面子啊？"

乔佳一："其实你也可以不用说，你可以拍个视频什么的证明一下。"

路梨揪住乔佳一的耳朵："你出的什么馊主意！"

"我错了，我错了！"乔佳一边号一边从路梨手中救回自己的耳朵，"开玩笑嘛。"

路梨："我没有开玩笑，我现在很苦恼，你帮我想个办法。"

乔佳一叹了口气，看路梨一眼。

"这还不简单。"她大咧咧地说，"你跟迟忱宴生个孩子不就行了。"

路梨狐疑地看着她。

乔佳一分析道："孩子总不可能你一个人就能生出来吧，有了孩子，那些谣言不就不攻自破了吗？"

"好主意。"路梨看乔佳一的眼神立马变了，她现在觉得乔佳一浑身上下散发着智慧的光芒。

路梨又想到了迟忱宴，他似乎并不想让她怀孕。

他不想要孩子吗？路梨立马否定了这个可能。

老公不可能不想要孩子，没有孩子，他的亿万家产谁来继承？再说了，老公那么爱她，怎么可能不想跟她生个香香软软的小宝宝呢？

路梨左思右想，终于找到了原因：老公想跟她过二人世界，不想这么早就要孩子来打扰他们。

路梨鼓起腮帮子，他们都结婚三年了，二人世界也已经过够了，现在应该把要宝宝提上日程了。

乔佳一见路梨陷入了沉思，便推了推她的胳膊："喂，你不会真的想跟迟忧宴生个孩子吧？我就随便说说，你不要当真啊！"

路梨抬起头："为什么不可以呢？"

乔佳一倒吸一口凉气："不可以！绝对不可以！"

现在的路梨以为自己和迟忧宴很恩爱，所以想跟他生孩子，可如果将来孩子生下来，路梨的认知恢复如常了，看到自己跟迟忧宴有了孩子，她不疯掉才怪。

路梨目光坚定地点点头："我觉得可以，真的可以。"

乔佳一闻言，只觉得自己的汗毛都要竖起来了，无比后悔跟路梨提生孩子的事。

最后，乔佳一只好安慰自己这是路梨单方面的想法，迟忧宴是正常的，不可能同意这么做。

盛景集团旗下最重要的产业就是迟忧宴掌管的盛景科技。

前些年，盛景科技一直致力于核心技术的研发，主要生产电子产品的核心零件，市面上大大小小的电子产品中都有其研发生产的系统软件和配件。

迟忧宴父母去世时，迟家的几个旁支蠢蠢欲动，迟老夫人重新出山担任董事长后才压了下来，但她毕竟年事已高，盛景前些年的发展虽然算不上太糟，但在瞬息万变的市场中，不进则为退。

迟忧宴接管盛景后，为其注入了巨大的活力。这几年，盛景发展得越来越好，不断取得突破和创新。三年前，盛景推出了自主研发生产的产品"GO"，一经面市便大获成功。

自那之后，盛景每年都会举办发布会发布旗下主要产品"GO"

的升级版，因为盛景的技术代表着行业最新的技术，所以每年的发布会备受关注，成了行业的风向标。

今年盛景的发布会定在这周五，众人早已拭目以待。

每次临近发布会，迟忧宴都极为忙碌，他已经连续好几天在公司加班到深夜，回家也一直在开视频会议。

路梨很懂事，没有去打扰他。

清晨，路梨站在迟忧宴面前给他打领带，两人难得有时间聊会儿天。

迟忧宴看着十分乖巧的路梨，问："今年的发布会你想不想去看看？"

路梨记得前两年自己都没去，因为她不是科技发烧友，对技术的突破和革新不感兴趣。不过，路梨对自己前两年缺席发布会的行为表示十分后悔。不感兴趣又怎么样？谁说去参加发布会就一定要看产品，去看看老公也可以啊！

路梨立马点头："想！"

迟忧宴知道路梨一定会答应，抬手摸了摸她的脑袋。

路梨抬头看着迟忧宴，眉目含情。这几天他太忙，她还没来得及告诉他自己准备要宝宝了。她都算好了，再加快点儿进度，今年的发布会她一个人去，明年就可以带着宝宝去。

发布会上，迟忧宴在台上慷慨陈词，展示着令人惊叹的成果，散发着他的个人魅力。而她坐在台下，无比光荣又骄傲地看着他，身旁是两人感情结晶的小崽崽，所有谣言不攻自破，这是多么令人艳羡的幸福美满的一家啊。

迟忧宴看着路梨，也不知道她是在想什么，笑得这么甜。

第四章
追夫少女
❤

　　周五下午三点，盛景集团一年一度的发布会如期召开。两点半的时候，嘉宾就已经基本到齐。

　　嘉宾席上坐着很多记者、研发人员和企业高管，茶水区摆满了新鲜的水果和点心。

　　千永弓着腰从第三排的座椅上站起身，迅速走到中间的位置，将手里的一条薄毯递给路梨："太太。"

　　路梨伸手接过毯子："好。"

千永又弓着腰回到自己的座位。

路梨把毯子打开搭在腿上，掏出手机看了眼时间，两点四十五，发布会马上就要开始了。

路梨突然替迟忧宴感到紧张，她回过头，看到身后黑压压的嘉宾。

本次发布会将在各大视频网站和论坛全程直播，不仅如此，有些嘉宾也用手机直播。

路梨忍不住感叹，以前她只看美妆时尚类资讯，不会关注科技产品发布会，偶尔看到新闻才知道又有新品可以买了。今天她才知道科技数码爱好者对盛景每年的发布会如此关注，几乎每个直播发布会的直播间都人数爆满，大家关注着发布会的每一个细节。

路梨坐直身子，用手指梳了梳头发，告诉自己迟忧宴都不紧张，她更不用紧张，待会儿听不懂老公在讲什么也无所谓，使劲儿为老公鼓掌就好。

她今天特意打扮了一番，穿了条烟紫色的蕾丝小裙子，仙气十足，高贵大气，正好跟迟忧宴的紫色领带相配。

路梨坐在第三排，前两排都是盛景的董事和高管，还有一些特邀的重要嘉宾。

迟忧宴本来想让她坐在前排，但路梨不想跟董事会那群大叔坐在一起，并且觉得前两排离舞台太近了，一直仰着头看不舒服，所以主动坐到了第三排。

她周围是行业新贵、拥有千万粉丝的数码博主和相关领域的学者。

坐在她旁边的人应该是个博主，对方一直举着手机，刚才还小声地跟粉丝打招呼。

很快，时间到了三点半。

台上的大屏幕上出现了盛景和"GO"的Logo，所有人不约而同地噤声，现场安静极了，大家的目光汇聚到同一个地方。

大约半分钟后，那个万众期待的男人出现了。

迟忧宴登场时，手里拿着一个大号文件袋。

台下响起雷鸣般的掌声。

路梨第一次从这种仰视的角度看迟忧宴。

台上，聚光灯下，迟忱宴一身正装，衣领上夹着一个裸色的麦克风，整个人无比潇洒与自信。

路梨看着这样的迟忱宴，只觉得脸上温度升高，心脏怦怦直跳，似乎快要从胸口跳出来。

"老公！"

她左右仔细看了看，觉得应该不会有人注意，于是双手呈喇叭状放到嘴边，轻轻喊了一声，想让迟忱宴看到她。接着，她抬起双手，在胸口比了个心。她脸上笑容明媚，眼睛里仿佛有星光。

迟忱宴面向嘉宾席，在一片掌声中，他并没有听到路梨喊的那声老公，不过他一眼就看到了坐在第三排最中间的路梨。

她一身烟紫色小裙子，长发蓬松而妩媚，在四周都是穿着黑色正装的嘉宾中极为显眼。

此刻的她正用双手在胸前比心。

迟忱宴微不可察地笑了一下，然后扶了扶耳机，取出文件袋里的东西，那是本场发布会的主角——新一代"GO"。

某科技博主的直播间里，数百万数码发烧友在看到迟忱宴从文件袋中取出新一代"GO"时都惊叹不已，与此同时，有人发现了点儿不一样的——

"我刚刚怎么好像听见有人在喊老公？是我听错了吗？"

"我也听到了，那个人就坐在博主身边，她到底是谁？好想知道！"

…………

不过这个问题很快就被略过，大家讨论的话题又回到了发布会上。

路梨比完心，便认真地听迟忱宴介绍新产品。

她只听了几分钟，就开始后悔前两年没有出席发布会。

她一直以为这种发布会肯定很无聊，所以才懒得参加，就连今天出门之前她还告诉自己，如果对新产品不感兴趣，就专心欣赏迟忱宴，千万不能打瞌睡，如今听了才发现，发布会跟她想象的完全不一样，每一个点她都能听懂，而且很快就被吸引住了。

迟忱宴讲解时并没有用很高深复杂的词汇，他照顾到了所有人，把要表达的内容说得简单却又精妙。发布会的流程很简单，全程只有一个小时，但是短短一个小时所承载的信息量是巨大的。

最后，迟忱宴对着台下鞠了一躬，说了一声"谢谢"，随后自信一笑，台下顿时响起热烈的掌声与欢呼声，这时路梨才堪堪回过神。

太棒了！老公太厉害了！盛景也太厉害了！

掌声持续不断，周围不少人直接站起来鼓掌。

路梨难掩激动之情，台上那个自信又优秀、仿佛发着光的男人是她的老公啊！

路梨站起来，迟忱宴也正好看向她，两人目光交汇。

路梨现在只有疯狂表扬对方才能表达她的骄傲与激动，她拿起手机，飞快地给他发微信消息：

"You are my honor! I love you forever!"（你是我的荣光！我永远爱你！）

路梨发完微信消息，又往左右看看，心想周围的人这么多，除了台上的迟忱宴，没人会注意到她。

"爱你爱你。"路梨对着迟忱宴笑，然后重新在头顶比了个爱心。

虽然她的声音在热烈的掌声中并不明显，但是周围的人还是听到了，尤其是她旁边那个一直在用手机直播的博主。

发布会结束后，直播间的人本来正在慢慢减少，听到这声"爱你"，原本已经准备离开的人纷纷竖起耳朵——

"刚才是'老公'，现在变成了'爱你'。"

"她又出现了？她叫的是谁啊？"

"跪求博主让我们看一下说话的这个甜妹！"

…………

那个博主一直在忙着鼓掌，似乎没有注意到直播间里粉丝的请求，正当粉丝有些失望之际，博主突然换个姿势。

他应该是鼓掌鼓累了，并且忘了自己正在直播，他一换姿势，镜头角度也变了，一阵让人头晕眼花的晃动之后，画面才重新稳定下来。

下一刻，一个女生闯进了所有人的视线。

屏幕里，女生举着双手在头顶比心，一条烟紫色的裙子衬得她的皮肤雪白，仿佛在发光，蓬松的鬟发披在胸前，露出的侧脸精致明艳。最让人无法忽视的是她的眼睛，明亮又清澈，宛若星辰。

因为是科技产品发布会直播，所以博主没有开滤镜，但这丝毫无损她的美丽，她出现的每一帧都犹如精修过的画报。

路梨表白完，看着台上矜贵优雅的男人，又想起自己的计划。老公这么优越的基因，跟他生一个小孩是一件多么令人激动的事情啊！

于是，她拿起手机，直接给迟忱宴发语音消息："老公，跟阿梨晚上回去生'胖胖'！"

直播间里，众人看到她比完心，又拿出手机发语音消息。

她的声音并不大，但撒娇的尾音上扬，在直播间里听得格外清楚。

直播间的人看到这一幕幕，听到这句话，瞠目结舌。

大家安静了好一阵，才有人打出一句话："这是路……梨吗？"

"所以是路梨全程在喊老公！"

"她说生什么？我是不是听错了，天啊！"

路梨虽然偶尔会在社交网站上发几张照片，但并不经常出现在公众面前，尤其是这种近距离超高清的动态直播。

在上次的跳舞视频中，她扎着丸子头，穿着百褶裙，打扮得青春靓丽；而这一次，她身着高级定制裙装，配着妩媚的鬈发，再加上她那张完美的脸，她站在那里，周围的人都成了她的陪衬。

有些事情别人做起来可能会显得做作，到了她的身上却刚刚好。她没有看向镜头，所以大家无法想象，如果她看着镜头撒娇，该是怎样让人无法抵抗的甜蜜。

迟忱宴看着路梨的方向笑了笑。

发布会结束后，嘉宾们也开始散场，迟忱宴走向后台，向迎面而来的下属点头致意，然后从助理手里拿回自己的手机。

打开手机后，他看到很多条微信消息，全是路梨发来的。他点开一看，发现是一波波汹涌而来的夸赞。

迟忱宴脸上挂着微笑，一条一条看完。

最后一条是语音消息，他点开后将手机放在耳边听了听，因为有掌声的干扰，他听不太清，只听清了"晚上回去"四个字。

晚上回去……干什么呢？

迟忱宴有些疑惑，他看着手机里路梨自制的表情包，突然发现自己没事的时候就喜欢看一看。

这时，路梨已经冲到了后台。

"老公！"路梨一路畅通无阻，飞奔到迟忱宴的休息室。

迟忱宴刚放下手机，就看到路梨奔朝自己跑来，她像是在幽静的密林深处奔跑的小仙女。

路梨扑过去直接抱住他的腰，然后抬起头，夸赞道："老公真的太棒了！"

迟忱宴："谢谢。"

路梨："老公，你在台上的时候有没有看到我？我给你比心了。"

迟忱宴点点头："看到了。"

"嘻嘻。"路梨又问，"那老公你看了我给你发的微信消息没？"

迟忱宴用手顺了顺路梨背后的长发："也看了。"

路梨抿了抿唇，似是有些害羞："那你有没有听到我给你发的语音消息？"

迟忱宴若有所思地道："晚上回去……做什么？"

路梨："你没听清吗？"

迟忱宴："有点儿吵。"

他打开微信，点了一下路梨发来的语音消息，路梨听了，发现她说话的时候好像不小心挡住了麦克风，加上背景音比较嘈杂，所以听不清。

迟忱宴挑了挑眉："所以是做什么呢？"

路梨斜了他一眼，本想直接说，但又忍住了："回家后再告诉你。"

她刚才的激动劲儿已经过去了，既然迟忱宴没听清，那她就以更郑重的方式宣布这个决定吧。

迟忱宴很有耐心，只道了声："好。"

迟忱宴又处理了一些琐事后，时间已经到了下午五点。

迟忱宴没有出席庆功宴，他被路梨拉去准备单独庆祝。

法式餐厅里，钢琴声缓缓流淌，服务生为两人倒上醒好的红酒，包间位置靠窗，视野开阔。

路梨吸了一口气，然后清了清嗓子，委婉地说："老公，你有没有觉得你的基因很好？你从长相、身材到智商、情商，都很完美。"

迟忱宴："嗯……"

路梨："这么优越的基因怎么可以浪费呢？最近我仔细想了想，做了一个对我们来说意义重大的决定。"

迟忱宴认真地听着。

路梨紧紧握着刀叉："这个决定就是……"

就在这时，桌上的手机嗡嗡地响起来，来电显示是乔佳一。

路梨按了拒绝，想先跟迟忱宴把事情说完，谁知两秒后，手机又响了，来电显示还是乔佳一。

迟忱宴看着路梨一直响个不停的手机："要不你先接吧。"

"好吧。"路梨接起电话。

她开了免提，电话一接通，乔佳一亢奋的声音就从手机里传出来。

"你怎么才接我的电话！"

路梨看一眼对面的迟忱宴，希望他不要被咋咋呼呼的乔佳一吓到，然后问："什么事啊？"

乔佳一："你不知道你上热搜了吗？"

路梨满脸疑惑："我上热搜了？"

乔佳一宣布："恭喜你，出圈了！我敢保证，将来你恢复正常后，这将会是你人生中最想抹除的一天。"

路梨一头雾水："所以是什么话题你倒是说啊？"

乔佳一："你自己去看，说没有看直观。"

路梨挂了电话后，在跟老公说大事和看热搜之间选择了先去看看热搜到底是怎么回事。

这时，迟忱宴的手机也接连响起几声消息提示音。

他微微蹙了下眉，预感这些消息跟路梨接的电话有关，于是把视线移到路梨的手机上。

路梨把手机往迟忱宴的方向挪了挪，让他也看看，同时心中打起了鼓，她吞了口口水，打开了微博。

有关她的那个热搜排在第一位，词条很简单，就是"路梨"，后面有个红到发紫的"爆"字。

她点进去，热门微博第一条是一段视频。

视频剪辑过，先是今天盛景的发布会开场，迟忧宴伴随着掌声走上台，一片掌声中陡然出现了一声"老公"。

路梨立刻听出那是自己的声音，吓得浑身一个激灵。

紧接着是发布会的尾声，所有人都在鼓掌，然后背景音里又出现了一声"爱你"。

路梨倒吸了一口凉气，正当她用求助的目光看向迟忧宴时，屏幕上出现一阵天旋地转的混乱画面。

紧接着，一个穿着紫色仙女裙的女人出现在屏幕上。她笑容明媚，眼中仿佛有星光，双手举到头顶比了个大大的心。

下一刻，她拿出手机，激动地发微信语音消息："老公，跟阿梨晚上回去生'胖胖'！"

视频到这里就结束了。

路梨被吓得张大了嘴。

迟忧宴也愣住了，他终于知道路梨想跟他说的重要决定是什么了。

视频播放完后，路梨才看到上面的文案。

"路梨突袭盛景发布会！路梨公开表白撒娇一气呵成，迟忧宴不为所动，路梨嗲声嗲气的声音却萌翻了无数网友！"

路梨看完，缓缓抬起头，看着"不为所动"的迟忧宴。

迟忧宴满脸错愕，他伸出手往下划了划，想弄清楚事情的来龙去脉。

这些视频和语音最初只是在数码科技论坛里传，由于路梨长得太美、声音太萌以及撒娇示爱的方式太甜，视频很快就开始往外传播。

因为全程是路梨的视角，所以大家很有代入感，这些视频和语言传播的速度越来越快，现在已经牢牢占据了微博以及短视频平台热搜。

衍生视频也很快出来了，标题都是"路梨适合当老婆的一百个理由""谁不想要路梨这种小娇妻"之类的。

还有人把路梨在发布会上比心的动作配上一曲《恋爱循环》。

与此同时，乔佳一发来微信消息："恭喜你出圈了。说实话，我看了那些视频都想娶你，真的。"

路梨已经瞠目结舌，小手微微颤抖，点进自己的微博，然后就被暴增的粉丝吓到了。

以前她的微博很平静，大家讨论的都是护肤化妆、穿衣搭配什么的，如今完全变了——

"小梨梨也太甜了，你什么时候关注我？"

"迟忱宴不爱小甜妻，我们爱！"

"小梨梨，就是最甜的！"

…………

路梨看着网友们一口一个"小梨梨"，不禁起了一身鸡皮疙瘩，她瞅了一眼迟忱宴。

迟忱宴也正在看那些评论，路梨顿时觉得自己宛如绯闻缠身，像扔烫手山芋一样扔掉了手机。

"老公，我不是，我没有，你不要多想，也不要吃醋！"

迟忱宴一想到这些视频的播放量，一想到有那么多人看到了路梨可爱的一面，他心里就很酸、很郁闷。

他突然很想现在就去开发布会，向所有人宣布："这么可爱的路梨是我的妻子，任何人都不许觊觎。"

好在路梨的话安抚了他，他心里总算好受了一点儿。

路梨又想起那个标题里的"迟忱宴不为所动"，便对他说："老公，你才没有不为所动，我看到你对我笑了，而且你还跟我对视了！他们乱说！"

"老公很喜欢我，很爱我！老公你说我说的是不是？"路梨鼓起腮帮子问。

迟忱宴有一瞬的愣怔。

很喜欢、很爱她？面对这个问题，迟忱宴突然觉得有些迷茫。

一开始他只是想着对路梨负责，所以接受并安抚着这样的路梨，希望她能恢复过来。现在呢？

"我……"迟忱宴不知如何回答。

路梨抢在他前面开口："老公，你不用说了，我知道你很爱我，你只是害羞说不出口。"

迟忱宴看着路梨。

路梨眼神坚定。

他不知道该怎么说下去。

路梨悄悄把眼底的那一丝落寞藏起来，然后捡回自己的手机，自言自语道："我要发微博澄清，事实才不是他们想的那样，我跟老公情深意浓，而且已经决定要宝宝了。"

迟忧宴听到这里，从路梨手里拿过手机。

他的语气平静而严肃："路梨，现在还不是要孩子的时候。"

路梨有点儿蒙："为、为什么？"

迟忧宴不知如何解释。

结婚三年来，两人对这段婚姻的态度心照不宣，但他没想到认知错乱后的路梨以为他们很恩爱，甚至开始考虑要孩子了。

这可是一件无比重要、容不得半点儿马虎的事情。

迟忧宴觉得别的事情他都可以顺着路梨，唯独在孩子的事情上他不会依她。

路梨现在的认知是错乱的，而他是清醒的，要是以后路梨恢复如初了，发现和他有了孩子，肯定会崩溃。

迟忧宴直视着路梨："因为我还不想要。孩子的事情以后再说，好吗？"

路梨似乎想像以前一样撒娇，但看到他严肃的表情，她缓缓垂下头，抠着手指说："老公为什么不想要呢？老公不想跟阿梨生宝宝吗？我觉得我们的孩子会很可爱。"

迟忧宴微微叹了口气，伸出手轻轻抚了抚路梨的背："因为现在还不是时候。"

路梨知道自己再问也问不出什么，过了好半晌才闷闷地答了一声："好。"

最后，盛景集团官方微博发布了一条公告："谢谢大家对路梨小姐的喜爱，路梨小姐与迟忧宴先生感情稳固，祝大家生活愉快。"

是夜，路梨还是跟迟忧宴睡在一起，迟忧宴习惯性地把她往怀里带。

路梨感受到他胸口的温度，又忍不住去想今天发生的事情。

她一直以为老公会满心欢喜地说他也想跟她生一个可爱的小孩儿，

没想到对方并不愿意。想着想着，她红了眼眶，于是翻了个身背对着他。

迟忧宴察觉到她的动作，默默地把圈住她的手臂收紧了一点儿。

路梨的脊背紧贴着他的胸膛，她吸了一下鼻子。

迟忧宴听到她吸鼻子的声音，立即打开床头灯，把怀里的人转过来面对自己。果然，她鼻尖发红，泪眼婆娑，看向他的眼神含着浓浓的委屈。

面对这样的路梨，迟忧宴感觉自己的心像是被什么东西攥住了，闷得难受。他知道，路梨是因为孩子的事而哭。

迟忧宴突然感到很无措，如果他现在把真相告诉路梨，说她的认知是错乱的，两人之间并没有感情，他敢保证，路梨会以为他是在骗她，觉得他不喜欢她了想甩掉她，然后哭得更厉害。

路梨用手背抹去眼泪，抽泣声很微弱，像是故意忍着。

"不哭，不哭了好不好？"迟忧宴抽出纸巾给她擦泪，柔声哄道。

哪知道路梨哭得更凶了，眼泪像断了线的珠子一般往下掉。

她之前也哭过，不过都是撒娇的哭，这次是真的伤心了。

迟忧宴手足无措，最后只能把软绵绵的路梨抱在怀里，然后轻轻吻着她的额头、眉骨、鼻尖和脸颊。

路梨终于觉得好受了一些。

迟忧宴擦去她脸颊上的泪。

路梨抽泣着说："老公，我爱你，我真的好爱你……"

认知错乱的路梨似乎已经无法自拔地爱上了他。

迟忧宴闭了闭眼，似乎在忍耐什么，最后，他托住她的后脑勺，吻上她的唇。

第二天路梨醒来时，眼睛因为昨晚哭过有些肿。她从床上坐起来，打了个哈欠，四处看了看。

迟忧宴端着早餐进来，他在路梨身前搭了一张小桌，然后细心地把早餐放在桌子上。

路梨看到小桌上都是她喜欢吃的东西，忍不住看了一眼正在给她布菜的迟忧宴。

迟忧宴舀了一勺粥放到唇边试了试温度，确定不烫后，才递到路梨唇边。

路梨看了看那勺粥，嘟着嘴不肯吃，然后"哼"了一声。

昨天迟忧宴的拒绝让她那么难过，怎么可能是喂她吃点儿早餐就能哄好的。

迟忧宴也不勉强她，他放下碗，然后坐在她对面，慢条斯理地吃起了给她准备的早餐。

路梨看到迟忧宴把剥好了的鸡蛋吃了，惊呆了。

迟忧宴优雅地吃完了鸡蛋，又把筷子伸向小笼包。

路梨急了，护住桌上的食物："这些是你给我送过来的，你不可以吃。"

"你好不讲理。"迟忧宴哑然失笑。

陪路梨吃完早餐，迟忧宴就去上班了。

路梨坐在落地窗前，看着窗外的风景，开始思考人生。

关于要孩子这件事，她已经接受了这个结果，只是一想起来，她还是会难过。

路梨叹了口气，拿起手机打开微博，昨晚盛景发布公告之后，关于她的那条热搜就被撤了。

路梨想到自己的表白视频，觉得十分羞耻。她翻了翻自己的大号，发现系统给她推荐了好几个值得关注的博主，比如"路梨全球后援会""小梨梨全国粉丝会"。看到这几个账号，路梨心里缓缓冒出一个问号。

这些账号的头像是一个Q版少女，路梨认出来，是她昨天在发布会上比心时的样子，竟然有人画成了Q版漫画图。

路梨点进"路梨全球后援会"的主页，看到了一条置顶微博："这里是全世界最甜的小贵妇路梨的全球粉丝后援会，比最萌的心，跳最嗲的舞，欢迎广大喜欢小梨梨的网友关注，让我们一起守护全世界最好的小梨梨。"

路梨知道自己苦心经营的形象已经崩塌了，不过还好，自从上次迟忧宴给她家里打了电话，也不知道他说了些什么，母亲似乎已经不管她的事情了，没有坐飞机到S市来骂她。

路梨看着自己的Q版漫画图发呆。作为一个曾经的追星少女、现在的追夫少女，某一天发现自己也有了忠实粉丝，这种感觉十分微妙。

她往下翻了翻，后援会发的微博不多，除了几张美照外，有一条微博是为她辩驳的。

起因是有人在论坛上说她做作，表演痕迹很重，这次的热搜以及之前的反常行为有可能全是营销，说不定有什么阴谋。

路梨看到这里，简直想翻白眼。她需要营销？如果她的行为是营销，那她的目的是什么呢？她的一举一动莫名其妙被博主直播出去，她没有生气就很不错了。

好在后援会已经举报了这些帖子，现在帖子已经被删除了。路梨突然觉得有个后援会还是不错的，甚至想给"吃梨夫妇"也注册一个后援会官方微博。

于是她切换到小号，进入"吃梨夫妇"超话。

也不知道昨晚的事情后超话的粉丝有没有增加，她都比心告白了，盛景也发公告说总裁和夫人感情甚好，应该能吸点儿粉丝吧。

想到这里，路梨笑了一下。

她点进去，发现超话粉丝数比她上次看的时候竟然少了一百个。

路梨脸上的笑容僵住了，她又觉得可能是系统有延迟，便刷新了一下，结果还是之前那个数字。

她脸上的笑容消失了，这是怎么回事？

她的个人超话都涨了两万粉丝，"吃梨夫妇"竟然反倒在掉粉？

路梨赶紧翻了翻微博，发现她好不容易吸引来的"吃梨夫妇"的粉丝中竟然有不少人宣布只喜欢她一个，她整个人都不好了。

于是，"吃梨夫妇"超话主持人兼创建人"梨子味小仙女"上线，连发三条动态：

"'吃梨夫妇'这么甜，大家为什么要取消关注？"

"路梨有什么好喜欢的，比个心，撒个娇，跳个舞谁不会！"

"大家怎么可以随随便便就关注路梨！她又不需要粉丝！"

路梨发完，很快就有人回复。

因为已经宣布关注路梨了，大家说话也都不再藏着掖着——

"小仙女，以前你的品位明明很好，为什么这一回非要喜欢'吃梨夫妇'啊？"

"对不起，小仙女，今天我要大声跟说你一句'吃梨夫妇'一点儿都不甜！"

"小仙女，我不允许你那么说路梨！她是我见过的最甜美、最可爱的名媛，一点儿都不做作，我就是喜欢她！"

"她老公不爱他，只有我们爱她了，守护全世界最甜最好的小梨梨！"

"天底下除了迟忱宴，有谁不想娶到路梨那种小娇妻呢？"

…………

路梨被这些回复弄蒙了。

为什么会这样？她手忙脚乱地回复："'吃梨夫妇'感情可好了，他们只是没有表现出来而已，盛景集团昨天都发公告了，迟忱宴爱路梨，可爱她了！"

粉丝看出梨子味小仙女很激动，于是好言好语地安慰她，希望她能早日跳出火坑，不要再在这种没有前途的超话里混了——

"盛景集团发的公告肯定很官方啊，自然不可能说总裁和总裁夫人的婚姻早就破裂了吧！"

"感觉小梨梨好卑微啊，有点儿心疼。"

…………

如果是昨天以前有人跟她说这样的话，路梨是绝对不会信的。她跟老公的感情那么好，她爱老公，老公也爱她，老公没有向她表达爱意，只是因为他比较内敛害羞。但现在，路梨看着这些评论，突然犹豫了。

她知道老公对她很好，老公会亲吻她，给她送早餐，从来不会欺负她。可是她也无法忽略，每次她问老公爱不爱她时，老公就犹豫了，以及他现在也不想要孩子。

她第一次有些动摇了，因为她知道，对你好和爱你不可以画等号。

想到这里，路梨晃了晃脑袋。不可以不可以，不能因为别人的话就去揣测老公对她的感情。别人说的都不算，老公对她怎么样，她最清楚。她肯定是在家里待太久了才会想太多。

为了转换心情，路梨决定出门走走。

乔佳一跟男朋友约会去了，路梨只好带着千永去逛商场。

她买了衣服鞋包后，心情果然好了不少。离开 D 牌的门店时，她看到对面的一家门店正在装修，好像要换成别的品牌。

这并不是什么稀奇的事，路梨往工人正在安装的商标牌子上看了一眼，发现上面写着 YING。

是白千迎创立的品牌 YING。路梨想到上次在温泉酒店里碰到过白千迎，原来她要在国内开店了。

路梨知道乔佳一喜欢 YING 的设计风格，于是拿出手机给正在装修的门店拍了张照片发给她，恭喜她以后在 S 市就能买到。

乔佳一秒回："我知道了！白千迎在微博上说过来 S 市开店的事，她还放出了自己学生时期的照片，你看看她读书时的照片，好好看。"

乔佳一直接把白千迎的照片发给了路梨。

路梨本来没什么兴趣，只不过乔佳一发来了，她还是点开看了一眼。

她这人比较客观，承认照片里的白千迎是挺好看的，一头长长的黑发，一张清纯的脸，穿一身校服，妥妥的校花。

路梨回复乔佳一："不错。"

她又瞟了一眼那张照片，突然发现照片里白千迎身上的校服有些眼熟。

路梨把照片放大，看到白千迎校服上的标志后有些惊讶。这是 S 市最好的一所中学的校服，但这不是关键，关键是她想起来迟忱宴也是这所中学毕业的，想不到她和白千迎还挺有缘。

路梨放下手机，想着买得差不多了，正准备回家，就见正在装修的 YING 门店里走出一个人。

是白千迎，她往那里一站，就代表了 YING 的风格和定位：精致而优雅。

一个四十多岁的男人正在跟她说话，他手里拿着装修图纸，应该是装修设计师。

路梨摇摇头，不知道乔佳一为什么会喜欢跟她的气质完全不符的

YING。她正准备离开，白千迎一抬头就看到了她。

"路小姐。"她轻轻叫了一声。

路梨扭过头，看到白千迎对装修设计师点了点头，设计师便拿着图纸离开了，然后她看向路梨，脸上露出一个得体的笑容。

白千迎袅袅娜娜地走过来，伸出手道："好巧，没想到又遇到路小姐了。"

路梨点点头，伸出手跟白千迎握了一下："你好。"

白千迎看向路梨身后的千永。

路梨给她介绍了一下："我的助理。"

千永冲白千迎点点头，算是打了招呼。

白千迎看到千永手里拎着的购物袋，问道："路小姐是来购物吗？"

路梨笑了一下："随便逛逛。"

白千迎似乎很为难的样子："真羡慕路小姐，可惜最近我有点儿忙，不然一定请路小姐喝一杯。"

路梨道："谢谢，下次吧。"

不知道为什么，白千迎的语气让她感觉不舒服。

白千迎："YING 开业的时候，还望路小姐赏脸光临。"

路梨点了下头："会的。"

她把那股不舒服的感觉压下去，想着大概是自己多心了。

两人又聊了几句，路梨终于送走了白千迎。想到刚刚白千迎说的话，她拿起手机给迟忱宴发微信消息："老公，你会不会嫌弃我不工作？我不会挣钱，只会花钱，你有没有私下抱怨我花得太多啊？嘟嘴（路梨版表情包）。"

办公室里，迟忱宴看到路梨发来的微信消息，心里很疑惑。路梨怎么会突然问他这个问题？她出车祸之前，他每个月给她签单时没有说过一个"不"字。

其实刚结婚的时候路梨没有打算用他的钱，路家给了她一张卡，是他主动把自己的卡给路梨，让她以后刷他的卡。

路梨一开始没有刷他的卡，于是他又主动把她的消费全都划到自己账上，路梨见他是真心实意地想要给她钱花，才开始用他给的卡。

迟忱宴看到路梨的表情包，不由得笑了一下。

他回复："不会，你很好。"

路梨看到他的回复，这才安心了。

千永把路梨送回家后，照例向迟忱宴汇报了一下路梨今天的行程。

迟忱宴在听到路梨碰到了设计师白千迎，两人还聊了几句的时候愣了一下。

他不知道路梨什么时候认识的白千迎，要不是千永提起，他都不会想起白千迎这个名字。

他上一次看到有关她的消息还是五年前，国内媒体纷纷报道华裔设计师白千迎的毕业设计得了国际大奖，并且盛传那个设计是她为了纪念自己的初恋男友而做。

那时他刚接手盛景，每天忙得昏天暗地，只是偶然在新闻上看到了，媒体提到的初恋跟他仿佛没有任何关系。

迟忱宴已经不记得他们是怎么开始的，也不记得是因为什么而结束。

迟忱宴开始整理办公桌上的文件。

有些事情过去了便过去了，人总是要向前看的，两条线或许曾有交集，但是分开后，注定不会再相交。

路梨回到家，把购物袋交给用人放进衣帽间，然后跟乔佳一说了自己碰到白千迎的事，并表达了自己不舒服的感觉。

路梨："我是不是多心了？"

路梨发完，等着乔佳一的回复。

乔佳一平常手机不离手，一般都是秒回的，这一次不知道为什么，隔了十几分钟还没回复。

路梨发了个"戳一下"。

这回，乔佳一终于回复了："你碰到白千迎了？"

路梨："对啊，她在店里检查装修情况。"

乔佳一欲言又止，似乎觉得打字说起来太慢，直接给路梨打了个电话。

她吸了口气，觉得事态发展十分戏剧性："我今天下午跟男朋友约会去了。"

路梨："我知道，你说这个干什么？"

乔佳一："迟忱宴没跟你说过吗？"

路梨不知道她为什么又扯到了迟忱宴："说什么？"

乔佳一："嗯……我今天给你发照片的时候，我男朋友也看到了。"

路梨："然后呢？"

乔佳一："他高中在国内念的，他说白千迎跟他是校友。你老公迟忱宴是不是也是那所高中毕业的？"

路梨微微皱了下眉："怎么了？"

乔佳一欲言又止，"哎呀"一声，道："算了，我还是不说了，都是过去的事了。"

路梨越发觉得好奇："你快说，别瞒着我。"

"好吧。"乔佳一叹了口气，"我男朋友说当年你老公跟白千迎好像在一起过。"

"你老公那么帅，成绩又好，家里又有钱，还是校草，所以他跟白千迎的事，好些人都知道。"乔佳一见路梨没说话，顿时急了，"不过我觉得不一定是真的！都过去快十年了，谁还能记得那么清楚！我男朋友的记性向来不好，我的生日他都能忘，万一是他记错了呢？而且，就算两人在一起过，那也是过去的事了，人嘛，总得向前看。"

"白千迎也是，分手这么多年了，毕业作品还说什么纪念前男友，恶心谁呢？我再也不买她设计的衣服了！微博也取消关注了！她还跑去跟你打招呼，她这是什么意思啊？迟忱宴肯定也是因为她上不了台面才跟她分手的。再说，他那时候懂什么啊。你老公跟你才是天造地设的一对……喂喂喂……"

不知不觉中，路梨的手机从她掌心滑落，摔在地上。

屏幕显示还在通话中，乔佳一慌慌张张的声音从手机里传出来："路梨，你没事吧？你听得到吗？你不要多想啊！你回个话啊！"

路梨愣了半晌，然后缓缓蹲下身把手机捡起来，她吸了吸鼻子，道：

"我没事。"

乔佳一松了一口气："你吓死我了。"

路梨："我先挂了。"

乔佳一似乎还想说什么："哎……"

路梨挂断电话，蹲在地上，抱着双膝。她突然想起上次在迟家跟迟忱宴一起翻看照片时看到的他高中时的照片。

他就是校园剧里那种让人一眼沦陷的学长类型，她恨不能时光倒流，回到那个时候跟他谈一场恋爱。

原来他有过纯纯的初恋，只是不是跟她。

路梨又想到那天做的梦，原来不是梦，是真的发生过，只是和迟忱宴谈恋爱的是别人，而她连出场的机会都没有。

想到这里，路梨忍不住哭了，哭得上气不接下气。

她讨厌迟忱宴的初恋白千迎，讨厌自己竟然是后出场的那个人。

迟忱宴打篮球时白千迎给他送水，他和白千迎手牵手，他给白千迎讲题，说不定他的初吻也给了白千迎。

路梨不敢再想下去了，眼泪和鼻涕一起滴到地板上。

最令人难过的事情不是想要的东西没得到，而是自己想要的东西早就被别人得到了。

路梨用手背擦着眼泪，泪眼蒙眬中掏出手机，她想给迟忱宴打电话，但是看着通讯录上的"亲亲老公"四个字，怎么也按不下去拨号键。

路梨退出拨号界面，又打开微博，进入"吃梨夫妇"超话。

她看着那一条条脱粉宣言：

"吃梨夫妇"一点儿都不甜。

每次都是小梨梨一个人在表白。

迟忱宴从来没有过表示。

路梨吸了吸鼻子，老公对她很好，只是没有开口说爱她，不愿意跟她生宝宝而已。

想到这里，路梨又哭了。

迟忱宴对白千迎说过喜欢吗？他对白千迎也像对她一样好吗？

她的眼泪仿若断线的珠子，一颗接着一颗往下掉。

她这是怎么了？她跟迟忱宴明明很恩爱，为什么她觉得越来越无力，越来越没有信心？

她撑着已经麻木的腿站起身，看了一眼时间，老公快要下班回来了。

路梨头一次不期待老公回家，而是害怕面对他，怕自己见到他就忍不住掉眼泪。

时间越临近，她就越害怕。

路梨四处张望了一下，随即冲回自己的房间，收拾起了东西。

迟忱宴今天准时下班。

过去的事情早已过去，他的妻子是路梨。

迟忱宴犹豫着要不要把自己跟白千迎的事情告诉路梨，因为目前来看路梨还不知道。他觉得路梨知道后可能会不高兴，但又认为夫妻之间应该坦诚。

车子驶过生煎店的时候，迟忱宴看到外面有人排队。

他记得路梨爱吃这家的生煎，一口一个，吃得腮帮子鼓鼓的。她钟爱米其林餐厅大厨的杰作，也对一些街边小吃情有独钟。

迟忱宴让司机停车，他去买了生煎。最后，迟忱宴拎着一袋新鲜出炉的生煎回了家。

他打开门，路梨没有像往常那样迎上来说一句"老公回来了"。

她做什么去了？

迟忱宴换了鞋，把生煎放在餐桌上，在客厅里寻找路梨的身影，却没有找到。

他又去了二楼，还是没找到。他微微蹙了蹙眉，千永不是说已经把路梨送回家了吗？

迟忱宴下楼，叫来用人，问太太去哪里了。用人说太太下午回来了，但是刚刚又走了。

"她说去哪里了吗？"迟忱宴问。

用人摇头说没有。

迟忱宴拿出手机给路梨打电话，想问问她是不是有事出去了。

然而电话始终没有接通，机械的女声重复说着"您所拨打的电话暂时无人接听"。

他皱紧了眉头，又给路梨发微信消息："你在哪里？怎么不接电话？"

接着，他给她打语音，还是没有人接。

联系不上路梨，迟忱宴慌了，又想起她经常联系的朋友乔佳一，可是他并没有乔佳一的电话。

迟忱宴深吸了一口气，正想让周秘书去查一查乔佳一的电话是多少，手机突然响了，来电显示是个陌生的号码。

迟忱宴接起来。

"那个……是迟忱宴吗？"

迟忱宴："是我。"

对面的人松了口气："我是乔佳一，路梨的朋友。"

迟忱宴没想到乔佳一先给他打来了电话。

乔佳一把今天下午自己跟路梨的通话内容告诉了迟忱宴："路梨好像有点儿难过，你回去哄哄她。

"我知道你……你对路梨没有感情，可是她现在很喜欢你，一时接受不了也很正常，你就多哄哄她，别让她难过，算我拜托你了，行不行？

"你不要觉得烦，她也不想这样啊，她是出了问题才以为你们很恩爱，她已经很可怜了。"

迟忱宴闭了闭眼，说："路梨不见了。"

乔佳一惊了："什么？！不见了？"

迟忱宴："你知道她去哪里了吗，或者说她可能去哪里，她有没有告诉你？"

乔佳一："我哪知道啊！她根本没有告诉我！"

迟忱宴："好，谢谢。我现在去找她。"

乔佳一："我也……"

迟忱宴直接挂了电话。他捏紧了手机，强迫自己冷静下来。

路梨刚出门，应该走不了多远。

迟忱宴又打电话给周秘书，让他立刻带人去查路梨的行踪。

迟忱宴一边开车在附近找，一边给路梨打电话。

天色一点点变暗，街边的路灯一盏一盏亮起来。他把车停在路边，然后用拳头砸了一下方向盘。

　　找一个人并不难，除非那个人故意藏起来，不想被人找到。路梨如果不想被他找到，一个人遇到了危险怎么办？平时她出门都有司机和千永跟着，到S市三年都没有坐过地铁。迟忱宴知道她长这么大没遇到过坏人，很容易被骗。

　　这时，手机铃声响了，是周秘书打来的，迟忱宴立马接起来。

　　他打听到了路梨的行踪，她住在离苏河湾不远的一家五星级酒店。

　　周秘书简单汇报完，又给迟忱宴发来酒店的地址。

　　迟忱宴终于松了一口气，那她为什么不接电话呢？

　　迟忱宴来不及多想，准备直接开车去那家酒店。他刚启动车子，手机又响了。他接起来，这次手机里传来一道软软的、鼻音浓重的声音："老公。"

　　路梨坐在酒店房间里。

　　她之前将手机调成静音了，刚刚她缓过神来后才想起看手机。她看着手机里无数个未接来电沉默了好一会儿，还是决定回拨过去。

　　她并没有打算离家出走，也没有想要藏起来，她只是想一个人冷静一下。她并不想让别人担心。因此，她回复了乔佳一的消息，又给迟忱宴打回去。

　　听到路梨的声音，迟忱宴心中涌起一股失而复得的喜悦，接着他感觉胸口有点儿堵，像是塞了团湿棉花。

　　"你在酒店对不对？等一下，我马上过去。"他说。

　　"不，不要！"路梨一听到这话就拒绝了，不知道为什么，一听到迟忱宴的声音，她的眼泪就不受控制地往下掉。

　　她一边用手背抹着泪一边对电话那端的迟忱宴道："老公，你不要过来……"

　　她哭得快喘不上气，开始打嗝："我不是要离家出走，嗝……你不要过来找我，我只是想……一个人待一会儿……我们都……嗝……先冷静一下好不好……"

　　迟忱宴听着她的哭声，只觉自己的心都被攥紧了："路梨，你听我的……"

路梨没有等他继续说，直接挂了电话。

听着耳机里传来的嘟嘟声，迟忱宴闭了闭眼，然后又睁开，他握紧方向盘，直接朝那家酒店的方向驶去。

路梨关了手机，然后躺在床上，她不停地抽着气，把眼泪都抹到枕头上。

不一会儿，她听到外面传来敲门声。

"路梨，是我，你开开门。我们好好谈一谈，好不好？"

路梨伸出手捞过另一个枕头把自己的头蒙住，整个人缩成一团，身子因为抽泣而微微颤抖着，她强迫自己不去听敲门声。

也不知道过了多久，她听到头顶响起那道熟悉的声音："路梨。"

路梨睁开红肿的眼睛，拿掉捂着头的枕头，然后缓缓扭过头，看到男人就站在床边。

迟忱宴向酒店要了万能卡开了门，看到在床上缩成一团的路梨，心痛得无法言喻。他伸出手，想把她抱起来。

路梨看着站在床边的迟忱宴，明明说好了彼此都冷静一下，可是当他站在她面前时，她还是忍不住扑进了他怀里。

路梨圈住迟忱宴的脖子，闻到他身上好闻的味道，抽泣着道："老公……"

迟忱宴紧紧搂住她，不知道说什么才好，只能不停地道："对不起，对不起……"

路梨哭得累了。

迟忱宴捧着她哭红的小脸，一点点擦去她脸上的泪痕。

路梨："我没有要怪你。"

她已经想明白了，即使白千迎回来了又怎么样呢？那已经是很久以前的事情了。

迟忱宴很心疼："对不起，对不起。"

"我只是很难过。"路梨的眼泪又扑簌簌地往下掉，她泪眼蒙眬地看着他清俊的脸，"为什么所有人都说你不爱我？"

迟忱宴一怔。

路梨摇着头道："我也不知道到底怎么了，我跟自己说你是爱我的，可是人人都说你不爱我，我也就不知道你到底爱不爱我。"

"老公，你真的爱我吗？"她看向他的眼神让人心碎。

迟忱宴一直告诉自己要保持清醒，现在却发现这份清醒和克制除了伤害她，再也没有别的作用。

为什么不能由着心来一次？她是生病了，可是他为什么会那么笃定，她病好后，两人还是会回到从前？世界上有那么多的不确定，他也是那场车祸后才知道，原来他的妻子这么惹人怜爱。

他不想再回到从前，即使某一天她的认知恢复如常了，在经历了那么多事情之后，回去也不是从前。人要向前看，感情也一样。他只需要带着她一直往前走。

像是有什么压抑了许久的东西轰然爆发，迟忱宴吻住了路梨的唇。他吻得很用力，路梨像奶猫似的呜咽了两声，他才松开她，看着她满是泪痕的小脸。

他笑了笑，道："我爱你，很爱你。"

路梨似乎觉得不可置信，眼睛里写满了委屈和谨慎："真的……吗？"

"真的。"迟忱宴认真地道，"你想让我怎么证明给你看都可以。我爱路梨，很爱。"

"呜呜呜……"路梨小嘴一撇，又想哭了。

"不哭了，不哭了。"迟忱宴连忙哄她，"再哭，明天眼睛会难受了。"

路梨吸着鼻子，听到他这样说，拼命忍住泪水："好。"

迟忱宴抽过纸巾，给路梨擦去小脸上的泪水。他抱着路梨坐在床上，路梨在他胸口趴了好一会儿。

迟忱宴估计路梨还饿着肚子，便打电话给酒店前台订了晚餐送到房间来。

"老公。"路梨紧紧攥着迟忱宴的衬衫，她刚才哭得狠了，现在说话还会时不时抽泣一下。

迟忱宴放下手机，问道："怎么了？"

路梨现在才想起白千迎："你跟白千迎……你们怎么……交往的？"

虽说刚才告诉了自己不要在意，但是现在确定了迟忱宴是爱她的之后，她还是在意的。哪个女人不在意自己老公的初恋呢？

迟忱宴愣了一下，还是坦白地告诉她："毕业的时候吧，好像只有几个月。"

他回忆着那些已经变得很模糊的记忆："我们因为一些活动走得比较近，然后就在一起了，也没有谁追谁，后来就默默分开了。"

路梨抬起头，问："真的吗？只有几个月？"

迟忱宴玩着她柔软的发丝："骗你做什么。"

路梨"哦"了一声，嘟了嘟嘴，又问："那你们有没有牵手、抱抱，还有亲亲？"

她问完，紧张地等着答案，整个人都紧绷起来，不停地告诉自己要做好心理准备，但是心还是很痛。

迟忱宴揉了揉她的头发，道："你想哪儿去了。"

他抱着路梨，叹了口气，说："没有。"

路梨："嗯？"

迟忱宴又重复了一遍答案："没有。"

他跟白千迎的关系很平淡，平淡到他已经想不起来细枝末节，大概就是曾经在走廊上并肩走在一起，下课后会讲讲题这些吧。至于路梨问的这些，根本就没有。

路梨听到这个答案，一时间竟不知道作何反应，沉默了半晌，她才终于吐出一句："这些都没有，那你们还谈个什么恋爱啊。"

路梨说完后又觉得自己说错了，她有些懊恼，抱着迟忱宴喃喃地说："如果有，我就不理你了。"

白千迎从美国回来，还准备在S市开店，并且明知道她是迟忱宴的妻子，还两次主动跟她打招呼。

路梨耸了耸鼻尖："对于你前女友回国了，还跟你在同一个城市，你有什么感受？"

迟忱宴平静地回道："没什么感受。"

路梨不解："没……什么？"

迟忱宴看着路梨的脸，严肃地说："路梨，那都是过去很久的事了，我已经很久没有想起过这个人了。

"过去的就是过去了，如今她于我而言只是一个很多年没有联系的普通同学，我很清楚，自己已婚，心爱的妻子是路梨。"

路梨听到这里，在心里告诉自己要淡定，但是脸上的笑容还是藏也藏不住。

她别过头，强忍着笑，道："那不公平，我也要去谈个恋爱。"

迟忱宴挑了挑眉："路梨小姐，你已婚。"

路梨哼了一声："以前那么多男生追我，我应该答应的，也谈个初恋。"

迟忱宴并没有被她激到，只是简单地陈述事实："你的初恋是我。"

路梨被他理所当然的样子气到了，觉得自己跟他在一起吃了大亏。

"不是你！"她挺着胸反驳，"我在小时候谈过恋爱的！"

迟忱宴："那不作数。"

他觉得两人现在这样很好，路梨又开始跟她撒娇了。

路梨捶着枕头："怎么不作数？我们每次过家家都扮爸爸妈妈，我们拉手了，还亲亲了！"

迟忱宴皱起眉头："亲了哪里？"

路梨见了他的反应，总算好受些，抬了抬下巴，道："你猜？"

迟忱宴的目光落在她嫣红的唇上。

路梨的耳朵开始发烫："哎呀，小孩子懂什么啊。"

"对了，你点的餐是不是要送来了？"她转移话题。

迟忱宴不为所动，继续问："亲了哪里？"

路梨忍不住扶额。

"幼儿园的事情我早就忘了，而且你刚才也说了，那是不作数的。"

迟忱宴伸手勾住她的后脑勺，在她唇上印下一吻才放开。

服务生把晚餐送来，路梨这才感觉到自己已经饥肠辘辘。

时间很晚了，两人也不急着回家，就在酒店里歇下。

路梨躺在床上，这是她结婚以来第一次跟迟忱宴住在酒店。

路梨突然问："老公。"

迟忱宴把她揽进怀里："嗯。"

住在酒店里，路梨莫名其妙有点儿心虚："你说我们要是碰到扫黄的警察怎么办？他们会不会把我们抓起来？"

　　"我们是合法的夫妻！"他咬着牙说道，不知道路梨整天在想些什么。

　　路梨点点头，笑起来："合法的，嘻嘻！"

　　迟忱宴见她似乎睡不着，干脆撑起身体亲她。

　　前些天他一直忙着"GO"的发布会，回到家时路梨已经睡了，所以两人已经好些日子没有亲密接触过了。

　　路梨当然察觉到了他的意图，不知道他的兴致怎么这么好，她好不容易才从难过中走出来，眼睛都还红着呢。

　　路梨被撩拨得迷迷糊糊，迟忱宴突然问："亲过哪里？"

　　路梨："唔？"

　　迟忱宴："小时候的'男朋友'亲过哪里？"

　　路梨十分委屈，这个男人怎么这么小气，她撇了撇嘴，还是说了实话："手。"

　　迟忱宴松了口气，握住路梨的小手放到唇边吻了吻。

　　因为白天情绪大起大落，所以这晚路梨睡得特别沉。

　　醒来的时候，她正窝在迟忱宴怀里。

　　迟忱宴见她终于醒了，便打电话让服务生把早餐送过来。

　　路梨想起昨晚的种种，又羞又窘，开始在他怀里闹。

　　迟忱宴好不容易才把她安抚好，像安抚一只炸毛的小猫。

　　两人吃完了早餐收拾好下楼，办理退房手续的时候，前台小姐本来是面带微笑在工作，一抬头看到退房的情侣竟然是路梨跟迟忱宴时，脸上的微笑变成了惊悚。

　　路梨看向前台小姐，歪了歪脑袋。

　　前台小姐猛地回过神，双手接过房卡，脸上重新挂上职业化的微笑。

　　路梨当然知道前台小姐为什么会觉得惊悚，她心里想着："看到了吧，我们可恩爱了。"

　　乔佳一知道路梨离家出走后也很着急，虽说后来路梨给她发了微信消息，但今天她还是火急火燎地跑来找路梨了。

用人给两人端来盛在精致骨瓷杯里的柠檬红茶。

乔佳一看到路梨的眼睛虽然还有些肿，但是心情很不错。

路梨端起瓷杯喝了一口红茶，然后拉住乔佳一的手，先是感谢了一下对方这么关心她，有这样的好朋友，她真的很感动。

乔佳一明显更关心她跟迟忱宴的进展："然后呢？找到你后，迟忱宴是怎么跟你说的？"

路梨又把昨晚发生的事情告诉了乔佳一，说到迟忱宴向自己表白时，她笑得一脸娇羞。

乔佳一则一脸错愕，一时不知道该说什么好。

路梨不明白她为何会露出这种表情："嗯？"

乔佳一很纠结，思前想后，最后抓着路梨的手说："可以。"

从昨晚她跟迟忱宴的那通电话来看，迟忱宴似乎比她想象的还要在乎路梨。

乔佳一："你们和好了就行。"

"那个白千迎你打算怎么办？"她又问。

路梨撇了撇嘴，说："她再出现在我面前，我就让她知道'你是什么货色我就是什么脸色'。如果她还敢出现在我老公面前，我就把她还有她那个牌子全部打包直接轰走，让她见识一下我的威力！"

"哈哈哈哈！"乔佳一笑开来，朝她竖起大拇指。

送走乔佳一，路梨撑着下巴陷入了沉思。

她算是个喜欢反思的人，经过这一次的事，她感觉自己成熟了不少。她觉得自己以前太幼稚，还患得患失。现在知道迟忱宴也很爱自己，心里的疙瘩一下子就消失了。她似乎也终于明白迟忱宴为什么不在乎那些流言了。自己过得好就行了，她爱老公，老公爱她，为什么要在意别人的看法呢？自己之所以患得患失、不信任老公，很大一部分原因就是每天太闲了，无论做什么想的都是老公，时间一长不出问题才怪。

路梨决定给自己找点儿事做，虽然她不是事业型的女人，但是做点儿事情让自己动一动也是好的，像现在这样每天围着老公转，老公也会烦的。

情感博主不都说，很多男人每天下班后会在车里坐很久才回家，这是因为他们也需要私人空间。她要当个好老婆，给老公一点儿私人空间。

想到这里，路梨拿出手机，点进"吃梨夫妇"超话，她本来想继续签到，看到冷清的超话，突然又犹豫了。

超话只在她抽奖的那段时间火过，现在已经人员凋零，除了她，很少有人发帖子。

路梨抿了抿唇，觉得自己为了破除流言专门建了个超话的举动非常幼稚。

两个人的感情有多好他们自己知道就好，别人知不知道无所谓。于是路梨退出了超话，决定以后回归现实，认真跟老公过日子，不再管那些流言蜚语了。

路梨翻了翻自己的微博首页，看到有育儿博主发了小孩的照片，又想到自己之前对老公不愿意要孩子的事耿耿于怀。

其实有什么可耿耿于怀的，小孩子是很可爱，可是法律又没有规定人人都必须要小孩。老公这么做肯定有他自己的理由，老公那么爱她，又不会害她，她选择支持他就好。

自昨晚迟忱宴表白后，路梨便觉得二人世界还没过够，现在要是有个哭啼啼的小崽子来打扰他们，多么煞风景。要是她跟宝宝一起哭，老公是哄宝宝还是哄她呢？小崽崽说不定还会跟她争宠。

路梨越想越觉得在理，她拿出手机，翻到跟迟忱宴的聊天界面。

迟忱宴把路梨送回家后，便去公司上班了。

可能是昨晚两人说开了，他今天心情很好，好几个高管战战兢兢地向他汇报工作中遇到的问题。换作以前，他可能会生气，这次他竟然大手一挥，让他们有错就改，下次不再犯，然后就把他们放走了。

高管们离开总裁办公室后先是抬头看了看窗外的太阳，然后差点儿喜极而泣。

周秘书也察觉到总裁今天心情好，连忙把之前堆积的文件都送了过来。

迟忱宴从文件里抬起头，看了周秘书一眼。

周秘书笑着退了出去。

迟忱宴看了一会儿便有些累，他揉了揉眉骨，突然想起了频繁出现在路梨面前的白千迎，不由得皱了皱眉。

如果说之前他几乎已经忘记了这个快十年没见的女人，那么听到她频繁出现在路梨面前，还若无其事地跟路梨打招呼，他心里便生出些反感。

迟忱宴想到路梨，脸上才挂起笑容，眉眼也染上了温柔。

路梨乖巧到他都有了负罪感，恨不得她再跟他闹一闹，他才能安心。她连离家出走都会打个电话让他不要担心，听他解释清楚了又立马跟他和好了。他突然很懊悔自己以前没有发现她的好，她对他冷漠疏离，一直小心翼翼地待在安全区，他竟也不肯往前多走一步。之前他一直希望她快点儿好起来，现在明白了自己对她的心意后，他又害怕她很快就好起来。

他笑着摇摇头，无论她的认知能不能恢复，他都会带着她向前走，一直在这段婚姻的路上向前走。

他又思忖了一下路梨离家出走并且纠结他是否爱她的另一个重要原因——他不肯要孩子。

其实，他们确定了感情后，要个孩子也并不是一件大不了的事情。

既然她想要孩子，那他就如她所愿。他之前不愿意，是怕路梨恢复认知后，两人回到原来的相处模式，有个孩子会十分棘手，路梨更是可能会崩溃。现在他想明白了，即使以后路梨恢复认知了，他们也不会回到原来的样子，可能那时路梨会很无措，不过他会重新追求她，他要让她继续当他的小娇妻，所以要孩子只是早晚的问题。

迟忱宴不得不承认，他是有私心的。如果她恢复认知时他们已经有了孩子，一个能维系两人关系的小家伙，那么他追求起她来，或者说让她接受他，就会更容易些。

他甚至开始想象他跟路梨的孩子会是什么模样，像爸爸还是像妈妈。想到这里，迟忱宴笑了笑，拿出手机给路梨发微信消息。

很巧，路梨也在给他发微信消息。

两人的消息几乎同时送达。

路梨的消息十万火急："老公，我们不要孩子了！"

迟忧宴的话语情意绵绵："我们要个孩子吧。"

两人看着两条几乎同时出现的消息，沉默了。

路梨愣了大概半分钟，把各种可能的情况都想了一遍才回复："老公……你是被盗号了吗？"

路梨："这位先生，请问您是路梨小姐的老公迟忧宴吗？如果不是，可不可以把手机还给他，定有重谢。"

迟忧宴扶了扶额，回复："是我，没有被盗号。"

路梨："我不信，除非你发张自拍照过来。我老公才不想要生孩子，你一定是骗我的。"

迟忧宴看得太阳穴突突地跳，他很后悔之前拒绝得太干脆，谁说他不想要孩子，他现在很想要。

只是让他发自拍照验明正身这种行为，他觉得很幼稚，而且他不是个爱自拍的人，于是他拨了个视频电话。

电话接通后，路梨看到屏幕上露出迟忧宴的脸。她老公一看就不知道自拍的技巧，竟然把摄像头从下向上四十五度对着自己，这种正对着下巴和鼻孔的角度，他竟然撑住了。

路梨红了脸，赶紧截了两张老公的美颜照。她已经验明正身了，知道老公在上班时间给她打视频电话不太好，于是主动挂断了。

接着，她给迟忧宴发微信消息："老公，你……真的想跟我生宝宝吗？"

迟忧宴的回复很简短："嗯。"

路梨把手机捂在胸口，心怦怦乱跳。

晚上，迟忧宴下班回到家。

今天路梨亲自下厨，做了她拿手的三鲜面。

迟忧宴感到很惊喜，立即尝了一口，味道很好，他便大快朵颐起来。

路梨坐在他对面，手撑着下巴，突然开口："老公，谢谢你。"

迟忧宴愣了一下，看着碗里的面，笑着问："不应该是我谢谢你吗？"

路梨嘟起嘴："不，是我要谢谢老公。老公包容我的任性，我离家出走你也没有怪我，老公很爱我，还为了我改变自己的想法，愿意要小孩。

"我真的很感动，谢谢老公这么理解我。我现在想明白了，也终于懂得了老公的良苦用心，我也应该学会理解老公，生小孩子不是那么简单的事情，我听老公的话，我们暂时还是不要生宝宝了。

"只要我们相爱，有没有宝宝又有什么关系呢？"

迟忱宴眼里闪过一丝错愕，他平复了一下情绪才说："我们可以要孩子的，真的。"

"我……"他掩唇轻咳一声，"很想要。"

路梨换上一副感动的表情："老公，谢谢你，阿梨真的好感动。"

接着，她又坚定地道："老公，我知道你是因为我才改变主意的。老公对我这么好，我更要体谅老公，不可以让老公为难！"

"我……"迟忱宴启唇，似乎还想说什么。

路梨抬手制止了他："你不用说了，我都懂。"

见路梨眼神坚定，迟忱宴感觉心口发涩，似乎有什么东西破灭了。

对于路梨改变想法不生孩子这件事，乔佳一举双手赞成。

对于路梨想找点儿事情做，不再每天围着迟忱宴转这件事，乔佳一更是拍手称赞。

"你早这么想就对了。"乔佳一拍了拍路梨的肩。

路梨拨弄着吸管："就是不知道干什么好。"

乔佳一："随便，反正是为了打发时间，你老公又不指望你挣钱养家。开家奶茶店也可以啊，亏了也无所谓，你老公不会在乎那点儿小钱的。"

路梨点点头。

乔佳一："上次我们去泡的温泉怎么样，想不想再去泡一次？顺便做个按摩，这几天我腰酸腿疼的。"

路梨看了眼时间，说："有点儿晚了。"

乔佳一："不晚啊，你那么早回家干吗？见你老公？你不是才说以后不缠着你老公了吗？"

路梨想了想，好像也是。

下午迟忱宴有个应酬，地点定在市中心的一家高级会所。

对方是他的高中同学，姓赵。

他高中同学家里大都非富即贵，很多人大学毕业后就接手了家里的生意。赵同学是其中的翘楚，他很有商业头脑，原本他家的条件并不算多好，这些年他愣是把公司做到了国内五百强。

迟忱宴跟着侍者走进提前订好的包间。

赵同学比他先到一步，见到迟忱宴，赵同学立马起身，伸出手打招呼："迟总，好久不见。"

迟忱宴看到老同学这些年外形变化很大，原本赵同学是班里最瘦的人，现在还不到四十岁就已经有了啤酒肚。

迟忱宴笑了笑，伸出手跟他握手，也打了招呼。

紧接着，一只纤细素白的手伸到迟忱宴面前。

"好久不见。"

迟忱宴看着那只手，这才注意到站在赵同学身后的人。

白千迎。

她的五官、身形和多年前相比没什么变化，长裙直发，首饰点缀得宜，很是精致。

赵同学忙解释："千迎回国后一直跟我有联系，她听说今天下午我要跟你谈生意，便跟着过来了，大家都是老同学，就当一起叙叙旧。"

迟忱宴脸上的表情看不出喜怒，他伸出手跟白千迎虚握了一下便立马收回，然后"嗯"了一声。

赵同学打着圆场："坐吧坐吧。"

赵同学几次试图提起高中时的事，想要叙叙旧，迟忱宴却似乎并不感兴趣，只微微点头，然后把话题转到生意上。

白千迎没插话，一直静静地坐着，听着两个生意场上的男人你来我往。最后，迟忱宴和赵同学达成了初步合作意向。

谈完工作，赵同学说已经在餐厅订了位子，邀请迟忱宴一起去吃晚饭。迟忱宴拒绝了，说他还有事，就不奉陪了。

"那好吧。"赵同学见状也不勉强，"下次见。"

迟忱宴带着秘书和助理离开了。

三人快走到走廊尽头的时候，突然有人在身后喊："忱宴。"

迟忱宴听到声音，回头看了一眼。

白千迎走过来，高跟鞋落地的声音被吸进厚重的地毯里。

"对不起，今天是我唐突了，没有事先跟你打声招呼。我听老赵说你要跟他谈生意，便跟过来了，想着大家都是同学，可以聚一聚。"

迟忱宴淡淡地说："还有吗？"

白千迎愣了一下，随即明白过来迟忱宴是在问她还有没有什么要说的，如果没有，他就要走了。

她咬住下唇，一只手抱住另一只手臂，自嘲似的笑了笑："你对女生一直这么冷淡吗？"

两个人交往时，全校的人几乎都知道他们在交往，可是她很难找到恋爱的感觉，这种感觉让她很难受，在她提出可不可以吻吻她后，他提了分手。

迟忱宴皱了皱眉，觉得有必要把话说清楚："你也知道我们的关系，为了避免引起不必要的误会，我觉得我们还是不要再见面。"

白千迎收紧手指："你是怕你太太误会吗？我见过她，她很漂亮。我在美国时一直听说你们感情不太好。你跟她是家族联姻，对吗？"

迟忱宴眯着眼睛看着眼前的女人。他突然想不起来多年前她吸引他的地方，可能她是班里唯一的补助生，可能是那个时候她总爱穿百褶裙，符合男生们想象中的校花的样子。

迟忱宴沉声道："我跟我太太感情很好，一直很好。请你不要再去打扰我太太，她并不喜欢你设计的服装，也没有兴趣去看你的秀。如果没有其他事情，我就先告辞了。"

迟忱宴说完，转身就走。

周秘书离开前，看了白千迎一眼。

看到周秘书眼中的嫌恶，白千迎咬紧了唇。

回家的路上，迟忱宴收到路梨发来的微信消息，说她现在还在外面玩，要晚点儿回来。这让已习惯了一回家就有路梨迎接的男人一时间不太适应。

不过他也没有说什么，只是问要不要去接她。

路梨："谢谢老公，不过不用了。阿梨不在，老公自己玩呀！"

迟忧宴看着路梨的表情包笑了笑。

他以为路梨说的晚点儿回来就是七八点的样子，因为路梨的作息很规律，不会熬夜。然而，迟忧宴坐在家里一直从七八点等到九十点。他坐在书桌前，盯着电脑屏幕。以前他也没觉得等待这么难熬，这一次他感觉时间过得格外慢。

迟忧宴安慰自己以前他偶尔晚上有应酬，路梨也是像这样在家里等她的。不过，这种家里空荡荡的感觉让他很不习惯。

当时针指向十的时候，迟忧宴终于听见外面传来轻轻的脚步声。

路梨站在房间门口，只探进一个脑袋，笑着说："老公，我回来啦。"

她本来想问问他一个人待在家里的感觉怎么样，不用跟她时时刻刻黏在一起，不用一回到家就要把她亲亲抱抱举高高，结果她发现他似乎不太高兴，甚至还有些……幽怨。

路梨不解，走过去问："老公，你怎么啦？"

迟忧宴看了她一眼，拉住她的手，把她拉到自己腿上坐着。

路梨道："我去做按摩了，你闻闻香不香。"

迟忧宴闻到她身上的精油味道，想她大晚上的把他扔在家里，竟然只是为了做个全身按摩。

见他还是不高兴，路梨有些头疼。他到底怎么了？

迟忧宴抱起路梨往卧室走。

路过衣帽间的时候，他往衣橱里瞟了一眼，看到有套衣服很眼熟，是她上次跳《This is love》时穿的衬衫和格子裙。

迟忧宴抱好路梨，伸手把衬衫和格子裙取下来。

路梨："嗯？"

迟忧宴给路梨换上。

她这么一穿，青春而娇艳，仿佛时光倒流了。

他看着她的模样，终于确定当年他遇到的如果是这样的她，一定会忍不住主动吻上去。

第二天，路梨告诉迟忧宴她想找点儿事做，迟忧宴听后点点头，对此表示支持："你想做什么都可以，要多少钱直接找我签单，不用省。"

路梨感动得热泪盈眶。

迟忧宴给了她一个建议，让她去做天使投资。

天使投资在业内很普遍，简单地说就是别人拿着自己的创业计划来找你，你感兴趣或者觉得可行就投资，如果盈利就会有分红，如果失败了，亏损的就是投资人。

路梨听完后若有所思地点点头。

迟忧宴有几个朋友也在做天使投资，顾名思义，天使投资人的确是"天使"，因为你永远不知道说得天花乱坠的创业者们能不能让自己的创意变现，不过没关系，既然选择了当天使投资人就知道有风险，他觉得这很适合路梨。

路梨试着见了几个正在寻找投资的创业者，都觉得不靠谱。虽说年轻人拥有一腔热情是好事，但是只有一腔热情可不行。有些策划案连她都能看出来根本不切实际，风险评估什么的都没有，创业者噼里啪啦地讲完，就想获得投资。

路梨觉得与其投资别人，还不如把钱投入她家的房地产公司。

她无聊地翻了翻微博，由于她有一阵没有出现在公众面前，微博也发得少，"国民小娇妻"的热度已经过去了，"路梨"的超话也没有之前热闹。

路梨找到"路梨全球后援会"微博，看到微博换了头像，新头像是她以前的照片，也被画手画成了 Q 版，特别可爱。

她笑着把那张头像保存下来，准备待会儿发给迟忧宴。接着，她发微博感谢了画 Q 版头像的画手。

路梨点进画手的主页，对方的相册里有很多作品，除了她，其余的几乎全是一个男明星。

作为资深追星少女，圈里大大小小的艺人路梨基本上都认识，但画手主页里的这一个她没有见过，应该是个新人。

路梨看了几张那个男明星的照片，觉得还不错。对方很年轻，二十来岁的样子，头发剪得短短的，眉眼都带着纯真与淳朴。

路梨看人很准，她追过很多艺人，一个人经历过什么往往都在眼睛里，而这个新人眼里的淳朴是演不出来的。虽说她最近不追星了，但是看看男明星的照片也不错。

路梨在画手的微博上找到那个新人的名字，叫林寄予，她搜了一下，在看到他的微博粉丝数时沉默了。886个粉丝？这确定不是高仿号吗？她的追星小号都有一万多粉丝。

路梨点开林寄予的微博，终于确定不是高仿号，而是一个毫无名气、经纪公司都懒得为他营销的艺人。

上个月他发微博说自己正在拍一部小成本青春电影，三天前他发微博说电影因为资金短缺停拍了，接下来还不知道干什么。评论区有几十个粉丝安慰他，少年都一一耐心地回复。从他的回复来看，他应该是个很温柔的人。

这让路梨十分心痛，反手就把他的微博分享给乔佳一："宝藏。"

大约五分钟后，乔佳一回复："弟弟怎么可以糊成这个样子？"

乔佳一："素人吧。"

乔佳一："他的五官很精致，好好做个造型绝对会很惊艳，就是不知道演技怎么样。"

乔佳一："哦，他参演的电影停拍了，他也演不了戏了。"

路梨："姐姐不允许！"

乔佳一："你不会是想投资他参演的那部电影吧？"

路梨："正有此意，你觉得怎么样？"

乔佳一："你再多方面考虑一下吧。"

路梨通过林寄予的微博找到了那部电影的导演的微博，那个导演拍过几部短片，都是在视频网站上默默地上架，豆瓣评论也没几条。导演最新的一条微博是在寻找同城合租。

路梨花一下午时间看了导演之前拍的短片，觉得还不错，虽然算不上完美，但明显看得出来一直在进步，风格也不是虚假的华丽，很有生活气息。于是，路梨在豆瓣上给几部短片打了分，然后分享到微博小号上。

没过多久，她就收到私信，竟然来自那个导演：

"感谢您在百忙之中看了我的作品，谢谢您对这几部作品的评价。下面这些是我其他的作品，您有空的时候可以看一下打发时间。"

这段文字下面是网盘链接。

路梨惊呆了，这世界上还有导演求着别人看自己的作品？他这是每天蹲在豆瓣和微博，看到有人评论了就立马给对方发资源？这日子也过得太惨了吧。

她考虑了一晚上，多方面综合评估，第二天终于下定决心，让千永给导演打了个电话。

对于小成本青春电影，她做了些功课，除开宣发成本，不请大牌演员，没有特效大场面，基本上拍摄成本都在一千万以下。

路梨让千永先给导演报个三百万试试，第一次报价低，如果导演说不够，可以往上再加一点儿。

千永报了三百万，不一会儿，导演就挂了电话。

路梨："他怎么挂了？"

千永："他觉得我们投资的金额太大了，以为是诈骗。"

路梨把让导演相信他们不是诈骗的任务交给了千永。

千永完成任务后，给路梨发来了导演自己编写的电影剧本。

路梨看完后出乎意料地满意。剧本一看就是精心打磨过的，虽然是青春片，却没有烂俗的三角恋，主要围绕几个少年的友情展开，真挚且感人。

她把剧本拍到书桌上，当即做了决定——投资！

盛景旗下也有娱乐产业，不过不是主业，这几年全国的电影市场行情都不太好，亏损的占大多数。不过既然路梨这么兴致勃勃，迟忱宴便由着她。

路梨投资后，看到林寄予在微博上激动地宣布电影恢复拍摄，自豪感油然而生。

迟忱宴凑过来，看到路梨手机上林寄予的照片，她忙活了好几天就是为了投资这个人拍的电影？他从路梨手中抽出手机，现在他有点儿后悔让路梨去找点儿事做了，她每天购购物逛逛街跳跳舞，然后在家等着他下班不好吗？不过好在她只是投资，投完钱就没事了，没事看看进度打发时间，然后等拍出来验收成果就行。

路梨伸手去够自己的手机："老公，你把手机还给我。"

迟忱宴看着手机上林寄予的照片，眯了眯眼。

路梨："老公，你不会吃醋了吧？他比我小好几岁呢，我怎么可能喜欢他！"

迟忧宴决定换个话题，他把钱给路梨，路梨拿钱去投资电影，她是电影的投资人，那他算不算她的投资人？

迟忧宴把自己的这个想法告诉了路梨。

路梨先是一脸迷惑，随后想了想，点点头："算。不过你比我坏多了。"

迟忧宴笑了，又提起那个话题："我们要个孩子好不好？"

路梨坚决摇头："不好。老公你不用再说了，我知道你的心意，放心，我是不会生的。"

迟忧宴觉得很头疼。

晚上，路梨坐在床上玩手机，发现一年一度的"塑料夫妻"评选大赛又要开始了，网友们都觉得今年他们会继续蝉联第一。

有个八卦博主还专门发了一条微博："今年路梨在维护夫妻感情方面做了不少努力，但是由于缺少迟忧宴的配合，努力的效果基本等于零，或者说是负数。"

路梨看完，钻到迟忧宴怀里道："蝉联就蝉联，我才不在乎。老公你也不在乎，对不对？我们自己过好就可以了。"

迟忧宴搂着路梨，想说他其实是在乎的。他没有注册微博账号，后悔之前没有向她表达自己的爱意。而路梨在确定了他对自己的心意之后也不在乎这些了。迟忧宴都有些怀念以前那个每天想着破除流言的路梨。

路梨最近忙着投资电影，他每天下班回来没有人过来求亲亲抱抱举高高，心里总是空落落的。

迟忧宴没说自己其实并不需要私人时间，只是摸了摸她的头。

路梨打起了哈欠。

第二天，迟忧宴上班去了，路梨还赖在床上。她拿起手机，本来想看看工作人员汇报的电影拍摄进度，却突然收到一条推送，标题很劲爆："豪门夫妻名存实亡？盛景总裁迟忧宴携神秘女子于五星级酒店共度一夜！"

迟忱宴和路梨是在酒店门口被拍到的。这家酒店经常会有明星入住，所以酒店外一直有记者蹲守。

照片上，年轻男人从酒店里走出来，左手紧紧牵着一名比他矮一头的女子。

照片拍得很有氛围感，男人侧脸精致，整个人气质清贵，不输任何一个男明星。那名被他紧紧牵着的神秘女子身材纤细，脸上戴了一副墨镜，长发挡住大半张脸，但仍掩不住雪白的皮肤。

迟忱宴的外形极为优越，一眼就能被认出来，而那名戴墨镜的女子则显得十分神秘。

路梨把照片放大，仔细看了看神秘女子的脸，最后确定这是乌龙。这些媒体搞什么啊，她有那么难认吗？

从衣服来看，这应该是她离家出走那一次，由于头一天晚上哭得太凶，第二天眼睛肿了，怕出丑，所以她才戴了一副墨镜。

路梨看着照片里戴着墨镜的自己，明显一眼就能看出是她啊！这鼻子，这下巴，这嘴，多么完美！

路梨气得不轻，一点开评论，发现说什么的都有：

"迟忱宴出轨了？他们终于要离婚了吗？"

"他们离婚之后还能参加今年的'塑料夫妻'评比吗？"

"我怎么觉得这个神秘女子长得有点儿像路梨。"

"怎么可能是路梨，迟忱宴没事带路梨出来住酒店？"

"对！仅凭牵手这一点就可以确定这个人绝对不是路梨！"

在否定了神秘女子是路梨后，面对这种已婚男性带小情人出来开房的行为，大多数人都对路梨表示了同情。

很快，"迟忱宴与神秘女子在酒店共度一夜，路梨会不会选择和他离婚"的投票就发起了。

觉得会离的和不会离的网友各占一半，双方各执一词，吵得不可开交。

对于神秘女子身份的猜测也是众说纷纭，有人说是模特，还有人说是富家千金。

在某种程度上，两人都算是公众人物，这种桃色新闻向来传播得快，想堵也堵不住。

"迟忱宴与神秘女子在酒店共度一夜"挂在热搜上，"心疼路梨"这个词条紧随其后。

　　迟忱宴到公司后，还没开始开会，公关部就发来了消息，意思是公关部全体严阵以待，只要他一声令下，马上进行危机公关处理。

　　接着，法务部也表示已经做好了万全的准备，包括离婚官司怎么打，作为过错方如何最大程度地减少损失，以及上次草拟的离婚协议现在可以拿出来使用。

　　迟忱宴本来脸色铁青，直到他看到自己的"出轨证据"……

　　周秘书已经猜到了大概，总裁那边没动静，公关部和法务部只能干着急。

　　迟忱宴的手机响了，他接起来，路梨带着怒气的声音从手机里传出来。

　　"老公，那些人太过分了！"

　　看到那么多人骂她老公坏，她十分生气。

　　"老公才不坏，而是全世界最好的老公！"

　　"他们连我都认不出来到处乱说！我出轨，老公都不会出轨！两口子就不能开房吗……"

　　迟忱宴咬牙切齿地打断她："你敢！"

　　路梨："嗯？"

　　怎么了？老公为什么突然变得这么凶？路梨很委屈，又有些气愤："老公，你凶我！"

　　迟忱宴放缓语气，道："你知道你说了什么吗？"

　　路梨："我说两口子怎么就不能……"

　　迟忱宴打断她："上一句。"

　　路梨回忆了一下，道："我说我出轨，老公都不会出……"

　　她的声音戛然而止，她知道迟忱宴为什么突然生气了，其实她只是随便说一下，他竟然当真了。

　　路梨委屈地道："老公，你不信任我。我对你的感情你难道感受不到吗？阿梨对老公的爱那是天崩地裂、海枯石烂才会停止的，山无棱天地合都磨灭不了阿梨对老公的一颗深情而炽热的心。老公只向阿梨表白过一次，阿梨就什么都明白了；阿梨每天跟老公表白，老公还要怀疑我、凶我。我好难过，我不喜欢老公了。"

迟忧宴立马后悔了："对不起，是我说错话了，不生气了，好不好？"

路梨哼了一声。

迟忧宴轻声细语地哄着，从"你最近有没有喜欢的首饰，我们一起去买"，到"我下班回家后给你做小肉丸"。

秘书室，周秘书又接到公关部打来的急电。

挂断电话后，他看了一眼总裁办公室的方向，关于总裁出轨的流言都传疯了，公关部的人都快急哭了，总裁依旧岿然不动，不知道在忙什么。

周秘书深吸了一口气，往总裁办公室走去。

门虚掩着，他正想抬手敲门，透过门缝看到迟忧宴正在打电话。

周秘书观察着自家老板的表情，看样子他一点儿也不着急，还在电话里哄人，也不知道是在哄祖宗还是老婆。

就在对于路梨是否会选择离婚的投票进行得如火如荼时，一直没有动静的盛景集团官方微博发布了一则公告。

上次盛景集发公告是感谢大家对路梨小姐的喜爱，并表示路梨小姐与迟忧宴先生感情稳固，这一次的公告还是很官方：

"新闻中的'神秘女子'乃迟忧宴先生的妻子路梨，迟忧宴先生与路梨小姐目前感情稳固，谢谢大家关心，祝大家生活愉快。"

紧接着，路梨也发了一条微博。她把上次戴的墨镜找出来戴上，照着新闻照里的角度拍了张自拍，新闻照与自拍照完全吻合。

看到这两条微博后，正忙着骂迟忧宴以及积极投票的网友都愣住了。怪不得一直有人说那个神秘女子是路梨的翻版，原来她就是那个神秘女子啊。

不过，还是有很多人怎么也不愿意相信，认为他们住着豪宅，不会跑去住酒店。

有人去查了那家酒店的官网，发现有一套情趣套房订的客人特别多。

第五章
恩爱夫妻

♥

路梨发完自拍照，迟忱宴出轨的谣言便不攻自破。

她瞄了眼热搜，"迟忱宴与神秘女子在酒店共度一夜"已经被"迟忱宴路梨合体辟谣"取代。

路梨冷笑了一声，又往下划了一下，突然看到一个新的热搜词条——"情趣套房"。

她愣了一下，确定自己没有看错"情趣"两个字。这是什么？她有点儿心虚，左右看了看，然后伸出小手点开那个词条。

第一条："迟忱宴力破出轨谣言，小夫妻入住五星级酒店情趣套房，激情一夜，遐想无限。"

第二条："到底是什么样的套房让迟忱宴也欲罢不能？博主即将揭秘，敬请期待。"

第三条："豪门夫妻也有爱！为您科普情趣套房的八个小知识。"

⋯⋯⋯⋯⋯⋯

路梨张了张嘴，然后像扔烫手山芋一样把手机扔了出去。

这到底是怎么回事？怎么又跟她有关？

路梨平复了一下心情，又忙不迭地把手机捡回来。

事情比她想象的还要离奇。

有人好奇他们住着豪宅为什么还要去住酒店，就去那家酒店的官网看了一下，刚好酒店正在主推的夫妻情趣套房，事情传着传着就变了，从路梨和迟忱宴住的有可能是情趣套房，最后变成了板上钉钉的事。

有人评论：路梨和迟忱宴放着豪宅不住，原来是专门去体验情趣套房啊！

路梨看到这条评论，气得不行。

她不是！她没有！她什么都不知道！

那家酒店也十分精明，立马通过官博发了房型的介绍和预订方式，并且语气十分暧昧，虽然没有点明，但每句话都在暗示这是让路梨与迟忱宴都欲罢不能的情趣套房。

路梨想发微博澄清，随即又放弃了这个念头。

她若是专门发条微博澄清自己跟老公住的不是情趣套房，舆论只会更加不可收拾。

路梨有点儿绝望。

她原以为这件事之后关于他们的谣言会少一些，没想到情趣套房的热搜一出来，所有人的关注点就跑偏了。

现在那家酒店未来一个季度的情趣套房都被预订了，有有钱人特意想去体验的，也有博主是为了给网友们做探房视频。

路梨捂住一阵梗塞的胸口，只好安慰自己，至少不是全无收获。

虽然夫妻不合的谣言还没破，但他们结婚三年都没有碰过对方的谣言破了。

这时，千永给她发了条微信消息过来，说那家酒店的经理联系了他。

酒店经理的原话是："为了感谢二位对本酒店的喜爱，表达本酒店对二位的祝福，特赠送二位情趣套房全年免费入住权，一年之内随时入住，并且其余套房均享受七折优惠。"

路梨："我谢谢你！"

晚上，迟忧宴给路梨做好小肉丸，听到酒店送给她的优惠后，一副若有所思的模样。

路梨自然知道他在想什么，惊得撂下勺子，揪住他的耳朵。

"不，不要！不可能！你想都不要想！"

迟忧宴笑了，不再刺激她，只是想着以后肯定要带她去体验一下。

出轨事件告一段落，路梨投资的电影因为资金充足，现在已经重新开始拍摄，并且换了团队，请了更好的造型师和摄影师。

电影讲述的是小镇少年的青葱岁月，拍摄地点在导演的家乡，N省一个平静安宁的小镇。

路梨看了剧本，很喜欢剧本里那个有壮美的落日、老奶奶卖栀子花、流浪狗会冲路人摇尾巴的小镇，很想去片场看看到底是什么样子。

这是她长这么大第一次投资项目，她很重视，也很紧张。虽然不知道最后结果如何，但这是她第一次学看投资挣钱。虽说每天都会人给她汇报进度，发给她片场的照片和视频，但她还是想亲自去看一看。

N省离靠海的S市很远，得先坐五个小时的飞机，然后换乘高铁，最后搭汽车去那个小镇。

路梨算了一下，一来一回，再在片场待两天，一个星期不到的时间就够了。乔佳一兴致勃勃地打算跟她一起去，去见见饰演男主角的林寄予。两人已经开始规划行程了，路梨才想起自己还没有跟迟忧宴说。

傍晚，两人吃完了晚饭出门散步，路梨挽着迟忧宴的胳膊，把自己的计划告诉他。

迟忧宴微微皱了皱眉："去多久？"

路梨高兴得蹦蹦跳跳："一个星期就够了。"

迟忧宴想了想，然后摇了摇头。

路梨没想到他会不同意："不行吗？"

迟忧宴道："让人每天给你汇报进度就行了，你为什么非要去呢？"

"在家陪老公不好？"他捏了捏路梨的手。

他觉得一个星期太长了，他又走不开，不能和她一起去，而且那个地方比较偏远，去一趟很辛苦。

路梨："可是我想去。我第一次当投资人，当然想亲自去看一看。"

她抱住迟忧宴的胳膊，笑着说："我跟乔佳一都约好了，下个星期就出发。"

迟忧宴没想到她已经把日子都定好了，他摸了摸她的头，道："我不赞成。"

如果她是回 G 市探亲要去一个星期，他当然不会反对，但现在只是为了一部正在拍摄的电影，他觉得没有必要。

迟忧宴道："你可以投资一些在 S 市拍摄的电影，这样你就随时可以去探班。或者让剧组到 S 市来拍，多出来的费用我报销。"

"那不一样！"路梨反驳道。不同的城市有不同的景色和味道，怎么能想在哪里拍就在哪里拍。

她原以为迟忧宴会很支持她，却没想到他是这种态度。她还发现，在他眼里，投资电影不过是一个让她打发时间的游戏，她没有必要为此耗费过多的时间和精力。

虽说一开始她也只是想找点儿事情做，但是真正接触了电影拍摄之后，这部电影对她来说已经意义非凡了。

看到路梨眼里的失望，迟忧宴突然后悔让她投资电影了，就当天使投资人就好了。

路梨看向迟忧宴，坚决地说："我要去。"

迟忧宴见她态度坚决，想了想，做出了让步："两天吧，我让周秘书带着助理陪你去。"

"两天连路上的时间都不够！"路梨很生气，甩开了迟忧宴的手。

迟忧宴皱着眉去牵路梨的手："乖。"

路梨往后躲了一下，突然抬手抹了一下眼睛，再开口时已经带了哭腔:"以前你出差一走就是好几个月我都没说什么,为什么我只离开一个星期你都不同意?"

她之所以伤心,不只是因为他的拒绝,还因为他根本没有把她很重视的项目当一回事。这种自己很重视的东西被另一半轻视的感觉让人很不好受。

迟忱宴答道:"那不一样。"

"有什么不一样?"路梨吸了吸鼻子,继续说,"它们都倾注了我们的心血,对于你我的意义是一样的。"

迟忱宴沉默了片刻,然后抓住路梨的手:"先回家。"

路梨知道他还是觉得她很任性,一时伤心到了极点。

两人开始冷战,一路上都没有再说过话。

这是路梨第一次跟迟忱宴吵架,一回到家她就跑进了自己的卧室,关上了两间卧室之间的门。

她已经很久没有在自己的床上睡过觉了。

浴室里传来流水声,路梨抱着抱枕坐在床上,只觉得胸口堵得慌。她越想越委屈,越想眼眶越红。

路梨低下头,眼泪便落了下来。她用衣袖擦掉眼泪,不知道胸口堵着的那口气该怎么发泄,最后她拿出手机,点进"吃梨夫妇"超话。

酒店事件后,超话难得涨了一点儿粉,虽说只有几个,但是也比以前每天掉粉好多了。

路梨看着超话,越看越难过。不要"吃梨"了,她不想理他了……

迟忱宴洗澡时一直在想路梨跟他说的话。他抹了一把脸上的水,用毛巾擦干身体,穿上睡衣,从浴室进入路梨的房间。

她已经睡着了。

迟忱宴轻手轻脚地走过去,轻轻掀开被子,然后伸出手把她抱起来。他的动作很稳,她没有醒,只是小声说了两句呓语。

有什么东西从路梨身上掉下来,迟忱宴看了一眼,是她的手机。于是他把她的手机也捎上,连人带手机抱回了自己的卧室。

迟忱宴先把路梨放到床上,本来想把手机放在她枕头下面,却发现手机锁屏自动打开了。这是路梨之前专门设置的。她发现老公的脸和指纹竟然都打不开她的手机,她不允许这样的事情发生,所以把他的指纹和面部录了进去。

锁屏打开后，屏幕上出现了路梨最后打开的界面。

"吃梨夫妇"超话？

迟忧宴记得之前隐约听路梨说起过超话这个东西。

他看到超话上方的简介：迟忧宴 × 路梨专属超话，欢迎大家关注。

动态："梨子味小仙女"本周粉丝榜第一。

迟忧宴翻了翻超话，大概明白了是怎么一回事。

他低头看了一眼熟睡的路梨，这位"梨子味小仙女"小巧的鼻头微红，偶尔抽搭一下，显然之前哭过。

迟忧宴突然很心疼，懊恼于自己今晚的举动。他把手机放到她枕头底下，然后仔细欣赏着她熟睡的模样，为她撩开一绺跑到脸颊上的头发，陷入了沉思。

翌日，路梨醒来的时候发现自己竟然躺在迟忧宴的卧室。

她记得昨晚两人吵了架，她明明睡在自己房间。

床上只有她一个人，迟忧宴已经上班去了。路梨咬咬牙，攥紧拳头，对迟忧宴这种趁她睡着把她抱回来的行为十分不齿。

路梨坐起来，回身一摸，摸到了枕头下面的手机。

乔佳一一早就发微信消息问她："你跟你老公说了吗？是你老公安排私人飞机送你去，还是自己订机票搭民航？"

路梨一起床就被触到了伤心事，又开始难过起来。

"我不去了。"她落寞地回复。

她承认自己很没用，昨晚吵架时还一副坚持到底的样子，但是落到实际行动上，她顶多做到取关"吃梨夫妇"超话，不敢偷跑出去。

乔佳一："迟忧宴不让你去？"

路梨："他说一个星期太长，那个地方又太远。"

乔佳一："一个星期还长？他让你不去，你就不去？你那么听他的话？他怎么不把你拴在身上呢，自己出差就可以，别人出远门就不行？"

路梨咬着唇回复："对不起。不过我不允许你这样说我老公。"

乔佳一恨铁不成钢地说："你自己去啊。他凭什么不让你去，又不是他出的钱！"

路梨："就是他出的钱。"

乔佳一："这……"

路梨："我现在终于明白白千迎为什么会当着我的面说那些话了。她有自己的品牌，而我只有个有钱的老公。"

乔佳一看着那句"只有个有钱的老公"，一时语塞。

乔佳一："这等好事为什么被你说得好像你老公身负巨债，你要去打工还债一样……而且你不仅有个有钱老公，还有个有钱的爸爸！不过话说回来，你们家的财产是怎么分的？你爸给你股份了吗？要是被你那两个哥哥瓜分了，那你岂不是什么都得不到？我听说G市那边分家产大战向来很激烈啊，你跟你两个哥哥的感情怎么样？你能斗得过他们吗？你跟迟忱宴的婚前协议是怎么签的？要是哪天离婚了，你能分到财产吗？"

路梨看着这些话，沉默了。

她与那两个从小被当成接班人培养，在生意场上摸爬滚打的哥哥相比，还是差了点儿。

乔佳一见路梨半天不回复，知道自己可能说中了。

她突然觉得路梨认知错乱了说不定是好事，虽然在某种程度上失去了自由，但好歹能当一辈子阔太太。

路梨直接把乔佳一叫出来，把奶茶当酒喝，跟对方诉了两个小时的苦。她揉着眼睛道："我知道，我用他的钱去投资电影，就没有资格在他面前耍性子。

"我也想偷跑出去啊，可是我去了也不会安心，更不会开心，那么这做还有什么意义呢？

"我知道自己很没用，出嫁前靠父亲，嫁人了靠老公。

"我只是没想到自己第一次尝试去做一件事情，结果却是这样。"

乔佳一是独生女，体会不到路梨的痛苦，但见她很伤心，还是忍不住拍了拍她的肩。

路梨苦涩地说："我不如白千迎。"

"呸！"乔佳一立马啐了一口，"你长得比她漂亮，身材比她好，你老公对你也很好，哪里不如她了？"

　　乔佳一顿了一下，接着说："你自己之前不是说过，夸赞事业女性的同时不能贬低非事业型女性，每个人都有自己的选择与价值，怎么现在贬低起自己来了？"

　　路梨摇了摇头说："那不一样。"

　　选择当非事业型女性与只能当非事业型女性是两个完全不同的概念。最重要的是她作为非事业型女性，连最基本的家庭都没有经营好，所有人都以为他们感情不和。

　　乔佳一安慰她："怎么不一样，她不就会设计衣服嘛，你会撒娇，会卖萌，会跳舞，她会吗？她即使会，也没有你可爱。"

　　路梨听了这话，一时间不知道该高兴还是难过。

　　乔佳一看了一眼时间："你老公快下班了，要不你晚上跟他好好说说？"

　　路梨使劲摇头，她没有勇气再试一次。

　　两人冷战有什么用呢？最后还不是会和好，除非她不爱他了，而她知道，这是一件不可能的事。

　　"嗯……"面对不愿回家的路梨，乔佳一似乎有些为难，"可是我要走了。"

　　"嗯？"路梨吸吸鼻子，抬起头，"去哪里？"

　　乔佳一十分坦诚地道："酒吧。那家酒吧有个很厉害的音响师，我男朋友一直想把那个音响师挖到他的俱乐部去，今晚我们是去看看情况。"

　　路梨可怜兮兮地问："你能带上我吗？我还不想回家。"

　　乔佳一："你老公……"

　　路梨："我总不可能连晚上出来玩一会儿的自由都没有。"

　　乔佳一思考半晌，还是点了点头："行吧。"

　　大家都是成年人，没有那么多弯弯绕绕，听听劲爆的音乐，消消愁也是好的。

　　乔佳一又说："你跟迟忱宴说一声吧。"

　　路梨点了点头，给迟忱宴发了条微信消息，说自己跟乔佳一在一起，晚上晚点儿回家。

迟忱宴收到消息后，想着他不能让路梨整天待在家里等他，便很干脆地回了个"好"。

路梨虽然不是"派对动物"，但不代表她没去过夜店。

夜幕降临，S市的夜生活正式开始。

乔佳一跟男友会合，三人进去的时候，有个戴假面的服务生拿着印章在每个顾客手背上敲了一下。

那个印记在灯光下看没什么，到了光线暗的地方，就能看到一朵发着光的玫瑰——正是这家酒吧的标志。

路梨进入酒吧后才知道，这是一家以女性顾客为主的酒吧，开业不久就在S市打出了名气，生意极好。还有媒体打算跟踪报道，一窥酒吧里女性的人生百态。

此刻，台上那位招牌音响师正激情打碟。昏暗的灯光模糊了他的脸，只有几缕银灰色的头发很醒目。

三人要了个卡座，点了瓶洋酒。

这时音响师小哥下台了，乔佳一男友赶紧起身，溜去了后台。

路梨灌了杯洋酒，被辣得咳了两声。

乔佳一忙问："你能喝吗？你喝了酒，待会儿回去你老公问起怎么办？"

路梨觉得这家酒吧与她格外契合："别管我，都来酒吧了，还不准喝点儿酒吗？我的酒量又不差。我去一下洗手间，下午奶茶喝多了。"

乔佳给她指了指方向："那边右转走到头，快去快回。"

路梨："哦。"

她从洗手间出来后，便往卡座的方向走。酒吧里光线昏暗，光怪陆离的彩灯闪得人眼睛疼。每个卡座都长得差不多，她好不容易找到地方坐下，正准备跟乔佳一说话，却发现自己坐错了位置。

卡座里坐着的是几个打扮贵气的中年贵妇。

路梨立马站起身，尴尬地说："对、对不起。"她四处张望，努力回忆着乔佳一在哪个方向。

其中一个胖一点儿的贵妇上下打量路梨两眼，开口道："小妹妹，你这么年轻也来这里消愁啊？"

路梨干笑了两声。

这家酒吧以中年女客居多，年轻漂亮的路梨似乎引起了贵妇们的兴趣，另一个瘦一点儿的贵妇仰头灌下一杯酒，说："我年轻的时候比你还要漂亮，却因为做生意日夜操劳没工夫保养，呜呜呜……"

胖贵妇用戴着鸽子蛋钻戒的手抹眼泪："谁不是呢，我最瘦的时候只有九十斤。"

瘦贵妇已经喝得半醉："没想到长得这么漂亮的姑娘也会不如意啊。"

胖贵妇拉住路梨的手："能遇到就是缘分！坐下喝两杯，给姐姐说说你有什么伤心事？"

看到几个打扮光鲜的富太太哭得凄惨，路梨也鼻子一酸，忍不住有些伤感。最近她的心情也不好，于是她坐了下来，开始向那些富太太倾诉自己的烦恼。

乔佳一等了将近半个小时都没等到路梨回来，电话打不通，发微信也不回，她急忙去找人。

她找了好几圈，最后找到路梨的时候，她简直不敢置信。

一个大卡座坐了不少人，除了路梨，还有四个穿金戴银的中年妇女。

路梨双颊酡红，正挥着手慷慨激昂地说："结婚……结婚有什么好的！像我这样的人，从生下来……嗝儿……就等着嫁人，一点儿意思也没有。我什么都听我老公的，可是……可是前些日子，我想要个孩子，我老公都不愿意。"

胖贵妇大胆猜测："他是不是有私生子了？"

瘦贵妇添油加醋："哪天小三带着私生子上门，多余的就是你了。"

她们说得这事好像真的要发生了一样，路梨哭倒在座位上。

乔佳一见状，忍不住倒吸了一口凉气，赶紧冲过去："路梨，你怎么跑到别人这里喝酒！快跟我回去！"

她拉着路梨的胳膊想把她拽起来。

路梨不肯走，还打着酒嗝："我不要，我跟姐姐们聊得很投机。"

几位贵妇感动得热泪盈眶，然后有人像是突然想起了什么，再一看路梨的脸，果然有点儿眼熟。

"小五叫路梨啊。"

怨妇四人组已经自动把路梨认成了小五，欢迎她加入怨妇俱乐部。

胖贵妇："盛景总裁的老婆就叫路梨嘛。"

瘦贵妇："是他们啊，我老公还参加过他们的婚礼。外人觉得我们光鲜亮丽，总有花不完的钱，只有我们自己才知道有多苦。"

路梨："我老公才没有在外面养情妇。"

乔佳一继续去拉路梨："最近有记者对这家酒吧搞专访啊，你注意点儿！要是被拍到了怎么办？"

路梨满不在乎地反问："拍、拍到了又怎么样？"

她突然想起之前的酒店事件，凄惨地说："反正在别人看来，我们就是感情不好，我早就……嗝儿……习惯了，无所谓了！"

乔佳一双手叉腰，见路梨醉得不省人事，只得到一旁给迟忧宴打电话，让他过来接路梨。

酒吧里太吵，乔佳一听不清迟忧宴说了什么，她说的话也被音乐声淹没了。于是，她转而给迟忧宴发短信："你来酒吧接一下路梨，她喝醉了。"

迟忧宴看到短信还不太相信。他知道路梨不喜吵闹，并且她下午还乖乖跟他汇报了行程。她难道不是跟乔佳一去按摩了吗？

迟忧宴回复短信："真的？"

乔佳一没想到他居然不相信路梨会去酒吧，她只得拍了张照片发过去。

看到照片的那一瞬，迟忧宴的脸色就沉了下去。

灯光昏暗的酒吧里，路梨歪坐在沙发上，她头发凌乱，脸上挂着泪痕，一副可怜兮兮的样子……

乔佳一给迟忧宴发了照片，见拉不动路梨，只好坐到她身旁陪着她。

几个贵妇可能是喝多了，七嘴八舌地分析着路梨的婚姻生活。

"男人就没有一个靠得住的，不过只要小三没有进门，有些事情你就睁一只眼闭一只眼吧。"

"你还这么年轻你老公就厌烦你了，以后该怎么办哟。"

"你老公肯定限制你的信用卡额度了吧？他不给你钱，肯定是给外面的女人了。"

"他是不是平时上班忙，没工夫陪你，你抱怨两句，他就说你不知道他赚钱有多辛苦，说得好像只有男人赚钱辛苦，女人操持一个家不苦一样。"

"你老公是不是心情不好就对你吆五喝六、朝你撒气？我们都经历过，都懂，也就刚结婚的时候对你客气点儿，现在倦了烦了，本性就出暴露了。"

"你到这里来，你老公知道吗？唉，知道也没用，咱们在这里消消愁，他们指不定在哪里逍遥快活。"

…………

乔佳一听着这些话，突然对婚姻产生了深深的恐惧。

路梨则悲痛欲绝，虽然她老公没有出轨，信用卡随她刷，一下班就回家陪她，还从不对她发脾气，但这并不妨碍她听着这些话就觉得伤心。她在这里借酒消愁，她老公指不定在哪个地方花天酒地。

路梨正想再拿杯酒，突然发现自己面前站了一个人。她首先看到两条修长笔直的腿，然后视线缓缓往上，看到了皮带、衬衣，还有一张无比俊朗的脸。

一直焦躁不安的乔佳一看到救星，立马站起身："你可算来了，快把你老婆弄走！"

她又看了一眼喝醉酒倒在沙发上的路梨，觉得迟忱宴肯定会生气，便补充了一句："不许生她的气，好好跟她说。"

四个贵妇听到乔佳一这话，便知道他就是路梨的老公。

男人看着醉倒的女人，面色十分阴沉。

小五妹平时都那么惨，这次被抓包带回家，肯定不会好过，怨妇四人组护犊子的心起来了。

"你就是路梨的老公？"

"就只允许你在外面花天酒地，不允许你老婆来借酒消愁吗？"

"你连个孩子都不跟她生，是不是在外面有人了？"

"平时不陪老婆，这个时候来是什么意思？"

"你今天要是敢动她一下，你就不是男人！"

路梨知道自己跑到酒吧喝酒不太好，现在被当场抓包，老公肯定会很生气，于是她十分应景地哭了："老公，我错了！老公不要打我，不要骂我，不要停我的信用卡……"

迟忱宴听着那些怨妇的话，深吸了一口气，冷着脸，扫了一眼义愤填膺地指责他的几个中年贵妇，然后冲路梨伸出手。

在场所有人的心都提了起来，生怕下一秒迟忱宴就会动手。

大家只敢嘴上说说，看到男人黑沉沉的脸，感受到男人强大的气场，她们根本不敢冲上去。

下一秒，醉倒的路梨就被拎了起来。

贵妇们已经被吓得闭上眼，所有人屏息凝神，不知道接下来会发生什么事。

迟忱宴扫了一眼众人，又看着路梨泪眼蒙眬的小脸，沉默了几秒，随后神色柔和下来，伸手擦了擦路梨脸上的泪痕，道："谁打过你？谁骂过你？谁停过你的信用卡？"

路梨本来觉得他肯定会生气，没想到他似乎没有生气，于是又可怜巴巴地问："那老公还会每天下班回来陪阿梨，给阿梨做小肉丸吗？老公是真心实意想跟阿梨生宝宝吗？阿梨嘴上说不想其实心里很想。"

迟忱宴揽住路梨的腰，哄道："不光小肉丸，你想吃什么我都给你做。我当然是真心实意想跟你生个孩子，不骗你。跟我回家，我们今晚就回去生宝宝，好不好？"

路梨终于放下心，奶声奶气地答道："好。"

她乖乖地跟着迟忱宴往外走，一路上迟忱宴小心地护着她，生怕她磕着碰着。

卡座里，看到两人离开的背影，四个贵妇和几个服务生都愣在了原地。

迟忱宴带着醉醺醺的路梨走出酒吧，司机打开车门，迟忱宴把路梨塞进去，关上车门，他的表情瞬间冷了下来。

路梨坐在后座上，被凉风一吹，似乎清醒了些。

迟忱宴从另一边坐进来，路梨贴过去，靠在他身上。迟忱宴想到她跑到酒吧来喝酒，还有那些贵妇揣测他的话，眉头皱得死紧，冷酷地说："不准碰我。"

路梨一脸的不可置信,刚才那么通情达理的老公怎么突然像变了个人似的?

"老公?"

迟忱宴冷笑一声,看向路梨。

看着脸色阴沉的迟忱宴,路梨有点儿蒙:"老公你怎么了?你怎么不笑了呢?你刚刚都是骗我的吗?"

迟忱宴冷笑一声,刚才那是在人前给她点儿面子,好让她乖乖跟他走。跑出来喝得醉醺醺的,这事就想这么算了?

路梨打了个哆嗦,深刻体会到了什么叫人前温柔、人后算账。

她立刻去推车门:"开门!我要下车!老公不爱我了!"

然而,车门早就被锁住了,迟忱宴示意司机开车。

路梨被迟忱宴像拎小鸡一样拎回家,那叫一个绝望。

迟忱宴找了件睡衣,直接把一身酒气的路梨扔进浴室,他挽起衬衫袖子,然后打开了花洒。

路梨一见这阵仗就想跑:"救命!"

她刚跑了两步就被迟忱宴拎了回来,他拉着脸,手拿着花洒:"过来洗澡。"

路梨捂着领口摇摇头:"不要,我不要。"

迟忱宴没跟她废话,直接把人抓了过来。

宿醉加劳累,路梨这一觉睡得极沉,第二天下午才醒过来。

床头柜上放了一杯缓解宿醉头痛的蜂蜜水,她端过来一边喝着,一边按着隐隐作痛的脑袋,然后靠在床头缓了好一会儿。接着,她才开始一点儿一点儿地回忆起昨天发生的事情。

好一个通情达理的老公,好一出鹣鲽情深的戏码,人前装得温柔体贴,人后就露出了本性。她为什么去买醉?还不是因为他。她以前没吃过亏,所以才会那么容易上当。他们之间的问题还没解决呢!

路梨不想起床,把喝了一半的蜂蜜水放回床头柜,又躺着玩起了手机。

乔佳一和备注为"亲亲老公"的男人都给她发了微信消息。

乔佳一:"醒了没?我对你老公改观了,我以前一直以为他是糊弄你，没想到他是真的喜欢你，而且他好温柔、好体贴、好宠溺！"

呸！好个屁！

想到昨晚发生的事，路梨就气得咬牙切齿。她气得不想回复乔佳一，又翻到和"亲亲老公"的聊天界面，看到他发来的是一条新闻。

他居然还好意思给她发微信消息！路梨现在看"亲亲老公"四个字很不顺眼，愤怒地把备注改成了"大坏蛋"，才觉得稍稍出了口气。

大坏蛋给她发来的新闻是："人间自有真情在，酒吧也能见证最甜夫妻。"

酒吧？是她昨晚去的那家酒吧吗？

大坏蛋平常看的不都是股市走向吗，怎么突然给她发这种情感类的新闻？被盗号了？

路梨带着满腹疑惑点开那条新闻。

这是一家知名媒体发在微信公众号上的文章，是关于 S 市最近爆火的怨妇酒吧的专题报道。

记者在酒吧蹲守了一个星期，发现这里看似声色犬马，实际上却充斥着失意和烦闷的女性，每位顾客身上都有一个复杂的故事。记者在这家酒吧里见到了太多的悲欢离合，本以为在这里只能感受愁苦，没想到竟有意外之喜。昨晚，他见到了一对"不一样的真情夫妻"——

情绪低落的妻子现身酒吧，丈夫赶来哄妻归家，夫妻俩举止亲昵、言语温柔，甜蜜爱情羡煞旁人。

文章最后写道："人间有真情，人间有真爱。连怨妇酒吧都能如此有爱，所以我们一定要相信爱情。"

文后注："为了保护当事人的隐私，报道中出现的人物面部均做了马赛克处理。"

前面两张图片上是酒吧里借酒消愁的顾客，路梨没发现什么，当看到那对"不一样的真情夫妻"时，她愣住了。

最后几张图片是动图，丈夫把妻子拉起来，温柔地哄她，低头吻她，最后揽着她的腰离开酒吧。

虽然看不到脸，但动图里的两个人的身高、衣着、气质……这不就是她和她老公吗！不，现在是她和大坏蛋。

此刻的路梨比在热搜上看到自己被人认作迟忧宴的出轨对象时还要蒙。她这才想起乔佳一跟她说过有记者给酒吧做专访，但她没想到自己有一天竟会顶着一脸马赛克出现在新闻上。

她一时不知道该作何反应，她翻到文章末尾，发现阅读量已经超过了 10 万。

下面是博主精选的留言："果然人间有真爱，最后那对夫妻很甜蜜。"

"夫妻之间就应该这样，如果世界上所有的老公都能像那个男人一样，怨妇酒吧的生意就不会那么好了，希望以后多发点儿这种新闻。"

路梨心里缓缓地冒出一个问号。

她吞了口口水，又找到该媒体的同名微博。

微博上也发了这篇文章，该媒体之前的微博评论和点赞都不多，而这条微博的评论和点赞都破万了，很明显，这要归功于那对马赛克夫妇。

路梨回到自己的首页，发现几个情感类微博还有生活娱乐号都转发了那个新闻。

"昨晚新闻里有一对夫妻也太甜了！老婆偷偷去酒吧，结果被老公亲自拎回去，朋友们来感受一下这马赛克都挡不住的甜蜜。"

不同于公众号被筛选过的评论，微博里的评论更加活跃轻松——

"这是什么小说剧情！我和男朋友吵架后，男朋友从来没有那么哄过我！"

"羡慕！"

"还有没有后续？！"

"其他顾客做错了什么，去怨妇酒吧也要看人秀恩爱。"

"这是偶像剧吧！"

"这家酒吧的消费很高，顾客基本上都很有钱。"

"说起 S 市的夫妻，我首先想到的就是路梨他们，哈哈哈！"

"我怎么觉得看身形好像真的有点儿像他们。"

"怎么可能！马赛克夫妇这么甜！"

路梨看到"马赛克夫妇"这个词条上了热搜，心情十分复杂。如果她现在就公布身份，流言是不是就能破除了？

路梨实在无法理解网友们的想法。之前他们牵着手从酒店出来都没人相信他们很恩爱，现在他们被挡住了脸，网友又觉得他们很甜。

这么想着，她突然又回忆起昨天迟忧宴人前人后两副面孔，顿时来气了。

假的！全都是假的！什么亲亲抱抱哄哄都是假的！

记者只拍到他人前温柔的那一面，人后跟她算账的那一面一点儿都没有拍到，路梨咬着被子角，委屈到了极点。

她才不承认马赛克夫妇是她和迟忧宴！

迟忧宴下班回到家时，用人说太太刚起来。

卧室里没人，他进洗手间去找，发现路梨正坐在马桶上。

路梨听到动静，一抬头看到突然出现的男人，吓得将手里的一卷卫生纸扔了出去。

迟忧宴退了出去。

过了好半天，路梨才出来，她瞪了他一眼，没说话。

迟忧宴笑了笑，道："给你带了小生煎。"

路梨哼了一声，并没有被小生煎诱惑。

迟忧宴并不恼，拉住她的手，又说："我们聊聊。"

路梨别过头："有什么好聊的？"

迟忧宴道："说说酒吧好玩吗，酒好喝？"

路梨觉得很委屈，他还是没明白她为什么会去酒吧，她正想回自己的卧室，他却突然伸出手摸了摸她的头。

迟忧宴当然知道路梨为什么去酒吧买醉，他叹了口气说："你去N省吧，一个星期，每天必须给我打电话。"

"啊？"路梨缓缓转过头。

迟忧宴继续道："我想过了，那次是我不对，现在我正式跟你道歉。"

他看着路梨的眼睛说："对不起。你说得对，这是你认真投资的项目，既然你想更多地参与进去，那我就应该支持你。"

路梨张了张嘴，似乎没想到他会说这些。

迟忧宴又道："我的话说完了，你有没有什么想说的？"

路梨犹豫着说："我……"

她突然别过头去，他只为这一件事道歉了，那昨晚他人前一套人后一套呢？

迟忱宴叹了口气："你站在我的角度想一下，要是哪天我跟你吵架了，我跑到酒吧里喝醉了，你会怎么想？"

他挑了挑眉："嗯？"

路梨愣了一下，忍不住想象那个场景。

迟忱宴跟她吵架后跑到酒吧里，醉得瘫在沙发上。她会怎么做？只是想想她就很生气。她肯定会一边哭一边把他暴揍一顿。

"对不起。"她吸了吸鼻子，"我以后不去酒吧了。"

迟忱宴道："成年人当然可以去酒吧，但是不能一个人在外面喝醉，更不能……"

他咬了咬牙，正准备说下去，路梨把双手递到他面前："老公，你打我吧。"

迟忱宴怎么舍得，他握住了她的手。

她顺势挽住他的胳膊："你买的生煎在哪里？我饿了。"

迟忱宴牵着路梨下楼。

路梨坐在餐桌前吃小生煎，一边吃一边看手机，迟忱宴则去做小肉丸。

微博首页还有博主在转发有关"马赛克夫妇"的那篇文章，还疯狂夸赞。

路梨鼓了鼓腮，有些郁闷。

她记得这个博主前几天才号召粉丝在新一届"塑料夫妻"评比大赛中给路梨和迟忱宴投票，怎么现在就又觉得很甜了？呵呵。

路梨这样想着，下一刻就刷到了——

"神秘马赛克夫妇甜蜜诠释感情真谛，同为夫妻为何差距如此之大，你是什么人你过的就是什么日子，看那些年路梨永远也学不会的婚姻之道！"

路梨看到这里，一个不小心，生煎的汤从嘴里喷了出来。怎么还这样对比啊？

自从有了粉丝后援会，一小撮人是看她不顺眼，一直嘲讽她是在作秀。这个博主就是其中之一，这次关于马赛克夫妇的新闻一出，对方像是终于逮着了营销点，踩得那叫一个不亦乐乎。

路梨看了眼这个博主贴出来的新闻和评论，被气得不行。

迟忱宴端着做好的小肉丸出来，看到生煎还剩下一半，路梨抱着手坐在餐椅上，似乎在生气。

路梨抬起头，看到迟忱宴手中的小肉丸，心里才好受了一点儿。这个上得了厅堂会挣钱，下得了厨房会做小肉丸的绝世好男人是她老公，她向自己老公表个白示个爱，怎么就丢脸了？

路梨义愤填膺地道："老公，有人抹黑我们！"

迟忱宴有些疑惑。每天看财务报表、策划案的男人思索了一下，将小肉丸放在餐桌上，皱了皱眉，问："怎么回事？"

路梨把手机递到他面前。

那些人把马赛克夫妇捧得有多高，就把他们贬得有多低，迟忱宴的表情都凝固了。

路梨仔细观察着他的表情，忍不住感叹老公连生气的时候都好好看。老公有不好看的时候吗？答案当然是没有。

迟忱宴看完，对着出神发呆的路梨咳了一声。

路梨回神，又起腰道："老公，你说气不气人？"

迟忱宴想到那些攻击路梨的言论，薄唇紧抿，脸上的表情十分难看。

他揽过路梨，有些后悔自己之前没有公开向她示爱，才让她被人恶意揣度。之前盛景发布的两条公告都明确表示了总裁和总裁夫人感情很好，但都被认为是客套话，并不真实。

盛景的公关部马不停蹄地发来邮件，问要不要投诉这些言论。公关部还在邮件里顺便吹嘘了一下总裁和总裁夫人郎才女貌、伉俪情深，岂是马赛克夫妇可比的。

——他们也不知道马赛克夫妇即总裁夫妇。

迟忱宴揉了揉眉心，让公关部去联系发布文章的那家媒体，不用给人物脸部打马赛克，直接把照片公布出来。

公关部谨慎地问这么做是不是不太好，严格来说，这侵犯了马赛克夫妇的隐私权。似乎怕触怒总裁，公关部又表示，如果总裁坚持这么做，他们就立即执行。

路梨趴在他肩膀上，看着公关部的回复，不由得感叹："老公，你们公司都是在哪里招的这些人才？"

迟忱宴被逗笑了，伸出手捏了下路梨手感极佳的脸。他想他这辈子都不会再跟她做塑料夫妻，无论是人前还是人后。

路梨发现"吃梨夫妇"的超话里全是马赛克夫妇的动图，还有人打着口号："马赛克夫妇才是豪门第一夫妻！"

他们还跑到媒体的微博下问能不能多发一点儿马赛克夫妇的照片，既然拍到了，肯定不止这几张，都放出来，他们要看。

催的人很多，大约半个小时后，媒体微博突然上线："今日发布的新闻里有一对夫妇意外走红，在征得当事人的同意后，应广大网民朋友的请求，特放出高清无码版。"

没有新的图，还是之前那四张动图，只不过更清晰了，并且没了马赛克。

第一张，丈夫把妻子拉起来，因为角度问题，两人只露了点儿侧脸。

所有人在看到这张图后都是一惊，两人的长相怎么也有点儿像路梨和迟忱宴？

第二张，丈夫搂着妻子的腰低声哄她。

这面容简直像到了极点。有人心里打起了鼓，然后惴惴不安地打开第三张。

第三张也是最甜的一张，是丈夫哄完之后开始亲妻子。

之前两人的脸部打了马赛克看得不真切，只能从动作隐约看出是在亲，现在没有了马赛克，所有细节一览无余。

那个哄老婆亲老婆的男人果真跟大家猜想的一样好看，只是那张脸跟某位大名鼎鼎的迟忱宴一模一样……

众人愣住了，随即又告诉自己，虽然这个男人是迟忱宴，但女人不一定是路梨。上次的酒店开房事件被糊弄过去了，这一次，那就真的是出轨证据。

第四张，男人牵着女人的手往外走，女人喝醉了，脚下踉跄了一下，一回头，画面在此定格。

正准备发微博的营销号看到这张动图后也愣住了，编辑好的微博也发不出去了。

路梨看到那个蹦跶得最欢的营销号还在挣扎："不可能！肯定是剪辑了，被换脸了！绝对不可能！除非有视频，否则我不相信！迟忱宴怎么可能喜欢路梨！"

那家媒体又发了一段视频，动图就是从这段视频中截取的。

没有剪辑，没有换脸，并且视频还比图片多了声音。

因为酒吧里很嘈杂，记者离两人又远，他们说的话大都听不清，只有一句能够从男人的口型猜出来。

"今晚就回去生宝宝，好不好？"

视频一出，所有人都没发声。

一个总裁跑到酒吧里卑微地哄妻子就算了，竟然还趁机骗小娇妻跟他生孩子？

反转来得太快，即使大家想象力再丰富，也想不到马赛克夫妇就是迟忱宴和路梨。现在照片有了，马赛克没了，就连视频都出来了，可能连宝宝都有了呢，完美诠释了什么叫铁证如山。又有人想起之前两人手牵着手从酒店出来的照片，以及路梨的几次表白。

即使大家之前再怎么不愿意相信，如今也不得不承认一个事实：这对小夫妻并不是毫无感情，反而感情好到去住情趣套房。路梨也不是单恋，看看迟忱宴那副低声下气地哄人的样子，迟忱宴和路梨就是两情相悦。

网友们的评论又都变了：

"亲一下了不起吗？抱一下了不起吗？生个孩子有什么值得宣扬的！"

"都结婚三年了还黏黏糊糊的像个什么样子！抱什么抱，她二十多岁了还不会走路吗？"

路梨没想到自己竟然莫名其妙又被骂了，怎么被骂的总是她？她气得哼了一声，然后惊奇地发现"吃梨夫妇"的超话竟然在飞速涨粉。其中不少新粉的头像她都很眼熟，好像刚刚才骂完路梨和迟忱宴秀恩爱，结果转头就找到了"吃梨夫妇"的超话。

路梨叹气，这些人怎么跟她老公一样有两副面孔。

不少人跑到"梨子味小仙女"的微博下面呼唤她回来，现在"吃梨夫妇"成真了，快点儿回来吧。

看着曾经门庭冷清的超话涨了粉，又看到不少人让她回去主持大局，路梨心里十分感慨。

如果是以前，她肯定高兴疯了，现在则十分平静。谣言终于被击破了，路梨决定功成身退。她跟老公感情好才是最重要的。

路梨放下手机，跑去找迟忱宴了。

小肉丸有些凉了，迟忱宴又拿去加热了一下。

他把热好的小肉丸放到餐桌上，看到路梨冲他跑过来，于是用勺子盛了一个，放到唇边吹了吹，然后喂进路梨嘴里。

"怎么样？"他问。

路梨幸福得眯起眼睛，点点头："好吃。我老公是全世界最好的老公！阿梨能嫁给老公这么好的男人是阿梨上辈子修来的福气！

"老公就是完美的代名词，完美到我时常怀疑老公是不是对我下了迷魂药，只要老公一笑，阿梨就晕头转向了。人世间有万盏灯火，唯有老公是我的心之所向。"

"好了。"迟忱宴掩唇轻咳一声，打断喋喋不休的路梨。

路梨已经习惯了夸老公的时候被害羞的男人打断，便不再说，只是望着他笑。

吃完饭，迟忱宴再次提及路梨去 N 省的事情。他已经把所有的事情都安排好了，她搭私人飞机过去，带着几个助理和保镖，周秘书也会跟她一起去。

他连她住哪家酒店也安排好了。

路梨突然有一种小学生去春游，父母一边千叮咛万嘱咐要注意安全，一边往书包里塞零食的感觉。虽然她不是小孩子，但是这种被当成小孩子宠的感觉还不错。

路梨连连点头："谢谢老公。"

迟忱宴看着这样的路梨，恍惚有一种不真实的感觉。

日子长了，他总感觉以前两人相处的那些场景才是假的，他和路梨原本就是这个样子，并且会一直这样下去。不过直到今天才彻底攻破的谣言提醒他，过去的那些日子是真实存在的。

　　见迟忧宴盯着自己发呆，不知道在想什么，她不由得摸了摸自己的脸，问："老公，我脸上有东西吗？"

　　"啊。"迟忧宴回过神，摇摇头，笑了笑，"没有。"

　　路梨很疑惑："那你怎么那样看我？"

　　迟忧宴愣了一下，突然问她："你喜欢我吗？"

　　路梨似乎没想到他会突然问这个，愣了一会儿才反应过来，然后双手叉腰，既委屈又不开心："老公你说的是什么话！阿梨对老公怎么样，难道老公感受不到吗？"

　　"我好难过，真的好难过！"她摆出一副泫然欲泣的样子，"这个世界上最令人难过的事情莫过于你都快把自己的心掏出来了，对方却还是说他看不到。什么海誓山盟、花前月下，难道在老公眼里全是假的吗？"

　　迟忧宴懊恼自己说错话了："对不起，是我不好。"

　　不知道为什么，路梨越是这个样子，他就越没有安全感。

　　路梨气哼哼地道："这次原谅你，下不为例。"

　　"好。"迟忧宴舒了口气。

　　他突然又想到了什么，问路梨："小肉丸好吃吗？"

　　"嗯？"路梨虽然很茫然，但还是诚实地点点头，"好吃。"

　　迟忧宴："既然你觉得好吃，那给我一点儿酬劳怎么样？"

　　路梨有点儿蒙："酬……酬劳？"

　　她给老公酬劳？以前不都是老公的卡随便她刷吗？怎么现在他做几个小肉丸都要向她要酬劳。

　　路梨吞了口口水，忍不住问："老公，你破产了吗？"

　　她似乎有些慌："那个，老公你要是破产了，我、我虽然没什么钱，但是我可以找我爸爸，让他资助我们一点儿，或者我卖了包包和首饰也可以撑几天。"

　　"没破产。"迟忧宴面无表情地回答道。

　　路梨用手指抠着椅子，除了钱，她剩下的就只有美色了："那你是什么意思？"

迟忧宴叹了口气，道："给我写个保证。"

路梨："保证？"

迟忧宴把她拉到书房，让她坐下，然后取出一张纸和一支笔放在她面前。

路梨握着笔，不解地看着他："保证什么？"

迟忧宴用手指点着那张纸，想了想说："就写你很爱我，你不会变心。"

路梨不解地看了迟忧宴一眼。以前都是她揣测他到底爱不爱自己，怎么现在反过来了？让她写保证书，不知道的还以为她是出轨被逮到，向老公保证再也不犯。虽然不知道他为什么这么做，不过她还是能体会这种患得患失的感受，毕竟她当初还因此离家出走了。

就当是哄老公好了，想到这里，路梨提笔写下："保证永远爱老公，保证这辈子只爱老公一个人，保证无论发生什么事都不会变心……"

"可以了吧？"路梨洋洋洒洒地写了半张纸，举起来给迟忧宴看。

迟忧宴一字一句地看完，点了点头。

路梨在那张纸的右下角签了个名。

迟忧宴又不知道从哪里找来一盒印泥，抓住路梨的大拇指按了一下印泥，然后按到她的签名上。

他的表情很认真，路梨看着这样的他，突然有一种自己在签百亿大单的错觉。

路梨去洗手后，迟忧宴看着那份有她签名和手印的保证书发呆。他从来没有想过，自己有一天竟然会干出这么幼稚的事情。

路梨并不觉得写保证书算个什么事，毕竟三年前结婚的时候，她跟老公都郑重地宣了誓，那才是最正式、最重要的。

有了老公的支持，路梨收拾好行李，人生第一次因公出差。

她一路都比较低调，没有大张旗鼓、兴师动众，当她出现在片场的时候，好些人都没有认出她来。

路梨在片场观看了拍摄过程，对拍摄效果十分满意。

她知道自己在拍电影这件事上是外行，所以并没有指手画脚，只是默默地坐在监视器后面看。

导演见惯了指点江山的甲方，第一次遇到这种把专业的事交给专业的人去做的投资人，他很感动，在心里告诉自己一定要好好拍。

乔佳一终于见到了男主角的饰演者林寄予，他果真是个好苗子，真人比照片上更好看。第一次见到投资方的人，他有点儿怯生生的，被导演拍了一下才反应过来打招呼。

七天时间过得不算慢，路梨却觉得很漫长。尽管每天都会跟老公打电话聊天，路梨还是体会到了什么叫"相思之苦"。

最后一天，路梨一登上回程的飞机，就迫不及待地给迟忱宴发微信消息："老公，我要回来了！终于可以见到你了，我好想你！"

迟忱宴很快回复："我也很想你。我去机场接你。"

今天不是休息日，路梨知道他要上班，忙回复："不用啦，老夫老妻的就不用接机了，老公好好赚钱养家哟。"

迟忱宴看着这句话笑了笑，不再坚持。他也迫不及待地想下班回家，亲亲抱抱举高高他一个星期没见的老婆。

下了飞机，路梨发现今天的机场比以往热闹，应该是有偶像明星的粉丝接机，不过她现在对这些不感兴趣，便坐上车离开了。

乔佳一坐在路梨旁边，见路梨看着手机露出荡漾的笑容。

如果以前的路梨露出这种表情，那她应该是又有喜欢的艺人了，而现在她露出这种表情，不用想也知道，肯定跟迟忱宴有关。

乔佳一突然说："我觉得你现在跟迟忱宴挺好的。"

"嗯？"路梨正欣赏着手机里老公的美照，听到乔佳一的话，她抬起头，疑惑地看向对方。

乔佳一继续说："你现在很喜欢迟忱宴，迟忱宴也喜欢你，对你很好，你们维持现在的状态就挺好的，这不大家都看好你们了，连超话都有人气了。"

乔佳一经常对她说一些奇奇怪怪的话，路梨已习惯了，她说："一年一度的'塑料夫妻'评选大赛结果昨天已经出来了，第一名终于不是我跟我老公了！年底的'最甜夫妻'评选，我跟我老公一定会杀出重围勇夺第一的！"

乔佳一瞄了一眼后视镜，突然皱起眉，换了个话题："你看后面那几辆车。"

"怎么了？"路梨回头看去。

后面有一辆奔驰商务型保姆车开得很快，还有两辆面包车紧紧跟在奔驰车后面，奔驰车几次加速变道想要甩掉面包车，但都没有成功。

想到今天机场的情况，路梨便大致明白了。

奔驰保姆车里的人应该就是今天那个被接机的偶像明星，至于后面的两辆面包车，里面可能是想打探明星隐私的人。

司机似乎也注意到了后面的那几辆车，换了条车道。

路梨叮嘱司机："开慢点儿。"

乔佳一气呼呼地说："神经病啊，这样多危险啊！"

路梨点点头，表示赞同。

今天虽然是工作日，但路上的车并不少，那三辆车的追逐愈演愈烈。

路梨心里惴惴不安，她捏着手机，突然想起几个月前的那场车祸，她心有余悸，开始后悔没有让老公来接她。

突然，"砰"的一声巨响，路梨眼前一黑，晕了过去。

盛景，迟忱宴正想着下班回家给路梨做什么好吃的，周秘书就面色凝重地走了进来。

五分钟后，迟忱宴大步跑出办公室。

在去往医院的路上，迟忱宴闭着眼，听着电话里周秘书的汇报，这才稍稍放下心。

这是一起因为追星引发的追尾事故，面包车里的人受了轻伤，宾利车里的路梨和乔佳一经检查都无大碍，只是受到了些惊吓。

不知道是不是因为今年是路梨的本命年，不到半年，她就遭遇了两次车祸。人虽然没事，但又有谁愿意受到这种惊吓呢？

他的思绪回到了几个月前，他听说路梨遭遇车祸昏迷过去，急忙赶往医院。

路梨是他的妻子，他把照顾好她视为自己的责任，所以会心急，会担忧。这一次，他才体会到了什么是五内俱焚，原因无他，只因路梨是他的爱人。

听说路梨没事，迟忱宴便给她打了个电话。

电话一接通，迟忱宴立马焦急地问："怎么样？你有没有哪里受伤？"

电话那头的人沉默了一会儿才答道："我……嗯，没什么事。"

听到她的声音，迟忱宴微微松了口气，说："我马上就到。"

那头的人犹豫着答道："哦……好。"

迟忱宴放下手机，想着她说话断断续续应该是被吓到了。

医院，路梨放下手机，回头看了一眼乔佳一。

乔佳一刚做完全身检查，她扭到了脖子，现在脖子上戴了固定器，头都不能扭一下，正在跟男友辱骂那些害她受伤的人。

乔佳一骂着骂着，发现路梨正用很奇怪的眼神看着她，便问："你看着我干吗？"

她觉得可能是自己戴着固定器的样子太滑稽："你现在要是嘲笑我，信不信我跟你绝交？"

路梨却没有嘲笑她，而是突然抱了她一下："谢谢你。"

乔佳一起了一身鸡皮疙瘩："你不要这么肉麻，我又不是你老公！"

听到"老公"两个字，路梨突然有些不自在。

她确实应该感谢乔佳一，起码在阻止她心血来潮想跟迟忱宴生个孩子这件事情上，乔佳一的态度十分坚决。

乔佳一："迟忱宴给你打电话了？他马上过来吗？"

路梨轻轻"嗯"了一声。

乔佳一还想说什么，突然觉得路梨的反应不太对劲儿。

她仔细观察着路梨的表情，很淡定，很冷静，跟之前那个一提起老公就很激动的女人不一样。

乔佳一看着看着，突然张大了嘴："你不会是……"

路梨抿了抿唇，用眼神肯定了她的猜测。

迟忱宴赶到医院后，大步走向路梨的病房。虽说已经知道她没事了，但是总要亲眼见到才安心。

他突然想起上一次车祸后，护士说路梨一醒来就哭哭啼啼地吵着要见老公。那时他还不相信，直到路梨伸出手要他抱抱，见他不动，就赤着脚扑进他怀里。

现在的路梨肯定不知道多么想见他，想要他抱抱。

想到这里，迟忱宴不由得加快了脚步。

到了路梨的病房门口，他直接打门走进去。

病房里，乔佳一和路梨都坐着，听到开门的声音，路梨回过头。

迟忱宴看到乔佳一脖子上戴了固定器，路梨全身上下没有伤痕，看起来好好的。

两人目光相接。

迟忱宴等了一下，他原以为路梨看到他会冲过来撒个娇，求亲亲求抱抱求安慰，结果路梨一直坐着，并没有冲过来的打算。

不过迟忱宴也不恼，觉得她可能是被吓蒙了，于是主动上前两步："怎么样，有没有哪里受伤？"

路梨条件反射地往后缩了一下，冲他笑得很勉强："没，没有。"

迟忱宴不明白路梨为何是这种反应，他笑了笑，冲她张开双臂："过来抱抱。"

路梨看着迟忱宴张开的手臂，又瞅了一眼乔佳一。

乔佳一回她一个"我什么都不知道，不要问我"的眼神。

路梨握了握拳，然后站起身，硬着头皮朝迟忱宴走去。

在离他还有一步距离的时候，她便被他揽入怀中。

迟忱宴抱住路梨，感受到她真真切切地在他怀里，轻声在她耳边说："吓死我了。"

路梨听着他"咚咚"的心跳，一时不知道该作何反应。

他微微松开她，低下头想要吻她。

路梨条件反射地躲开了。

迟忱宴的吻落空了，他这才发现怀中的人不对劲儿。

路梨抬起头看着他，眼里夹杂着羞涩、尴尬和歉疚，唯独没有了爱意。她清了清嗓子，说："那个……这些日子……不好意思。"

迟忱宴突然明白了什么，瞳孔骤然一缩。

他不由得往后退了一步。

他听见脑海里有个声音在说："嘀——您的娇妻体验卡已到期。"

第六章

矜持名媛

♥

回家的路上，司机一边开着车，一边忍不住从后视镜里看了一眼后座上的总裁和总裁夫人。

两人以前都是紧紧挨在一起，说悄悄话，做小动作，今天却分坐两边，两人之间的空距宽到能坐下两个两百斤的大胖子。

路梨看着窗外，这几个月来发生的一幕幕从她脑海里闪过。

自认为夫妻恩爱，求亲亲求抱抱求举高高就算了，她竟然还半夜跑到他床上撒娇。逢人就说自己跟迟忱宴情比金坚，发微博为他加油，为他跳表白舞，还跑到盛景发布会上去比心。

路梨忍不住扶额。这还不止，她还建超话，吃别人的醋，以为老公不爱自己，还闹了回离家出走，逼得他当面告白，答应跟她生宝宝。

现在，路梨恨不得一头撞死在车窗上，或者看看车里有没有缝，她要钻进去，这样她就可以不用面对迟忧宴了。

路梨欲哭无泪，她怎么做出那么多荒唐的事情。

随便找个偶像来喜欢不好吗？她怎么就认知错乱喜欢上了高傲冷淡的霸道总裁、根本不会喜欢她的迟忧宴。

如果迟忧宴表现差一点儿，不理她，她还会好受些，然而迟忧宴这些日子的表现几乎可以说是无可挑剔，把爱老婆的好男人演得太逼真。如果演好老公有片酬的话，她怕是已经欠了他几个亿。

路梨不停地叹气。

迟忧宴的余光瞟到她，见她不停地往车门上贴，一直用后脑勺对着他，整个人缩成小小的一团。

他想起刚刚在医院时医生说的话。

路梨之前出现认知错乱，突然受到刺激，恢复了认知也是很正常的事。

医生说完还跟他道了声恭喜，恭喜他的妻子恢复正常了。

迟忧宴听着那声恭喜，实在笑不出来。

他一直有心理准备，知道这一天迟早会到来，但没想到会来得这么突然、这么快。

他扭过头，看着路梨圆圆的后脑勺。

路梨本来正叹着气，突然感觉有一道目光落在自己头上，后脑勺都快被盯出一个洞了。

她缓缓回头，与迟忧宴的目光撞了个正着。

路梨立马往椅背上贴了贴，仿佛迟忧宴是洪水猛兽。

车开进苏河湾，两人下车，迟忧宴下车时习惯性地去牵她的手，路梨却并没有注意到伸过来的手，径直走向电梯。

他看着空空的手掌，沉默了一会儿。

电梯里，路梨一直盯着数字键，不知道该如何和迟忧宴相处。

她心里想着，以前那样不是挺好的吗？他忙他的，我玩我的，现在待在一起怎么这么奇怪?

她当然知道原因,虽说现在她恢复认知了,但是不能当之前那些自己每天和他腻歪的日子不存在。

电梯停了,迟忱宴清了清嗓子,正准备开口,然而电梯门一打开,路梨就一溜烟跑了出去。

逃避虽然可耻,但有用,路梨一回家就跑进了自己的卧室。

她打量着这间已经空置好几个月的卧室,想到在迟忱宴卧室里度过的那些夜晚,欲哭无泪。

迟忱宴来到书房,拉开抽屉,看到里面那张路梨签了名、按了手印的保证书,没想到这么快就要派上用场了。

书房门被叩响了两声,迟忱宴抬头,看到路梨站在门口。

“那个……”路梨走进去,左右瞟了瞟,有些拘谨地说,“我是来跟你道歉的。”

“还有道谢。”她补充道。

她在卧室里左思右想,觉得自己现在至少要跟迟忱宴道歉以及道谢。道歉是因为这些天她出现认知错乱,每天缠着他黏着他,他肯定很烦;道谢是因为他修养极好,再厌烦也没有表现出来,一直依着她。

他说起情话来还挺溜的,她以前都不知道他这么会哄女孩子。

路梨想到迟忱宴的表白,然后微微撇了撇嘴。人家本来就不喜欢你这种一出生就等着嫁人的千金小姐,为什么要向你表白?还不是为了哄你。不过她也对他说了很多情话,把她追星学到的夸人的话全都用上了,迟忱宴也不亏。

路梨自认十分诚恳地道了歉并道了谢后,便抬起头仔细观察迟忱宴的反应。

他脸上的表情让人捉摸不透。

路梨吸了口气,将手背到身后,显得有些局促,又有点儿像个等着班主任批改作业的小学生。

迟忱宴还是没有说话。

路梨不想再等下去，她捏着衣袖说："那个，你要是没什么想说的，我就先走了。"

她刚转身要走，手腕就被人从身后拉住。

路梨回头："嗯？"

迟忱宴把那张保证书从抽屉里拿出来，拍在书桌上，示意她自己看。

路梨看到自己写的保证书，便想到了当时的情景。

这是迟忱宴让她写的，只是她在认知错乱的情况下写的保证书能算数吗？她都没有理所当然地觉得他对她表白的话可以算数。

她拿起那张保证书看了看，然后对折起来，放进自己的口袋里。

迟忱宴万万没想到她是这种反应："你什么意思？"

路梨茫然地说："你不是不要了吗？你给我，我就拿回去了啊。"

迟忱宴胸口一堵，谁说他不要了？

路梨见他不说话，便准备离开："我先走了。"

迟忱宴盯着路梨的背影，突然上前几步抓住她的手腕把人拉了回来，抵在书桌前。

路梨的腰部抵着书桌沿，身子不由自主地往后仰。

迟忱宴双手撑着书桌，圈住她。

路梨紧张地说："你、你……"

迟忱宴闭了闭眼，然后注视着路梨的眼睛。这双眼睛从前看到他就会发光，现在却没有丝毫爱意。

他问："难道这些日子你说过的话、做过的事都不作数了吗？"

路梨张了张嘴，不知道该怎么回答。

他凄然一笑，嘴唇的血色褪去，幽深的眸子盯着她的脸，一字一顿地说："路梨，你好狠！"

路梨看着眼神哀伤的迟忱宴，听着他的话，脑子有些发蒙。

她突然想起以前看过的某部小说，女主角在经历了一系列事件后心灰意冷，对男主角说出了那句名句——顾北城，你好狠！

觉察到男人的气息逼近，路梨不由得打了个哆嗦，从小说中回过神。

"我……"她动了动唇。

她为什么突然有一种自己是个负心女的错觉？

迟忱宴的视线一直落在她樱红饱满的唇上，等着她继续说下去。

路梨脑子里乱成一团，一扭头，突然对上迟忱宴放大的脸。

"唔……"路梨抓着书桌沿的手指猛地用力。

两人唇舌纠缠，路梨只觉得脑子里乱得像一团糨糊。

她记得自己从来没有跟迟忱宴这样亲过，除了认知错乱的这几个月。两人结婚后，他对她一直很冷淡，每天忙着工作，虽然卡随便她刷，却没有要跟她进一步发展感情的想法，而她从小受到的教育也不允许她厚着脸皮贴上去。

迟忱宴专心地吻着，用指腹轻轻摩挲她的耳际。

路梨突然觉得很痒，不只是耳际，心口有个地方也痒酥酥的。

她缓缓伸出手，似乎是想要推开他，在指腹触到他衬衫的时候，手指又不由自主地缩起，轻轻抓住他的衬衫衣摆。

最后两人分开的时候，她已经快喘不上气。如果不是腰被他揽着，她怕是已经站不稳了。

迟忱宴依依不舍地松开她。

路梨的脸红得像个苹果，她微微喘息着，唇上湿漉漉的，娇艳欲滴。

迟忱宴眸光清润，眼神温柔。

"不许就这么算了。"他对她说，嗓音轻柔。

路梨抬头看了他一眼，吞了口口水，然后转头跑了。

迟忱宴低下头，看着手中他从路梨口袋里抽出来的保证书。

晚上，路梨躺在自己的床上盯着天花板，脑子里全是下午那个缠绵的吻。

她闭上眼晃了晃脑袋，但那个画面仍然挥之不去。她跟迟忱宴接吻了。迟忱宴吻了她，恢复认知的她。路梨把脸埋进枕头，过了好一会儿才重新睁开眼吸气。

她拿出枕头下面的手机，看到乔佳一给她发了微信消息："怎么样？你们怎么说的？"

路梨思索了一下，回道："没怎么样，我向他道歉并道谢了。"

乔佳一："迟忱宴呢，他什么反应？"

路梨看着这个问题咬了咬唇。

迟忱宴有什么反应？他把保证书拿出来，还亲她了。不知道为什么，路梨不想把这两件事情告诉他人。

路梨回复："他……没什么反应。"

乔佳一："那你接下来是怎么打算的？"

路梨抿唇："不知道。"

这几个月里，迟忱宴对她太好了，好到她现在不知道该怎么办。

乔佳一："不知道？难道你准备当这几个月不存在吗？唉，那些情爱与时光究竟是错付了。"

路梨烦躁地抓了一把头发，退出跟乔佳一的聊天界面。

她的置顶聊天是和"亲亲老公"的。

路梨看着"亲亲老公"四个字，犹豫了半晌还是点进去，把备注改成了"迟忱宴"，并且取消了置顶。不知道为什么，她做这些的时候有点儿心虚。

她翻看着这些日子自己跟迟忱宴的聊天记录。

大多数时候都是她在夸他，不过迟忱宴基本上都给了回应，虽然谈不上多么热情，但也不冷淡，十分符合他的气质。

路梨看到聊天记录里自己专门为他做的情包，觉得十分羞耻。迟忱宴看到的时候，不知道在心里怎么嘲笑她呢。她鼓了鼓腮，把表情包库里自己制作的表情包全都删除了。

迟忱宴估计也没存，就当是毁尸灭迹了。

路梨删完表情包，松了口气，发现迟忱宴刚才给她发了条微信消息，很简单的几个字："晚安，早点儿睡。"

路梨看得心里"咯噔"一下。他怎么变得这么肉麻，以前也没见他跟她道晚安啊。她握着手机思来想去，最后还是回复了"晚安"。

隔壁房间，迟忱宴一直盯着手机，终于等来路梨的回复。他伸手摸了摸空空的床铺，心里也空落落的。

路梨发完"晚安"就收起手机闭上眼睛准备睡觉，然而她在床上翻来覆去好一阵，却一丁点儿睡意都没有。

她猛地睁开眼，惊恐地发现一个事实：她好像习惯了像只八爪鱼一样抱着迟忱宴睡觉。现在床上空荡荡，手脚都不知道往哪里放。

在 N 省出差一个人睡觉时明明不会这样啊？难道是因为现在两人离得近，所以那种感觉格外强烈？

路梨不愿意相信这个事实，猛地从床上坐起来，既然睡不着，不如找点儿事做。

她拿出手机，进入自己的微博，切换到小号"梨子味小仙女"。

这是她的专属追星号，这几个月却没有营业。

路梨吸了一口气，告诉自己不抱着迟忧宴睡也没事，追星吧，追星使人快乐。

一个小时后，路梨侧躺在床上，裹着小被子，手机里是偶像新出的美照。她编辑着"啊，哥哥好帅"，心里却很平静，白皙的小脸映着手机屏幕发出的光，没有一丝表情。

路梨又转发了一条微博，把手机倒扣在床上，烦躁地蹬了一下被子。

她发现自己的快乐源泉突然消失了，以前追星时那种荷尔蒙飙升的快乐突然间荡然无存。她也不知道哪里出了错。

路梨郁闷得在床上打滚……可还是睡不着。她发现自己一闭上眼就会想到迟忧宴身上的味道，还有他揽着她睡觉时那种无法言喻的安全感。

路梨翻来覆去，最后不得不承认一个她很不愿意承认的事实：她想跟迟忧宴一起睡觉。

无关其他，只是单纯地睡个觉。

可是理由呢？

之前她的认知出了问题，所以她光明正大地赖在他房间，现在她已经恢复正常了，要是半夜被迟忧宴赶出来，她丢不起那个人。

路梨睁着眼睛想了半天，最后坐起身，下了床。

她看着迟忧宴房间的方向，捏了捏小拳头，做了个决定。

两间卧室之间的门是关上的，但是没锁。

路梨轻轻拉开门，闭上眼睛，然后凭着记忆一步一步往床的方向走去。

迟忧宴睡得很浅，很快就被房间里的动静惊醒了。黑暗中，他看到一道纤瘦的身影缓缓朝他走过来。

床脚有感应灯，随着那人走近，感应灯亮了起来，果然是路梨。

迟忱宴看到她闭着眼睛，试着叫了她一声："路梨？"

路梨没有反应，一直顺着床沿走到床头，然后坐下来。

迟忱宴微微皱眉，此情此景让他想到"梦游"两个字。可是以前路梨没有梦游的习惯啊？

此时路梨已经掀开被子躺了进去。

感应灯熄灭，卧室重回黑暗。

路梨抓着被子，放缓了呼吸。她想，要是迟忱宴再叫她一声，她就假装醒过来，发现自己梦游了，然后说一句"不好意思"，再回自己房间睡觉。

可是他没有叫她。

黑暗中，迟忱宴看着路梨的轮廓，微微叹了口气，伸出手臂把人搂进怀里，重新睡下。

路梨在他怀里悄悄睁开眼，呼吸有些乱。她本来是打算等迟忱宴睡着了她再假装不经意地滚到他身边，没想到他直接把她揽了过去。不过这样也好，路梨顺势把头埋在他胸口。

在 N 省待了一个星期，她真的好怀念这种有人抱着睡觉的感觉。

认知错乱时她可以肆意享受迟忱宴的拥抱，现在却要费尽心机假装梦游才能躺在他怀里。

路梨突然有点儿后悔恢复认知了。

这一觉她睡得十分安稳。

第二天早上，路梨在迟忱宴的怀里醒来，她特意发挥自己的演技，装出一副"发生了什么？我是谁？我怎么会在这里？我怎么会在你怀里？"的惊讶表情。

迟忱宴也醒了，说："昨晚你梦游了。"

"真的吗？"路梨挠了挠头，一副难以置信的样子，"我不知道自己有梦游的习惯。不好意思打扰你了，对不起。"

迟忱宴道："没事。"

路梨暗自舒了一口气。

车祸的处理结果已经出来了，由追车的人负全责，除此之外，被追车的那个男星严准还发微博对追车行为进行了谴责。

知道这件事的责任全在追车的人后，路梨便让周秘书在索要赔偿的时候不要心软。

如果是那种不小心造成的追尾事故就算了，这种完全不顾他人性命的追车十分恶劣，必须让他们赔点儿钱，长个教训，毕竟她家的宾利修起来可贵了。

路梨嘱咐完周秘书，就去翻了翻自己的微博小号。

她昨晚突然上线转发了近百条微博，很多粉丝都被吓到了。不少人在私信和评论里问她终于要回归了吗，更多的人问她是否不打算继续追宇宙最甜的吃梨夫妇了。

路梨想起那个自己一手创建的超话，突然觉得很尴尬。

所有人都觉得酒吧事件只是个开始，以后他俩肯定会频繁秀恩爱，于是纷纷在超话里等待着。

路梨不知道该怎么跟大家说，酒吧事件不是开始，而是结束。

"吃梨夫妇"又貌合神离了，换句话说，"吃梨夫妇"已经迎来大结局了。

是以悲剧结尾了吧？路梨撑着下巴，想到了迟忱宴。

今天早上他出门去上班时没有亲她。

想到这里，路梨忙"呸"了两声，骂自己是不是有问题，竟然还想着跟他亲亲。

之前她是出现认知错乱了，现在已经恢复正常了，如果迟忱宴在出门上班前等在门口跟她亲亲，那才不正常。

路梨记得迟忱宴今天出门比平时早一点儿，因为他要接受采访。

新一代的"GO"大获成功，盛景的股价一路飘红，迟忱宴的身价更是水涨船高，财经频道有个访谈节目今天要去采访他。

路梨记得这个节目，之前采访过她爸爸，拍了她家的豪宅，她还出镜了。不知道今天迟忱宴面对这个摄制团队会是什么表现呢？

路梨想到这里，哼了一声。

迟忱宴很少接受采访，频率大概是一年一次。去年他接受了一本杂志的采访，记者问完了工作上的问题，照例问了他一些生活方面的问题，顺便问他知道妻子有什么爱好或者喜欢吃什么食物。明明随便编就能糊弄过去的问题，他却平静地说不太了解，导致当时现场除了他以外的人都很尴尬。

其时适逢一年一度的"塑料夫妻"评比大赛，他俩的得票数遥遥领先，最终摘下了桂冠。

路梨当时看到杂志后忍不住翻了个白眼。

这次，迟忧宴接受采访，记者肯定也会问一些生活方面的问题，且多半会与她有关。

路梨不敢对迟忧宴抱希望。如果是在她认知混乱时期，他或许还会考虑到她的情况，现在她已经恢复了，他就可以如实回答了。

路梨忍不住想象了一下迟忧宴接受采访的画面——

"您平时工作这么忙，假期的时候会跟妻子一起做什么呢？"

"我跟她不是很熟。"

"最近您跟您妻子的感情急速升温，甜蜜非常，您能和我们分享一下婚后培养感情的方法吗？"

"没有升温，纯属误会。"

⋯⋯⋯⋯⋯

想到这里，路梨不由得有些心疼喜欢"吃梨夫妇"的人，等到采访出来，大家就会发现他们又变回去了。

路梨找到节目的官方微博，对方在今天早上发了一条出发去采访迟忧宴的微博，照片里是整个摄制团队。

路梨默默地点了关注，然后又跑到"吃梨夫妇"的超话里。

超话粉丝都知道今天迟忧宴会接受采访，不少人还专门跑到节目官方微博里求记者多问几个和路梨有关的问题。

粉丝们期待不已，想着等正式采访放出来，肯定就有糖了。

路梨忍不住扶额，她决定做个好人，给大家打个预防针。

于是，"梨子味小仙女"突然上线，众人看到她都激动不已。

有人评论："小仙女，我们好想你，我们现在终于可以抬头挺胸地向全世界宣布：'吃梨夫妇'是真的！"

梨子味小仙女："'吃梨夫妇'不是真的！"

有人问："怎么回事？"

梨子味小仙女继续发微博："跑！快跑！赶紧跑！"

梨子味小仙女："'吃梨夫妇'是假的！不要说我没提醒你们，快跑吧！"

路梨连发多条让粉丝赶紧跑的微博后，缓缓吐出一口气。她只能做到这里了，再透露就露馅了。

粉丝们被这几条微博搞得方寸大乱。有人抗议："你是不是想把我们赶跑了，自己一个人偷偷关注？我们是不会上当的。"

路梨一时很无语，她都把话说到个这分上了，他们怎么就不相信呢？

梨子味小仙女："采访不甜，全是玻璃碴儿。我已经给你们打过预防针了，到时候被虐到了可不要怪我。"

她这话一出，大家是真的慌了："小仙女，你是怎么知道的？你是内部人员吗？"

路梨冷笑一声。她怎么知道？她就是当事人啊。

她真是太负责了，明明可以甩手不管的，但考虑到这个超话是她建的，她觉得自己有责任提醒他们。

"梨子味小仙女"下线，留下一群茫然无措的粉丝。

迟忧宴的日程排得满，晚上还有个应酬。

路梨一个人坐在餐桌边吃晚餐，她看到节目组的官博在一个小时前发了张收工的照片。

节目组官方微博下面有不少人发表评论，几乎全是在"吃梨夫妇"超话里被"梨子味小仙女"吓到的粉丝，哪怕隔着屏幕都能感受到她们的悲伤——

"呜呜呜呜，采访结束了吗？"

"有没有问到路梨啊？他们甜不甜？（心慌的表情包）"

节目组官微回复了一个"推眼镜"的表情包。

路梨摇摇头，节目组就不能给可怜的粉丝一个痛快吗？

吃完晚饭，路梨看了一下电影的拍摄进度，然后就去健身房做瑜伽。她一边做一边思考今晚该怎么办。难道又装作梦游？要是被戳穿了多尴尬。难道要她直接跟迟忧宴说习惯了抱着他睡？这话她怎么说得出口。

直到做完瑜伽，路梨也没有想到解决办法。

她出了一身薄汗，便去浴室冲了个澡，然后贴着面膜出来，回到自己的房间。

她看了眼手机，发现收到了很多新消息。

路梨点进去，看到是财经节目组官方微博发了一条新微博，评论里有很多人@"梨子味小仙女"。

节目组的速度很快，当天就剪了个三十秒的预告放出来。

路梨点开预告，前面都是迟忧宴在公司开会和办公的一些镜头，没什么新意。最后一个镜头里，记者在采访中突然发现了什么，惊奇地指着迟忧宴的手机。

迟忧宴笑了，拿起手机，很大方地给女主持看了一下，镜头随即跟上。

三十秒的预告，画面最后定格在迟忧宴手机上的一个表情包。

表情包里的美少女用手指比了个"OK"，旁边是粉色的花体字"好的"。

那个表情包不是很清晰，但还是很容易看出来表情包中的美少女就是大名鼎鼎的豪门贵妇、总裁娇妻路梨。

路梨看到那个表情包也愣住了。

她恢复认知后就把那些羞耻的表情包删了，并且她以为迟忧宴肯定没保存。

她又看了一眼预告片中迟忧宴手机上自己的表情包，此时评论区已经沦陷了，超话粉丝一边看还一边问"梨子味小仙女"。

路梨一个激灵，脸上的面膜掉了大半。本贵妇不要面子的吗？

她拿着手机，只觉得气血上涌。迟忧宴用她自制的表情包就算了，被记者发现了也不避一避，还直接拿给对方看，他是什么意思啊？他知不知道这是在给粉丝发糖啊！

不对，像他这种一心扑在工作上的男人，肯定不知道什么是发糖。

如果她还没恢复认知，他阴错阳差发个糖就算了，关键是她刚跑到超话里给粉丝打了预防针，说了无数次"吃梨夫妇"会以悲剧收场，粉丝们信以为真，结果他竟然秀恩爱！

路梨感觉自己的脸被打得啪啪作响，还是迟忧宴亲自打的。

路梨想立刻找迟忧宴算账，问问他到底是什么意思，但迟忧宴一直没有回来。

她看了一眼时间，已经快十一点了。不知道为什么，她脑子里突然蹦出来一句"老公赚钱养家好辛苦哟"。

路梨被吓得起了一身鸡皮疙瘩。

她还没有找迟忧宴算账呢，怎么就心疼起他来了？

大概十一点半的时候，迟忧宴终于回来了。

路梨盘腿坐在沙发上，听到开门的动静，立马趿上拖鞋跑过去："迟……"

她只说了一个字，便不知道怎么说下去了，因为她闻到了浓重的酒气。

迟忧宴在工作上难免有应酬，应酬时又难免碰到有人爱喝酒，他虽然不至于被逼着喝，但是碰上一些爱劝酒的客户，他也不免喝两杯。

路梨不清楚迟忧宴的酒量，但是从他身上的酒气来判断，他应该喝了不少。

她抬起头，看向迟忧宴的眼睛。

男人的瞳仁漆黑，她一时竟无法从他的眼神判断他到底醉没醉。

于是她往后退了两步，给迟忧宴让出路。

迟忧宴没说话换上拖鞋，走到客厅的沙发边并坐下。

路梨觉得今晚可能算不了账了，她看了看坐在沙发上发呆的迟忧宴，正准备转身上楼回自己房间，又觉得不太对劲儿。

他坐在沙发上干吗？他有洁癖，一回到家应该先去洗澡才对。

于是，路梨又走到迟忧宴面前。

他靠在沙发上，脑袋微微上仰，闭着眼睛，像是在小憩。

看起来似乎一切正常。

路梨半眯着眼把他从头到脚打量一番，总算找出了问题所在。

她的目光锁定在迟忧宴的脚上，她发现他的拖鞋穿反了。

路梨知道迟忧宴喝醉了，绝对醉了。

面对现在的情况，路梨突然觉得很棘手。她该怎么办？

是把迟忧宴叫起来让他去床上睡，还是就让他一个人待在这里？

路梨左思右想，最后拿了条毯子过来给迟忧宴盖上，又给他掖了掖，确定不会漏风，这才满意地点了点头。

她正准备起身，迟忧宴突然睁开了眼睛。

路梨被吓了一跳，忙说："我、我就是给你盖条毯子。"

她看着迟忧宴的眼睛，试探着问："你醒了？要不要去卧室睡？"

迟忧宴没说话，一眨不眨地盯着她。

路梨又怀疑迟忧宴根本没醒，她伸出手在他眼前晃了晃，手腕突然被他抓住。

她还没反应过来，他就一个用力，把她往自己面前一带，她整个人跌进他怀里。

路梨被他紧紧抱着，她埋在他胸口，能闻到他衣服上浓重的酒气。

她不喜欢这个味道，扭着身子想爬起来，一边挣扎一边抱怨："迟忧宴，你放开我，难闻死了。你怎么喝那么多酒……"

"叫老公！"一直很安静的男人突然低喝一声，打断她的话。

路梨愣住了。

他刚才说什么？凭什么他让她叫，她就要叫？老公是可以随便叫的吗？

路梨愣愣地望着迟忧宴，好半天才回过神，她深吸了一口气，正准备开口，唇就被堵住了。

迟忧宴用手掌压着路梨的后脑，亲了上去。

路梨被动承受着，好半天才被他放开。

她迫不及待地呼吸空气，然后委委屈屈地看向迟忧宴那张没什么表情的脸。

本来她是想跟他算账的，没想到账没算，还被占了便宜。要不是看在他在她认知错乱时对她还不错，她早就动手打他了。

路梨站起身，对仰躺在沙发上的迟忧宴说："起来。"

她拉住他的一条手臂："回卧室去睡。"

迟忧宴没动。

路梨抿了抿唇。

她是拖不动一米八几的大男人的，见他不起，便放开他的胳膊，又把毯子重新盖在他身上："那你就在这里睡吧，感冒了别怪我。"

　　迟忱宴闭上眼。

　　路梨走出两步，回头看到沙发上的迟忱宴，最后还是认命地折返回去。

　　她重新抓住迟忱宴的一条胳膊，道："起来，回房间去睡。在沙发上睡一晚，第二天不难受吗？"

　　迟忱宴缓缓掀开眼皮，似乎被弄烦了，终于站起身。

　　路梨半扶半拖着迟忱宴，把他带回了卧室。

　　他平躺在床上，她脱了他酒气最浓的外衣，然后又去拧了湿帕子给他擦了擦手和脸，最后把他的手脚摆好，盖上被子。

　　做完这一切，路梨发现自己累得像跑完了一场马拉松。

　　她叉起腰，看着床上似乎已经睡着了的迟忱宴，突然觉得很不可思议。她发现自己实在是太贤惠了，像她这种矜持贵妇竟然有这么贤惠的时候，她都为自己感动。

　　迟忱宴上辈子积了多大的德，这辈子才娶到她这么好的女人。

　　路梨突然想起了刚结婚的时候，迟忱宴经常把她一个人晾着。她那时没什么感情经验，看到他刻意和她保持距离，心里总是空落落的，也不好意思说自己想抱抱他。她给母亲打电话抱怨了这件事，最后她决定学他，与他保持距离。

　　这家伙娶了这么好的女人都不知道珍惜，哼！

　　路梨一想起那时候的事情，心里就生出了怨气，然后伸手捏住迟忱宴的耳朵。

　　"你把我自制的表情包给记者看是什么意思？你经过我的同意了吗？你忘了我已经恢复认知了吗？"

　　"你明天要是敢忘记我今晚有多么贤惠，我就跟你离婚，让你从此失去温柔贤淑、善解人意、知书达理的小娇妻。"

　　"我告诉你，G 市的公子哥儿排着队想娶我，我即便离了婚也是很吃香的。"

　　迟忱宴依旧睡着。

　　路梨撂下狠话，看到迟忱宴身边空着的半边床。她心虚地左右看了看，然后轻轻掀开被子躺了进去。

她一边往迟忱宴身上靠一边想："我都这么贤惠了，再和你一起睡一晚，不过分吧？"

宿醉带来的后果是头痛，不过迟忱宴的生物钟依旧很准，七点一刻时，他准时醒了过来。

感觉到右臂发麻，迟忱宴低下头，看到路梨蜷缩在自己怀里，枕着他的右臂，睡得很安详。

她的睫毛纤长，鼻头小而翘，脸也小小的，难怪记者说她小时候像迪士尼动画里的小鹿斑比。

迟忱宴的喉结动了动，他很想就这样接着睡下去——如果他没有闻到自己身上刺鼻的酒气的话。

他扶住路梨的头，缓缓把自己的胳膊抽出来，然后蹑手蹑脚地去浴室洗漱。

水柱打在身上，迟忱宴抹了一把脸，回忆起昨天发生的事。

他碰上了一个比较难缠的客户，喝多了点儿，回到家时已经很晚了。越往后记忆便越不连贯，他原本是坐在沙发上醒神，后来路梨拉着他的胳膊把他拽到了卧室里。

迟忱宴看了一眼脏衣篮里自己的外套，知道是路梨给他脱下来的。

她把他放到床上后，捏着他的耳朵似乎跟他说了什么。

他实在记不清她说的话，但记得她说话时的语气，是带着孩子气的威胁语气。

想到这里，他忍不住笑了。

迟忱宴洗去一身的酒气，用毛巾擦着湿发从浴室里出来。

路梨已经醒了，她坐在床上，用审视的眼神看着他，心里想的是他要是喝断片儿什么都记不起来，这日子就不用过下去了。她不是那种做好事不留名的人，而是一个做了好事必须留名的人。

迟忱宴擦头发的动作顿了一下，接着他问："醒了？"

路梨敷衍地"嗯"了一声，等着他继续说下去。

迟忱宴笑了笑，说："谢谢。"

谢谢她昨晚没有把他丢在沙发上，而是把他拖回了卧室，还给他脱了衣服，擦了手和脸。

路梨心中的一朵小花瞬间绽放了。她抬了抬下巴，装作一点儿也不在乎的样子，"喊"了一声，然后下了床。

经过他身边的时候，她还不忘说一句："迟忱宴，你知不知道你的酒品很不好？"

迟忱宴微微皱眉："嗯？"

路梨决定甩锅，反正他肯定记不清了，于是说："你昨晚拉着我的手不让我走，我甩都甩不开，只得在这里将就睡一夜。"

迟忱宴似乎不信："是……吗？"

"当然！"路梨的语气很笃定。

迟忱宴道："对不起。"

"呵，不跟你计较。"路梨撩了撩头发，显得十分潇洒。

她并不擅长撒谎，一紧张起来，竟然连要跟他算账的事都忘了。

又到了一个星期一次的贵妇练舞时刻，路梨坐在练习室的地板上，把自己最近的烦心事跟乔佳一说了。

"噗！"乔佳一本来正仰着头喝水，听到路梨那句"好像睡上瘾了"，没忍住喷了出来。

路梨嫌弃地往旁边坐了一点儿。

乔佳一一边掏出纸巾擦地板一边说："你有毒吧。"

路梨："明明是迟忱宴有毒。"

乔佳一上下打量路梨："我发现你的身体比你的嘴诚实。"

路梨一脸疑惑。

乔佳一："你的身体感觉出来了，脑子没有感觉出来吗？"

路梨："感觉出来什么？"

乔佳一凑过去，盯着路梨的眼睛说："你是不是喜欢迟忱宴？"

"不过这也很正常。"乔佳一耸耸肩，"自从你的认知错乱后，迟忱宴对你是真的很好，简直是绝世好老公，很难有女人不动心。"

乔佳一顿了一下，又说："不过我觉得你有点过分，你之前认知出问题的时候每天缠着他，他对你多好啊，现在你恢复正常了就不认账了。"

路梨茫然地张了张嘴，随即反驳道："你见过哪个绝世好老公晚上喝得醉醺醺才回家的？我才是绝世好老婆，换成别的女人，早就拎着他的耳朵把他扔出去了，我还把他扶上床，你知道他有多重吗？"

乔佳一没说话，用看穿一切的眼神看着路梨。

路梨有点儿无措："你怎么不说话了？"

乔佳一："你别光顾着纠结谁是好老公好老婆，你还没有回答我的问题。"

路梨噌一下从地板上站起来。

乔佳一抬起头看着她，表情戏谑。

路梨咽了口口水，道："没有。"

她怎么可能喜欢迟忱宴呢？他们的感情可是差到广大网友一致投票认证的，迟忱宴不喜欢她，所以她也不喜欢迟忱宴。

乔佳一似乎知道她在想什么，屈起一条腿，把胳膊搭在膝盖上，问："你别每次一遇到问题就逃避啊，你怎么那么肯定他对你没意思？你难道以为他在你认知错乱期间的所作所为都是在陪你演戏？他演技那么好，怎么不去当演员呢？"

路梨越想越慌，先不说她对迟忱宴有没有意思，迟忱宴那种冷酷的男人才不会喜欢她，乔佳一就是在胡乱猜测。

乔佳一摇摇头，从地板上站起来，叹了口气："不过我觉得挺奇怪的，你都恢复认知两三天了，迟忱宴怎么一点儿表示都没有？"

路梨黑着脸道："他的表示就是当着记者的面显摆我在认知混乱期间制作的表情包，呵呵。"

臭男人迟忱宴，她今早都忘了找他算账，昨天应该让他在沙发上冻一晚的。

舞蹈工作室设备齐全，不仅有休息室，还有茶水间。两人一起去了休息室，路梨拿了一杯奶茶坐在沙发上慢慢喝着。

乔佳一去洗了个澡，随后坐到她旁边。

休息室里摆着一台电视，遥控器就放在茶几上。

乔佳一拿过遥控器打开电视，一边调台一边问："昨天你老公是不是接受节目采访了？"

路梨"嗯"了一声。

乔佳一翻到财经频道，迟忱宴的专访是今天中午播的，乔佳一选了回放。

下一刻，雄浑的背景音响起："《××周刊》，带您走进盛景集团总裁迟忱宴的一天……"

路梨抬眼瞅了瞅。

节目一共二十分钟，前十五分钟主要介绍的是迟忱宴的工作日常，包括他在会议室开会、处理文件、听高管述职，甚至包括他中午的工作餐。

路梨本来只想随便瞅一瞅，看着看着就被吸引了。她不得不承认，这个男人能带领盛景走到今天，真的很厉害。

最后五分钟是一个简单的采访，记者主要问的是工作上的问题，迟忱宴答得很谦和诚恳。

最后两个问题，记者才笑着问起了他的生活。

"很多网友都有问题想问迟总，我们对这些问题做了初步筛选，第一个问题是：请问您给您妻子的备注是什么？"

迟忱宴听到这个问题后笑了笑，说："亲亲老婆。"

路梨愣住了。

乔佳一死死地盯着电视屏幕。

电视里，记者表示不信："真的吗？"

迟忱宴索性拿出自己的手机："你可以看一看。"

镜头拉近，微信界面做了模糊处理，只留下置顶的那个联系人，备注为"亲亲老婆。"

迟忱宴点进聊天界面，最近的聊天内容是"好的（路梨版表情包）"。

主持人很惊讶，指着那个表情包感叹："太可爱了！这是您太太做的吗？"

迟忱宴收起手机，点了点头："嗯。"

电视外，路梨面无表情。

那个表情包是她做的，至于备注"亲亲老婆"，是她认知混乱时在迟忧宴的手机上改的。

她现在已经把备注改回去了，迟忧宴怎么还没改！

乔佳一看了路梨一眼，憋着笑问："这个备注是你之前给他弄的？'亲亲老公'还好，'亲亲老婆'这个昵称出现在霸道总裁的手机上，总觉得有点儿肉麻，又有点儿土。"

路梨："闭嘴！"

乔佳一立即噤声，继续看电视。

记者继续问迟忧宴："接下来是今天的最后一个问题。据我所知，外界对于您跟您太太的感情生活一直有诸多猜测，请问您对此有什么想说的吗？相信您的太太也会看这一期节目，您有什么话想当着观众的面对您太太说吗？"

迟忧宴想了想，然后说："这些日子我跟我太太一起经历了一些很特别的事情，通过这些事，我们对彼此都有了更深刻的了解与认识。我跟我太太现在感情很好。"

他看向镜头，嘴角是藏不住的笑意："我很爱我的太太。"

这是最后一句话，整场采访结束，画面戛然而止。

字幕已经打上了工作人员职务表。

路梨愣愣地看着字幕，连奶茶都忘了喝。

电视里，工作人员职务表已经放完，开始播放广告。

"迟忧宴也太会说了吧。"乔佳一忍不住感叹，然后缓缓扭过头，看向呆滞的路梨。

"哎，哎哎。"她用手肘推了推路梨。

"啊。"路梨一个激灵，终于回过神来。

下一刻，一抹红晕悄悄爬上她白皙的脖颈，一直蔓延到耳朵尖儿。

乔佳一："你脸好红。"

"有吗？"路梨用奶茶杯贴上自己的脸，感受到冰奶茶与自己脸颊的温度差。

乔佳一又瞄了一眼电视："我还说他怎么没有表示，结果用这种方法表示了，总裁就是总裁。你现在什么感想？"

路梨吞吞吐吐地说："我、我……"

乔佳一见她一时答不上来，干脆打开手机翻了翻微博，然后说："你们上热搜了。"

"啊？"路梨突然紧张起来，拿出自己的手机看了看，"迟忧宴，我很爱我的太太"正挂在热搜第一的位置。

一些营销号截取了迟忧宴在采访中说的话，并配文："震惊！原来迟忧宴给路梨的备注竟然是这个？"

"酒吧事件后迟忧宴公开示爱妻子路梨！秀恩爱！"

备注"亲亲老婆"、路梨的表情包，还有迟忧宴最后说的话都被单独做成长图。

这些微博下方的评论各种各样：

"啊啊啊！总裁终于公开示爱了！路梨呢？怎么还没有做出回应？"

"'亲亲老婆'？这是哪个年代的称呼啊！迟总，你不是科技公司的总裁吗？"

"那路梨给迟总的备注是不是'亲亲老公'？虽然土，但是真的好甜。"

"路梨的表情包也太可爱了吧，肯定不止这一个，迟总快把所有表情包交出来！"

"对！快点儿把路梨做的所有表情包交出来！"

很快，"路梨夫妻专属表情包"也上了热搜，网友们纷纷让迟忧宴快点儿把全套表情包交出来。

乔佳一也被勾起了好奇心，忍不住看向路梨的手机："全套表情包是什么样子的？给我看看。"

路梨一把将手机捂到胸口："没有！我全都删了！"

乔佳一哼了一声："小气。"

路梨发现自己的微博大号收到了很多消息，她之前发微博给迟忧宴加油的时候那么激动，所以网友们都来催她秀恩爱。

路梨想到迟忧宴在采访中说的话，突然觉得有点儿慌。

迟忧宴……说的是真的吗？

采访时间是昨天，昨天她已经恢复认知了，他没有必要再扮演一个宠爱妻子的好老公。

路梨放下奶茶，捂住了脸。

乔佳一："啧啧，害羞了？"

路梨："没有！"

乔佳一嘬着奶茶，看了眼时间："哎呀，你该回家见你的'亲亲老公'了。"

路梨咬了咬唇，突然有点儿不想回家，或者说有点儿害怕见到迟忱宴。

之前她以为他不喜欢她，就离家出走，不想面对他，这回他突然公开向她表达爱意，她竟然还是害怕面对他，因为她不知道见到他该说什么做什么。

路梨的手机突然响了，虽然微信上的备注改回来了，但是通讯录的备注还没改回来，仍然是"亲亲老公"。

路梨愣愣地看着"亲亲老公"四个字。

乔佳一催促道："愣着做什么，快接啊。"

路梨吸了一口气，告诉自己要冷静，矜持贵妇不能被这种小事吓到，要当作什么也没发生，于是她接起来："喂？"

迟忱宴知道今天路梨去舞蹈工作室了，于是说："我快下班了，待会儿去工作室接你。"

路梨立马忘了要保持矜持，磕磕巴巴地回答："不、不用了，我自己回去就行了……你不用来接我。"

迟忱宴也没勉强，又说了两句便挂了电话。

路梨在外面磨蹭了很久才回到家，迟忱宴已经下班回来了，用人说他正在厨房。

逃避虽然有用，但是也不能逃避一辈子，路梨走进厨房，闻到熟悉的小肉丸的香气。

迟忱宴用余光看到路梨站在门口，他在围裙上擦了擦手，回头说："过来尝一尝。"

路梨闻着香气吞了口口水，慢吞吞地走过去。

她心里有些纠结。迟忱宴知道她已看过他的专访了吗？他知道他们两个又上热搜了吗？

迟忱宴用勺子盛了一个丸子，放在唇边吹了吹，然后喂给路梨："小心烫。"

路梨看着那个丸子，缓缓张开嘴。

迟忱宴问："味道怎么样？"

路梨一边咬丸子一边点点头，示意味道很好。

迟忱宴满意地笑了笑。

路梨吃完一个丸子，舔了舔唇，还是决定回归正题："那个，嗯，我看到你的专访了。"

迟忱宴并没有太大的反应，只点了点头，继续看着锅里面的丸子："嗯。"

路梨吸了一口气，说："我现在已经完全好了，如果是因为我的认知问题，你用不着那样做。"

她想起微博上的热搜，垂下头说："否则大家误会了，会很难办的。"

迟忱宴听到这里，放下手中的汤匙。

他微微转身，面对着路梨，路梨也看着他。

迟忱宴缓缓说："我接受采访的时间是昨天，那时我的太太路梨已经恢复了认知，所以我的话是对清醒的、此刻站在我面前的路梨小姐说的。"

他注视着她的眼睛："我很爱我的太太，无论是以前，还是现在。"

"你现在明白我的意思了吗？"他轻声问。

路梨听着这些话，张了张嘴。

她感觉身体里像是有一簇小火苗轰一下燃起来，火焰把她的脸颊烤得滚烫。

小肉丸已经熟了，迟忱宴转身关了火。

路梨站着没有动，脑子里全是"我是谁，我在哪里，我现在该怎么办"。

迟忱宴端起盛着小肉丸的盘子，很自然地说："走，吃饭了。"

"哦。"路梨看了看料理台，端起饭碗。

吃饭时，迟忱宴很自然、很淡定，仿佛他刚才跟她说的那些话一点儿也不特别，就跟"今天天气很好"没什么区别。

她食不下咽，他则时不时给她夹菜。她从小到大见多了男孩子的表白与献殷勤，现在却发现自己最怕迟忱宴突如其来的关心。

迟忱宴晚上有工作要处理，一直在书房开视频会议。

路梨在自己房间的床上翻来覆去好一阵，她抱着平板电脑看偶像的最新美照，一边看一边默念"追星使我快乐"来催眠自己。可惜无论怎么催眠，她也没有从追星中得到快乐，因为她一闭上眼，偶像的脸就变成了迟忱宴的。

她又切换到大号，微博评论区全是在催她发微博。

路梨往前翻到自己以前给迟忱宴加油的微博，觉得很尴尬。

她想删掉，但是如果现在删掉，网友们指不定会怎么揣度，于是只得作罢。

她突然有些不服气。

她之前对迟忱宴又是公开表白又是比心示爱，迟忱宴都没有理她，要不是两人在酒吧被拍到，可能她现在还被人嘲笑。

路梨鼓了鼓腮帮子，小脾气上来，决定不表态，直接退出了微博。

她告诉自己该睡觉了，没有迟忱宴，她也可以睡着。闭上眼躺了没几分钟，她又从床上爬起来。

迟忱宴刚开完会，正在关电脑，看到路梨穿着一身睡衣、抱着枕头出现在他房间。

路梨先开口："我梦游。"

迟忱宴不解。

路梨解释道："你知道梦游其实是很危险的，我怕我晚上梦游时做出什么危险的事情，所以过来跟你睡一起，你有责任保护我的人身安全，晚上别睡太死，不要让我梦游起来乱跑。"

迟忱宴听完路梨的解释，愣了一下，然后点点头："好。"

路梨微微一笑："谢谢。"

她直接爬上床，占据了属于自己的位置。

迟忱宴洗漱完回来，上床把她揽进怀里。

路梨窝在迟忱宴怀里，不知道是因为兴奋还是什么，一时睡不着。

迟忱宴已经睡着了，发出均匀的呼吸声。

卧室里安静极了，路梨睁着眼睛，从枕头下摸出自己的手机。她给乔佳一发微信消息，将自己解决睡上瘾这个毛病的绝佳方法告诉对方。

乔佳一发过来一串省略号，接着她说："恭喜你啊。"

路梨："谢谢。"

乔佳一："你可真是个小机灵鬼。你现在跟你老公躺在一起？你准备以后都这样吗？"

路梨："不可以吗？"

乔佳一："可以。只是你这样，就不怕他对你……"

黑暗中，手机屏幕的光映在路梨的脸上，她看着这句话愣了几秒，然后决定不跟乔佳一聊下去了。

路梨将手机熄屏，重新塞到枕头底下，然后往被窝里缩了缩。

感受着迟忱宴的体温，路梨逐渐平静下来，又想起刚才乔佳一的话，突然红了脸。

自从她的认知恢复正常后，迟忱宴一直很规矩。路梨眨了眨眼，重新在迟忱宴怀里找了个舒服的姿势，闭上了眼。

待她的呼吸逐渐变得平稳后，迟忱宴缓缓睁眼，目光清明。

他伸出手臂环住她的腰，把她往自己身上带了带，抱得更紧了一点儿。

温香软玉在怀，既是一种享受，也是一种折磨。

不急，他在心里告诉自己。

"迟忱宴，我很爱我的太太"这个热搜挂了将近一天，无数人跑到路梨微博下留言让她做出回应，然而，之前频繁在微博上给老公加油的路梨这次毫无动静，十分沉得住气。

路梨没理那些评论，在家看自己投资的电影。

导演给她发了一些镜头和剧照，路梨十分满意。

这是一个惬意的下午，路梨扎了个丸子头，穿着一身家居服，坐在可旋转的电脑椅上。

她看着剧照里的少年，突然想到了迟忱宴。

以她专业的眼光来看，迟忱宴要是进入娱乐圈，估计也只有陆林诚可以与之媲美。

陆林诚已经跟梁烟结婚了，两人感情很好。

电影还有将近一个月才能拍完，从拍完到上映最快也要大半年的时间，路梨看完导演发来的镜头，百无聊赖地点着鼠标。

以前，她除了逛街购物、喝下午茶，最大的爱好就是追星，现在她对追星也没有兴趣了，看到偶像时再也没有那种小鹿乱撞的感觉了。

路梨关掉网页，看着自己的电脑桌面，桌面上是她和迟忧宴的结婚照，也是她之前认知错乱时换上去的。

结婚照出自国际顶级摄影师之手，她身上的那件婚纱更是D牌高级设计师手工制作，缝绣了好几个月，现在她看着这张照片也就那样。

再顶级的摄影师，再名贵的婚纱，也掩盖不了照片里两位主角之间的疏离。

笑倒是都在笑，只是她脸上的笑一看就是名媛们在社交场合露出的礼貌性微笑，至于迟忧宴，将"皮笑肉不笑"诠释得淋漓尽致。

影楼里的模特拍婚纱照笑得都没有他们这么假。

她又翻了翻自己的邮箱，千永刚把下个星期的日程表发给她。

跟往常的日程表没有多大的区别，每周的固定行程都在上面，只是多了个附件。

如果是什么特殊或者比较重要的事情，千永一般会在日程表上标注一下，这个没标注，应该不重要，并且千永猜测她不会感兴趣。

不过路梨还是打开看了看，里面是一封邀请函，不是时装周或者名流晚宴的邀请函，而是来自一档综艺节目。

她在某种程度上也算公众人物，之前就有好几档综艺节目邀请过她，大都是《妻子的旅行》《我家亲爱的》《婚礼日记》等，让她上节目和其他人一起聊聊感情，谈谈老公，分享一下日常生活。毕竟她和迟忧宴名声在外，大家对他们的感情生活都很好奇。

路梨想也没想就拒绝了那些节目，她不差钱，更不需要露脸提升知名度。

这个被千永划为她应该不感兴趣的节目，路梨本来也只是打算随便看看，但在看到节目名字时，她十分激动。

邀请函上写着：大型真人秀节目《偶像》在此诚挚地向路梨小姐

发出邀请，邀请路梨小姐来当我们的嘉宾。

节目组可能是怕路梨不了解这档节目，还附上了详细的介绍，其实路梨对这档节目了如指掌。

《偶像》购买的是国外一档著名节目的版权，而路梨去年就看完了国外版的《偶像》。

路梨很喜欢这档节目，没想到今年国内就有公司买了版权，要做本土版。

节目组在邀请函里写明了邀请她的理由，因为她之前的《This is love》百万播放量视频反响很好，节目组觉得她跳得好，很适合当特邀嘉宾。

路梨激动得直拍大腿，她确实很适合！

她不在乎有没有镜头，更不在乎讲不讲话，她只想坐在嘉宾席位上看大家表演。

路梨又仔细看了一下节目的录制时间和流程细节，越看越觉得合她的心意。

她立马给千永回了一封邮件，让他跟节目组联系，她想进一步了解这档节目。

千永似乎没想到她会对这种节目感兴趣，过了许久才回复了一句"好的"。

路梨放下鼠标，坐在电脑椅上转了个圈儿，接着仰头傻笑。

其实她刚才是想让千永直接答应下来的，但是她不想显得太急切，在外人面前还是要摆摆架子，并且她觉得应该先跟迟忧宴说一下。

迟忧宴下班回来，路梨把节目组发给她的邀请函给他看。

迟忧宴原以为路梨接到的会是情感类真人秀，没想到竟是表演类节目。

男人表情认真到像在看财务报表，他把近十页的介绍一字不落地看完了。

路梨急切地问："你觉得怎么样？"

迟忧宴抬眼看她，她满脸都写着希冀。

迟忧宴放下平板电脑，问："你想去吗？"

路梨点头："当然，否则我拿给你看干吗？"

迟忧宴思索了一下，点了点头，说："你想去就去吧。"就当让她隔一段时间去看一场文艺会演，丰富一下生活。

路梨立马笑开来："谢谢老……"

她在说出最后一个字前突然停下。

之前几个月里，"谢谢老公""爱你老公"之类的话她都是脱口而出，一时改不过来。

迟忧宴挑眉，似乎在等着她把最后一个字说出来。

虽然她现在已经恢复认知，但是不管怎么说，迟忧宴都是她老公。

他这么爽快地允许她去参加节目，她很开心。虽然迟忧宴不答应，她也会去参加，但是被人支持的感觉很好。

喊一声老公她也不算吃亏。

于是路梨清了清嗓子，挺直腰板说："谢谢老公。"

迟忧宴轻轻笑了笑。

这晚，路梨早早就睡下了。

迟忧宴又搜了一下《偶像》这档节目，由于国内版还没播，搜出来的大都是国外的那一版。那些花里胡哨的图片看得人眼花缭乱，迟忧宴最后点开一个视频。

当看到粉丝激动得晕倒时，迟忧宴点了暂停，脑海里蹦出"代沟"两个字。

他低头看了看身旁已经睡得香甜的路梨，忍不住想象了一下她被表演者迷倒的样子……

路梨的矜持只维持到第二天，她一大早爬起来，就让千永去跟节目组谈签约事宜。她怕万一拖得太久，节目组以为她不想来，转头邀请别的人，那就难办了。她顺便向乔佳一炫耀了一下自己收到的邀请函。

看到乔佳一回复了一个带着浓浓嫉妒意味的"滚"字，路梨心里舒服极了。

迟忧宴拿着今天要戴的领带从衣帽间出来时，就见路梨看着手机笑得开心。

路梨握着手机经过迟忧宴面前的时候，他把手里的领带递给她。

她把手机放进衣兜，很自然地接过领带，绕过迟忱宴的脖子，开始给他系。

手来到迟忱宴胸口时她才倏地反应过来，随即抬起头。她之前几个月竟然连给他系领带也变成了习惯。

迟忱宴注视着她，似乎在默默地等。

路梨鼓了鼓腮帮子，还是继续给他打领带。

迟忱宴看着仔细给他系领带的路梨，说："签合同的时候带上律师，我已经给你安排好了。"

路梨抬头看了他一眼，点点头，十分乖巧地"哦"了一声。

经由律师过目并确认没问题后，路梨便签了合同。

《偶像》第一次录制的日子很快就到了。

因为要出镜，路梨早早赶到去后台做妆发，化妆师拿着小刷子在她脸上细细描画着，她穿一条酒红色及膝连衣裙，脚踩八厘米细高跟，头发的每一个卷都是精心设计的，整个人都从头到脚都写着：我是贵妇，我要保持端庄优雅。

听到外面舞台上的彩排动静，路梨深吸了一口气，告诉自己不要紧张，她只是去观看表演的。

编导刚才已经跟她对过流程了，她的主要任务就是观看节目，如果主持人问到她，随便说两句就好。

路梨做好妆发，起身去往录制现场。

她找到自己的位置，在第一排最中间，节目组给了她一个中心位。

路梨冲左右的人礼貌地点了点头，随后坐下。

其余的嘉宾也到得差不多了，有的是经纪公司老板，有的是媒体行业主编，也有一些艺人。见到路梨出现在嘉宾席位上时，他们都很惊讶，随即又了然，暗道节目组厉害。

论知名度，路梨并不比一些二三线明星低，最近她和老公迟忱宴更是频频上热搜，她坐在这个位置，简直就是送给节目组的热度。

观众席的人似乎也发现了路梨，大家都往她所在的方向看去，并窃窃私语着。

路梨感受到汇集到自己身上的目光，绷着头皮，坐得更直了。

好在节目的主角不是她，不一会儿，真人秀节目《偶像》第一期正式开始录制，众人的注意力都转移到节目上。

路梨忍不住瞟了一眼对面一直对着嘉宾的摄像机。

不同于其他嘉宾，这是她第一次录综艺节目，她原以为自己只需坐在嘉宾席观看节目，谁知一坐下来就发现对面有个摄像机镜头正对着她，仿佛回到了小时候，她原本在路上蹦蹦跳跳地走着，母亲看到狗仔，立马让她站好，问她礼仪老师是怎么教她走路的。

她的矜持贵妇形象已经崩塌，多亏迟忱宴跟她母亲交涉过，她才没被母亲教训，如果她热衷于追星的事情再暴露，那她以后就真的不敢回娘家了。

于是路梨挺直了背，告诉自己一定要淡定，不能显得太浮夸。

她看着精彩的表演，明明很想叫好，却只能把手握紧一点儿，身体则纹丝不动。

路梨深吸一口气，露出练了二十多年的标准化微笑。

节目一共录制了将近四个小时，路梨一直沉浸在表演中，直到录制结束，她才发现自己全程没有说过一句话，甚至连话筒都没有摸过。由于从头至尾都没有人提到她，她又不像其他艺人会主动接梗找话题，所以就没说话。不过她并不在意，反正她是来观看节目的。

录完节目，路梨依旧很兴奋，在微信上跟乔佳推荐这档节目。

乔佳一："你的表现怎么样？"

她的表现？前半场她有些紧张，全场都没有说话，除此之外，应该还是不错的吧。

路梨："还可以。"

乔佳一发过来一个"我等着"的表情包。

路梨高高兴兴地回了家。

迟忱宴比她早到家，见到她回来便问："怎么样？"

路梨忙点头："挺好看的。"

她本来想跟迟忱宴说一下令她印象深刻的舞台，但她随即反应过来，迟忱宴对这些不感兴趣，便把话咽了回去。

迟忱宴挑了挑眉，笑了笑。

在路梨签合同之前，他就让周秘书去跟节目组沟通过了。

路梨只是想去看看节目，不要把焦点放在她身上，如果她没有主动点评，就不要点名让她点评，让她安安静静地当个观众、追个星就好。

节目组忙不迭地答应下来。

《偶像》第一期定在下周六播出，而这一天很快就到了。

这档节目开播时热度很高，第一期的播放量也很高。

路梨虽然参与了录制，但还是把播出的第一期看了一遍。

因为她整期节目都没有说话，所以镜头很少，只是给了她几个特写。

屏幕上的她端庄优雅，笑容十分得体，路梨表示很满意。

迟忱宴也看了这一期节目，发现路梨的镜头加起来还不到一分钟。他也觉得没什么问题，他之前还特意给节目组提过要求，让对方不要恶意剪辑。

开播当晚，网友们讨论的话题大都集中在选手身上，路梨很乐意自己没受到多少关注，她可以一直坐在嘉宾席安静地看选手的表演。

到了第二天，网友们才后知后觉地反应过来，怎么没有人讨论路梨呢？她不是也去了吗？

有人把路梨的镜头剪下来，加起来不到一分钟，没说一句话，存在感极低。

然而，这不到一分钟的镜头贯穿整期节目，几乎每个表演，导演组都会拍下路梨的反应。很快就有人发现了问题，路梨全程怎么都是一个表情？

无论选手的表演有多精彩，镜头给到路梨时，她永远是一脸标准的微笑，整个人都透着阔太太的端庄优雅，不知道的还以为她在观看文艺会演。

如果不是她旁边那位嘉宾反应太强烈，有人甚至怀疑节目组全程只用了一个镜头。尤其是全场最精彩的那场舞蹈，台下的观众尖叫到快缺氧了，镜头给到路梨，她仍然端庄优雅地笑着，淡定到让人有些心疼两名卖力表演的选手。

网友们看完路梨的全部镜头剪辑后都沉默了，然后不由得从内心深处发出质问："这真的是那个跳表白舞的路梨吗？她就没有别的表情了吗？那么多帅哥表演的节目都不能吸引她吗？她明明只是个二十多岁的女孩子，怎么会这么矜持……心疼帅气的小哥哥们。"

猜测的声音越来越多，有的评论很不友好，甚至质疑起了路梨的审美。

路梨看到那些评论时一头雾水，正不知道该怎么解释的时候，有人站出来帮她回应了争议。

一群顶着写有"'吃梨夫妇'是真的！"的头像的网友纷纷甩出了一张照片。

照片里，几个月前盛景的发布会上，路梨双手高举到头顶，冲着台上比心。

她笑意盈盈，粉颊桃腮，眼里全是爱慕。这个二十多岁的女孩子明显对台上那位帅哥极感兴趣。

有人从视频中截了图，然后将两张图放在一起，一张是路梨面对男选手时无比镇静与淡定，一张是面对自己老公时疯狂比心与表白。

对比十分鲜明，路梨深刻地诠释了什么叫"我不是冷漠，只是让我热情的对象不是你"。

原来，路梨可爱幼稚的那一面只有在面对迟忧宴的时候才会露出来。

很快，这两张图就被疯狂转发。

路梨看着这些粉丝，突然想到不久前自己在超话里抽奖，只有几个粉丝愿意参与的情景。

她能站出来说她其实也很欣赏选手的精彩表演吗？

唉，似乎不能。

另一边，迟忧宴在工作的间隙看到路梨的那两张对比图，微眯着眼，不得不承认取悦了自己。

他突然对这些粉丝有了新的认识，他想到自己之前看路梨的手机，这个超话好像是她在认知错乱时创建的。

迟忧宴突然对超话产生了兴趣，他专门下载了微博，注册了一个全是数字的账号。他认真翻看"吃梨夫妇"的超话，发现人虽然不少，却很乱，无组织无纪律。

迟忱宴微微皱了皱眉，叫来周秘书。

周秘书恭敬地回道："总裁。"

周秘书表面上是盛景的首席秘书，私底下是每天在微博上给当红女明星梁烟加油的"烟烟的小迷弟"。

迟忱宴问："你知道什么是超话吗？"

周秘书倏地抬头，看着面前正襟危坐、似乎下一秒就要去签大订单的总裁。

总裁刚才问他什么？超话？

周秘书一时有点儿蒙，他咽了咽口水，本来想说不知道，但又想起"烟烟的小迷弟"这个号总裁知道，于是答道："知、知道。"

迟忱宴又问："你知道怎么管理超话吗？"

周秘书一脸疑惑。

迟忱宴整理了一下手边的文件，用严肃的语气说："我要管理'吃梨夫妇'的超话，你知道该怎么做吗？"

周秘书被吓得一个趔趄，差点儿摔倒在地。

迟忱宴则十分淡定，没有再说一遍的意思。

好半晌，周秘书才反应过来，僵硬地点点头："知道。"

事实证明，首席秘书就是首席秘书，他不仅本职工作做得好，作为梁烟的铁杆粉丝，微博也玩得贼溜，各种专业操作信手拈来。当天，原本松散无组织的"吃梨夫妇"超话突然组织了新一轮的超话主持人竞选。

其中一位名字叫"我爱吃梨"的用户赢得了大部分人的支持，继已经取消关注的"梨子味小仙女"之后，"我爱吃梨"当选"吃梨夫妇"超话新一届主持人。

两天后，迟忱宴坐在办公桌前，看自己新改的微博昵称——"我爱吃梨。"

虽然土了点儿，但是对他而言寓意很好。

路梨今天又去电视台录制《偶像》了。

迟忱宴上次给节目组打过招呼，结果导致路梨整场节目下来一句话没说，显得格格不入。虽说大部分人都喜欢路梨，但还是有一部分人指出她既然不喜欢选手的表演，那还来参加这个节目干什么。于是，迟忧宴又跟节目组沟通了一下，让她还是稍微说两句话。

节目组巴不得让路梨多说两句，马上欣喜地答应了下来，并且表示他要是不放心，他们就把每一个镜头每一句话提前发给他过目，最后还不忘夸一句"迟总和夫人真是恩爱"。

可不恩爱吗？

妻子参加节目，老公忙前忙后，每一个点都考虑到了。

在《偶像》第二期的录制过程中，路梨终于得到了发言的机会。

路梨看着那名紧张不安的男选手。

由于刚才舞蹈老师方巍严厉地点评，现在场上的气氛有些尴尬。

男选手忐忑地看着路梨。第一期节目中，路梨对他们的表演似乎都不敢兴趣，怕也是凶多吉少。

现场很安静，所有人都在等着路梨发言，不知道这位上一期全程保持矜持的贵妇会给出什么样的评论。

路梨追星时，一直秉持着快乐追星的原则，骂人的本事没有，夸人倒是炉火纯青。

她知道每个人都需要赞美，也需要批评，而她更愿意当一个不吝赞美的人。

于是，路梨看着那名男选手，笑着说："你知不知道你跳舞的时候眼里有星星，万千星辰不如你专注的眼神，让人一看就忍不住沦陷。"

男选手愣住了，张大了嘴。

观众和其他嘉宾也蒙了，就连坐在监视器后面的编导心里也缓缓浮现出一个问号。

她……说了什么？矜持的贵妇竟然这么会夸人？

路梨说完，便把话筒交给旁边的嘉宾。

感受到汇聚在自己身上的目光，路梨腼腆地点了点头。

在后面的录制中，路梨得到了好几次点评机会，每次她都会笑着鼓励选手：

"你就是完美的代名词，天空和大地都因你而熠熠生辉。"

"人世间有万盏灯火，唯有你的表演是我的心之所向。"

"在听到你的歌声之前，我从来没有想过世间竟有如此动听的声音。"

后台等待表演的选手都希望得到路梨的点评。

节目编导已经笑成了一朵花，没想到路梨美得像朵花，夸别人也能夸成一朵花，第二期的话题又有了。

路梨在这一期节目中终于得到了发言的机会，不过节目录制了多久，她就直挺挺地坐了多久，结束后只觉得腰酸背痛。

晚上，路梨盘着头发，在浴缸里洗泡泡浴解乏。迟忱宴则在书房处理工作。

周秘书给他发来一个文件，是今天路梨录制《偶像》时的镜头，节目组先发给他，等他确定没问题后，就会作为素材放入正片。

迟忱宴看了一眼浴室的方向，然后点开了文件。

他先了看镜头总时长，足足有五分多钟，然后点击了播放，想看看她在节目里说了什么——

"万千星辰不如你专注的眼神，让人一看就忍不住沦陷。"

"你就是完美的代名词，天空和大地都因你而熠熠生辉。"

"人世间有万盏灯火，唯有你的表演是我的心之所向。"

…………

迟忱宴看着看着，上扬的嘴角变得平直，脸上的微笑渐渐消失不见，脸色也沉了下去。

如果他没有记错的话，类似的话他也听过——

"万千星辰不如你的眉眼，看一眼我就沦陷。"

"老公就是完美的代名词，天空和大地都因老公而熠熠生辉。"

"人世间有万盏灯火，唯有老公是我的心之所向。"

…………

每一句都令他动容，每一个字他都牢牢记在心里。

虽然每次她说这些话时，他都很不自在，但是他必须承认，每当听到她这么说，他的心跳就会加快。他一直以为她是有感而发，只说给他一个人听的。

原来……迟忱宴突然感觉心中有什么东西崩塌了。

路梨泡完澡，细心地抹好身体乳，香喷喷地从浴室里出来，却被站在门口的人吓了一跳。

迟忱宴怎么站在这里，而且脸上的表情还不太好。

路梨稍微往后退了一步："怎、怎么了？"

迟忱宴凝视着她茫然的小脸，咬牙说："我觉得我需要一个解释。"

第七章
我家哥哥

♥

路梨被迟忱宴拎到书房的电脑前，看到了视频中的自己。

她没想到这些视频这么快就出现在迟忱宴的电脑里，忍不住回头看了迟忱宴一眼。

迟忱宴面无表情，示意她接着看。

路梨看到视频中的自己变着花样夸赞选手，她并不觉得这有什么不妥，直到感受到身后的男人散发出来的寒气，脑子里灵光乍现，顿时明白了。

她想起了那些自己每天吹捧迟忱宴的日子，同样的话，她好像也对他说过。

　　"翻车"了。

　　路梨扶着书桌沿儿，慢吞吞地转过身，对着男人布满寒气的脸，吞了口口水。

　　迟忱宴抬了下眼皮，吐出两个字："解释。"

　　路梨垮着小脸，觉得自己好冤。她夸人词汇的库存有限，不小心重复了很正常。

　　哪知道迟忱宴竟然这么较真，看样子他把那些吹捧当真了？更可怕的是，他甚至还记得这些话都是她之前跟他说过的。

　　路梨突然有一种自己在外面拈花惹草被老公逮着的错觉。

　　她试着解释："你那时候对我不冷不热的，我想说点儿好话讨你欢心嘛。"

　　她仔细观察着迟忱宴的表情："对不起，我没想到你竟然当真了。"

　　迟忱宴并不满意这个解释，还是板着脸，"嗯"了一声，尾音上扬。

　　解释无用，路梨嘟起嘴。

　　说到以前的事，她突然变得理直气壮了，挺直小腰板，说："对，谁让你之前对我不冷不热的。"

　　虽然她表现得理直气壮，但是她知道这个理由根本站不住脚。

　　昔日冷漠疏离的妻子突然变得十分黏人，还对他胡搅蛮缠，迟忱宴没把她轰走就算客气了，对她不冷不热实在是太正常了。

　　迟忱宴看着理直气壮的路梨，觉得太阳穴有点儿疼。

　　他往前一步，路梨又后退一步，他伸出手臂，轻轻把她圈在书桌和他之间。

　　路梨的腰部抵着书桌沿儿。

　　迟忱宴低头问她："我承认一开始对你不冷不热，不过后来呢？现在呢？"

　　路梨被问住了，她将手背在身后，垂下头，脸上爬上一抹红晕。摸着良心说，一开始他对她确实不冷不热，后来就对她很好了。

　　即便在她的认知恢复正常后，他对她也很好，还跟她告白了，而她选择当缩头乌龟，没有回应。

路梨突然不知道该怎么回答。

她现在的心情就跟看到他在采访中公开示爱，慌乱得不想回家时的一样。

迟忱宴看着脸红的路梨，他没有说话，只是缓缓凑近她。

路梨感受到男人的气息，手指不由得收紧，微微抬起下巴，然后闭上眼，默默地等待着。

在距离路梨只有几厘米时，迟忱宴停下了，他抬眸，看到路梨紧闭的双眼，以及微微颤动的睫羽。

他突然想到了什么，没有再凑近，而是直起身。

路梨没有等来预料中的亲吻。

她缓缓睁开眼，看到迟忱宴站在她面前，眼神清明地注视着她。

路梨瞬间明白过来，自己被耍了，小脸轰的一下子烧了起来。

他什么意思啊！

迟忱宴看着路梨羞窘懊恼的模样，他之前还觉她只是害羞，可以慢慢来，现在看来是他误判了。他从没想到他以为的真心实意，原来只是她追星用的夸人技巧。

从这次事件来看，路梨在认知错乱时都可以胡吹乱夸来讨他欢心，现在恢复认知了，她怕是真的做得出装傻一辈子的事情来。

迟忱宴这么想着，又看了看路梨。他恨自己一直对她生不起气、狠不下心，才给了她装傻的机会。他逼自己狠一点儿，转身离开了。

路梨站在原地，没工夫管迟忱宴想什么，还在懊恼自己刚才被耍了。

晚上，路梨打着梦游的旗号，又顺理成章地躺在了迟忱宴的床上。

迟忱宴上床后，路梨为了表达自己的不满，顺便耍耍小脾气，哼了一声，翻过身背对着他。

迟忱宴只说了一句"睡了"，便关上了灯。

卧室里陷入黑暗，路梨睁着眼睛，一直等着迟忱宴来哄自己，却听到男人逐渐变得平稳的呼吸声。

她有点儿蒙，他真的睡了？他不跟她说点儿好话哄哄她？他今天怎么不抱她了？

路梨等了半天，悄悄转过身，想看看迟忱宴到底是怎么回事，结果看到的是男人的背，他竟然也背对着。

路梨呆住了，迟忧宴怎么可以这样，这是一个爱妻子的丈夫该有的举动吗？

她不就是夸了选手们几句，他就不管她，自己睡了？

小气！

路梨越想越生气，不能让迟忧宴就这么睡过去，于是挪动着身体，一个劲儿往他身边挤。

她把腿和胳膊搭在迟忧宴身上，听到他的呼吸声顿了一下，她立刻使劲儿扳他的身体。

最终，迟忧宴被她扳了过来，面对着她。路梨立即贴上去，他没有搂住她，不过她不介意，故意在他身上磨蹭。

出乎她意料的是，迟忧宴丝毫不为所动。他甚至开了床头灯，暖黄色的灯光下，他面无表情地注视着她。

路梨感到很挫败，自信心受到了严重打击，然后她默默地放开了男人的胳膊。

迟忧宴又关了灯。

路梨捏着被子，鼻子泛酸，心情低落，老公不爱她了。想着想着，困意袭来，她很快就睡着了。

她一睡着，迟忧宴立马睁开眼。他像一只优雅的豹子，双臂撑在她身侧，俯视着他。

她睡得很沉，他眼神幽深。

《偶像》第二期播出时，路梨夸赞选手的话被剪到只剩两句，自然没有掀起波澜。

不过路梨并不在意这些，她在意的是迟忧宴最近对她很冷淡。也不能说他对她不好，但是他最近不再给她做小肉丸，晚上睡觉也不主动抱着她，这让路梨有些不自在。

可她又不知道该怎么跟迟忧宴说，总不能问他为什么对她不热情了吧？

路梨安慰自己是因为他工作忙，不想承认迟忧宴是在跟她闹别扭。不过，虽然她心里不想承认，但行动上还是不含糊。

今天出门逛街，路梨没怎么给自己买，一进商场就直奔男装区，只要看上的就让店员包起来。

其实，每个季度各大品牌都会让导购带上新品上门让迟忧宴挑，根本不用买，但是路梨还是买了不少。

乔佳一坐在沙发上喝着咖啡，看到路梨认认真真给迟忧宴挑衣服的样子，不禁咂了咂嘴。

因为买得多，所以东西都会直接送到路梨家里，不用自己拎。

路梨买了衣服，又觉得该给迟忧宴换块手表，她也戴一块，两人用情侣款。

路梨刷完卡，去休息区叫乔佳一："走，我们去看看手表。"

乔佳一表情复杂："又是去给迟忧宴买？"

路梨点头："嗯。"

"我给他买了好多东西。"她有些得意，似乎能想象出迟忧宴看到她给他买的东西时一脸开心的样子。

乔佳一："你刷他的卡给他买东西，他能不开心吗？"

最后，两人坐在茶餐厅里，路梨面前是一块精巧的马卡龙和一杯黑咖啡。

马卡龙加黑咖啡，黑咖啡能冲淡马卡龙的甜腻，下午茶的标配。

路梨举起手机，找好角度，拍了一张下午茶的照片。

乔佳一用勺子挖着提拉米苏，嫌弃地说："这也用得着发朋友圈？"

路梨正在给照片选滤镜："谁说我要发朋友圈。"

乔佳一更嫌弃了："微博？"

路梨没理她，低着头认真试了好几个滤镜，才找到满意的。

乔佳一看到路梨修好照片后没有打开微博，而是打开了微信。她把下午茶的照片发给其中一位联系人，然后打了一行字。

乔佳一伸长了脖子去看，发现路梨编辑的内容是"你看我今天的下午茶"。

她看了一眼上方的联系人名字：迟忧宴。

路梨发完，抬头看到乔佳一咬着吸管一脸呆滞的样子，忍不住问：

"你怎么了？"

乔佳一觉得自己的脑子有些凌乱。

路梨跑出来给迟忱宴买衣服买表就算了，就连喝下午茶这种小事也要拍照发给对方，跟她刚恢复认知时淡漠、面对老公的告白也不为所动的样子判若两人。

路梨这么主动，迟忱宴肯定有问题。

乔佳一上下打量了一番路梨，忍不住问："你是不是又一次爱上他了？"

路梨愣住了。之前她没有回应迟忱宴的表白，做了缩头乌龟，现在迟忱宴对她很冷淡，她又主动给他买东西发微信。

乔佳一继续说："否则你干吗突然对迟忱宴那么好，又买东西又发微信套近乎。"

路梨有些慌乱，试图解释："我为什么不能对迟忱宴好？他是我老公，又不是别人的老公。"

"是吗？"乔佳一慢悠悠地问，"你老公？是对你爱搭不理的老公，还是跟你情比金坚的老公？"

"我……"路梨突然语塞，看到餐盘上的茶杯蛋糕，直接拿起一个塞到乔佳一嘴里，"你赶紧吃东西吧。"

回家的路上，路梨坐在车里，握着手机。

她只是出来逛街时"顺便"给迟忱宴买衣服买表，喝下午茶时"随手"拍张照片发给迟忱宴，她才没有又爱上他。

是这样的。路梨坚定地点点头。

她又想起了最近对她十分冷淡的迟忱宴。她不就是对着选手吹捧了几句吗，他至于计较到现在？

路梨打开手机翻了翻自己的日程表，看到这周末有一场晚宴。

那是一家时尚杂志联合某著名奢侈品 H 牌主办的晚宴，受邀的都是一些大牌明星与 S 市的社交名媛。路梨结婚之前在 G 市就是 H 牌的常客，这次自然也收到了邀请。

她虽然不是流连于各种社交场合的人，但是毕竟身在名利场中，还是需要隔一段时间现一下身。

回到家后，路梨把迟忱宴拉到衣帽间，给他看她今天给他买的衣服。

男人的衣服，尤其是像迟忧宴这种商界精英的衣服其实都差不多，不像艺人明星，造型上可以很多变。

迟忧宴看了看，面无表情地点点头："谢谢。"

路梨等了半天就听到"谢谢"两个字，她茫然地张了张嘴……这就完了？

她给他挑了一下午的衣服，只换来一句"谢谢"？亲亲呢？抱抱呢？还有举高高呢？

路梨只觉得头顶像是有闪电劈过，把她的一颗心劈得碎了一地。

迟忧宴道："我先回房了。"

"等等！"路梨一把抓住他的手臂。

迟忧宴停下脚步，侧过身。

路梨抬头看着他，委屈地说："你为什么这样对我？你是不是不喜欢我了？"

假的，全都是假的，在采访中公开示爱是假的，厨房里的告白也是假的，男人都是大骗子。

迟忧宴深吸了一口气，转身面对着路梨："我没有那么容易变心。"

没有变心？路梨微微放了心，又委屈地问："那你这是怎么了？"

迟忧宴反问她："你觉得我们现在这样不好吗？"

"如果还是像之前那样，"他直视着路梨的眼睛，"我怕冒犯你。"

路梨："冒、冒犯？"

迟忧宴"嗯"了一声。

路梨的大脑高速运转起来。

何为冒犯？当一个男的喜欢一个女的，女的却不喜欢男的时，男方对女方所做的亲密举动就是冒犯。

同理，迟忧宴说喜欢她，她没有说过喜欢他，所以迟忧宴现在对她做出亲密举动就是冒犯她。

他真的好绅士好有礼貌，逻辑清晰到让人找不出一处错。

路梨很纠结，总不能说她喜欢被"冒犯"。

迟忧宴见她不说话，便问："现在你有什么想对我说的吗？"

他的意思很明显，希望路梨能表态。他是不会"冒犯"一个不喜欢自己的女人的。

路梨感觉脑子高速运转一阵后超负荷了，现在宕机了。

要她说什么？

迟忧宴摇了摇头，也没再多说，直起身。

路梨愁眉苦脸地看着他离开的背影。

周末，《悦秀》杂志联合 H 牌举办的年度晚宴上，女明星们争奇斗艳，凑在一起聊着各种话题。

路梨本来只是来露个脸，但她一出现，S 市的名媛们就围了过来。

乔佳一对此已经见怪不怪，她直接找了个地方吃起了甜点。

路梨微笑着回应，其中一位名媛指着她的裙子问："梨梨，你这条裙子是 YING 的吗？好像 YING 的风格啊。"

另一位名媛附和道："对啊对啊，对了，梨梨，上次 YING 在 S 市举办大秀你怎么没去呀？"

由于白千迎是迟忧宴的前女友，路梨对 YING 这个词十分敏感。

路梨低下头，不明白自己这套裙子哪里像 YING 的风格了，她觉得晦气，蹙起眉说："不是。"

那几位名媛察觉到她语气中的不悦，没再问下去，转移了话题。

这段插曲本来很快就会被人遗忘，谁知有人悠悠地说了一句："好巧，白千迎今天也在哟。"

路梨脸上的笑容僵了一下。

白千迎似乎也注意到了她们，端着杯酒笑着走过来。

她今天没有穿裙子，白衬衫配垂感十足的米色阔腿长裤，齐肩直发搭配大耳环，在一群花花绿绿的名媛中显得很干练。

"路小姐。"她对路梨笑了笑，举起酒杯，"好巧，又见面了。"

路梨看着白千迎的笑脸，就想起前两次对方明知道她是迟忧宴的老婆，还若无其事地跟她打招呼，对她说一些别有深意的话，这让她很不舒服。

今天是两人第三次见面，白千迎还是主动过来跟她打招呼。难不成白千迎想跟她做朋友吗？有什么意图就明说啊，如果是想与迟忧宴旧情复燃，那就去找迟忧宴，难道还想从她身上下手？

路梨直接越过白千迎，跟站在她身后的一位名媛说话。

周围的人并不知道路梨和白千迎之间有什么纠葛，甚至不知道她们认识，大家只是觉得气氛有些诡异。

白千迎脸上的笑容僵住了，不过很快她就恢复如常，面不改色地对注视着她的人点点头。她越得体，就显得路梨越不得体。

晚宴进行到一半时，路梨就打算提前退场了。

宾利后座上，千永感受到路梨周身的低气压，大气都不敢出。

路梨抱着手，发现自己认知错乱时有多讨厌白千迎，现在依旧有多讨厌。她本来都快把白千迎忘了，没想到对方竟然阴魂不散，都是迟忱宴惹出来的祸，而这男人最近还对她不冷不热的。

回到苏河湾，路梨做的第一件事就是冲进衣帽间，把身上的裙子脱下来扔在地上。这条裙子明明来自法国的一位独立设计师，跟白千迎的品牌八竿子打不着。

路梨换了衣服，冲到迟忱宴的书房。

迟忱宴听到动静，从电脑前抬起头："怎么了？"

路梨站在书房门口，看着迟忱宴的脸，扯出一抹笑："没什么。"

想到白千迎，想到迟忱宴逼自己表态，路梨越想越愤怒，转身离开了。

迟忱宴微微皱眉，隐约觉得路梨有点儿不对劲。她今晚不是去参加宴会了吗？

迟忱宴忙完手头的工作，问千永今晚发生了什么事。他问完，又觉得千永可能不知道，于是转而去问乔佳一。

收到迟忱宴的微信消息时，乔佳一正在微信上和路梨一起声讨白千迎，她想了想，还是回复了迟忱宴："你前女友又出现了。"

她把路梨刚才说的话截屏，发给迟忱宴"迟忱宴这种读书的时候就开始谈恋爱的男人，怎么好意思跟我这种纯洁的少女矫情到现在？我喜不喜欢他，他心里没点儿数吗？非要逼我说出口！即便我以前喜欢他，现在也不喜欢了！我最讨厌小肚鸡肠的男人！"

迟忱宴看得打了一个寒战，他放下手机，忙起身去找路梨。

他的卧室里没人，路梨回自己房间睡了。

迟忱宴暗骂一声，又去拉两间卧室中间的门，但没拉动，路梨从她那边把门锁住了。

迟忱宴想起衣帽间和浴室是连着的，那里有扇门。他忙走到浴室，却发现浴室和衣帽间之间的门也被锁上了。

迟忱宴暗道一声不好，随即开始敲门："路梨，阿梨，梨梨？你开门好不好？"

没有人回应。

迟忱宴又掏出手机。

路梨刚跟乔佳一聊完，手机就嗡嗡嗡地响了起来。

她看了一眼来电显示，然后直接拒接。没过两秒，手机又响了。

路梨面无表情地看着屏幕上的"亲亲老公"四个字。

路梨冷哼一声，谁要这种亲亲老公，又矫情又小气，还有个前女友烦她，就好像她没了他就不行一样。

她思索了一下，把"亲亲老公"改成"一个不是很重要的人"。改完备注，面对一直响个不停的手机，路梨直接关了机，清静了。

敲门声又响起，她用枕头捂住耳朵，告诉自己没有迟忱宴也可以睡着，她已经是个成熟的人了，不能像小孩子一样要挨着大人睡。

第二天，路梨醒来时已经不早了。

她很欣慰自己迈出了第一步，她下床后打开门，被门口立着的人吓了一跳。

路梨往后退了一步："你……"

她本来想说"你不会在这里等了一晚上吧"，但又见迟忱宴衣着整洁，应该是很早就起来了，然后在她卧室门外等着。

路梨皱了皱眉，冷静地问："你站在这里做什么？"

迟忱宴抓住她一只手："别生气。"

路梨使劲儿抽回手："谁说我生气了？"

她抬了抬下巴，说："我没有生气。经过一晚上的慎重考虑，我决定了，我以后不占你便宜了，也不吃你做的小肉丸了，所以从现在起你也不用在意那些重复的夸人的话了，更不要逼问我有没有什么话想对你说。我觉得我们就保持我第一次出车祸前的那种状态就挺好的。"

迟忱宴直接愣住了。

路梨绕过他，准备去洗漱，突然被他从身后拦腰抱了起来。

他沉声道："我不许。"

路梨双脚离地，吓得花容失色："迟忧宴，你放开我！放我下去！"

她蹬着腿，又用手肘去撞他，但她太轻，这点儿分量对迟忧宴来说微不足道，她的动作更像是小猫抓痒。

路梨现在只恨自己没有学拳击："你干吗？赶紧放我下去！"

男人都是讨厌鬼，给他机会让他亲亲抱抱他不愿意，现在竟然直接抱住她不撒手。

迟忧宴突然开口："叫老公。"

"嗯？"路梨停止了挣扎。

迟忧宴重复了一遍："叫老公。"

路梨突然想起他喝醉了那天晚上，他也是这样凶巴巴地让她叫老公。

路梨继续对他拳打脚踢："谁要叫你老公，我才不要，你快放我下去！"

迟忧宴挨着路梨的花拳绣腿，把她抱到书桌上，卡住她不让她下来。

路梨又在迟忧宴胸口捶了两拳："你放我下去，否则我就告诉媒体，告诉我爸爸，告诉他们说你家暴！"

家暴可能是有的，但施暴对象明明另有其人才对。

他握住路梨的手臂，问："谁家暴谁？"

路梨抬起头："你家暴我。你不仅家暴，还弄个前女友来烦我。"

"我不喜欢你了。"她气呼呼地说，"你这种男人配不上我这种小仙女。"

迟忧宴听得太阳穴突突地跳："我不许。"

路梨："你这种男人在小仙女面前是没有发言权的，更没有资格矫情。"

"对不起。"迟忧宴无法反驳，只得说，"以后我再也不矫情了。"

路梨别过头。

迟忧宴："你也知道，我跟她早就没有联系了，而且那都是十年前的事情了，我们没有牵手，也没有接吻。"

路梨的表情缓和了些，不过她还是说："那又怎样。"

　　她酸不溜秋地说："人家的毕业作品还是为了纪念你呢，还拿奖了。"

　　提起白千迎，迟忧宴也很无奈，他轻轻叹了口气，握住路梨的手捏了捏。

　　路梨想把手抽出来，气鼓鼓地说："不许摸我的手。"

　　"她是前女友。"迟忧宴说。

　　路梨一听他还敢说，更来气了，阴阳怪气地说："对，她是前女友，有人有个初恋女友都没关系，有人夸别人两句都不行，呵呵。"

　　迟忧宴哑然失笑，他摇了摇头，说："我只牵过一个人，只抱过一个人，只亲过一个人，只……"

　　他凑近她，薄唇快要贴到她脸上，低声道："只跟一个人生宝宝。"

　　一直扭来扭去的人突然安静下来。她听着那些话，感受着男人的气息喷在脸上，慢慢红了脸，心怦怦直跳。

　　迟忧宴从哪里学的这些情话啊！

　　他亲亲她的耳垂，说："以后我不逼你了，你想吃小肉丸我都给你做。"

　　路梨浑身战栗，嘴上还是十分硬气："不要。"

　　迟忧宴把她抱起来："好了。"

　　路梨在他肩膀上捶了两下："好什么啊，我还没有原谅你。"

　　迟忧宴看着像只小猫的路梨，如果不是还要去上班，他真想一直这样抱着她。

　　两人腻歪了好一会儿，迟忧宴才依依不舍地出了门。

　　《偶像》开始进行第三次录制。

　　前面两期节目，节目组都是采用录播的形式，从第三期开始改为直播了。录播时选手如果有失误还可以用剪辑挽救，直播就无处遁形了，也最大程度上保证了比赛的公平性。

　　路梨很早就到了现场，选手们正在台上排练，音乐声很吵。手机突然响了一声，是来自"一个不是很重要的人"的微信消息，让她晚上早点儿回家。

路梨耸了耸肩，她还没有考虑好要不要原谅这个小气的男人呢，为什么要听他的？一两句好话就想把她哄好，她要让他知道，离了他，她也可以很快乐。

路梨做好妆发，坐到属于自己的位子上。

晚上八点，《偶像》第三期直播开始，待在家中的迟忱宴打开了视频网站上的直播界面。

他发现自己还是不喜欢这种节目，百无聊赖地看了十分钟开场表演，终于等来了路梨的第一个镜头。

台上的选手正在表演劲歌热舞，粉丝和嘉宾不断尖叫，镜头切到路梨。

迟忱宴端了杯水，本来想看看路梨如何淡定，结果看到她举起手欢快地跟着唱。

迟忱宴的手一抖，水洒在了键盘上。他慌忙擦去键盘上的水，然后死死地盯着屏幕。画面最后定格在路梨身上。

与他一样盯着屏幕的还有正在观看《偶像》的观众们。

迟忱宴看到视频上方飘过很多弹幕：

"路梨今天怎么这么激动？"

"她在节目中不是走矜持路线吗？她不是只对自己老公感兴趣吗？"

很快，路梨的反常举动就被营销号截取下来，推上热搜。

路梨为选手加油的样子与台下举着手幅的粉丝们没有太大区别。上次路梨这样，还是在盛景的发布会上，她在台下给迟忱宴比心。

"吃梨夫妇"的粉丝嗅到了一丝危险的气息，"'吃梨夫妇'今晚不甜了"这个话题很快就被顶上了热搜。

迟忱宴看着那些热搜，忍不住扶额。下一秒，他直接起身出了门。

《偶像》节目第一次直播出了不少热搜，路梨也是其中之一。串场环节，主持人主动问到了路梨："你今天看起来比前两期激动很多。"

相比前两次，这一次路梨放开了不少，她接过话筒，说："是吗？可能是因为今天大家的表演都太棒了。"

主持人问得十分委婉："那你怕不怕有一位先生会因此不

高兴？"

现场的人当然知道"有一位先生"是谁，有人开始起哄。

路梨没有理那些起哄的人，她看向镜头，很真诚地说："我真的很喜欢这档节目，很喜欢在舞台上追逐梦想的选手们，也很高兴可以坐在这里为他们加油。"

"哈哈哈，好！"其他几位嘉宾都鼓起了掌。

这档节目的观众都觉得她说得很好，只有守在屏幕前的"吃梨夫妇"的粉丝心碎了一地。

路梨只顾着给选手加油，竟然没有提起迟忧宴，就不怕迟忧宴吃醋吗？

节目结束后，现场的观众还有嘉宾们陆续离开，路梨在后台跟喜欢的选手合影。

千永拿着相机，为路梨拍下合影后，忍不住说："太太，该回家了。"

路梨满不在乎地答道："急什么。"

她扬起笑脸，准备再拍一张。男选手也露出微笑，在胸前比了个"赞"的手势，接着他看向镜头。

下一秒，他脸上的笑容就僵住了。

路梨顺着他的视线看去，发现迟忧宴不知道什么时候来了，他双手抱臂，冷眼看着他们合影。

男选手表情僵硬，突然有点儿心虚："那个，路梨小姐，要不我们还是不合影了吧？"

路梨："嗯？"

男选手望向一个无人的方向："编导好像在叫我，不好意思，我先过去了。"说完，他就一溜烟跑了。

路梨看向迟忧宴，撇了撇嘴，问："你怎么来了？"

迟忧宴开口："来接你回家。"

路梨嘀咕道："又不是没有司机，干吗亲自来接我？"

迟忧宴走过去拉住路梨的手腕："走吧。"

路梨跟着迟忧宴往外走，周围的工作人员脸上都挂着打趣的笑容。

路梨看着走在前面的迟忱宴，耸了下鼻尖。

路梨跟着迟忱宴走出电视台。他们走的员工通道，没什么人，外面又比较黑，也没什么人注意到他们。

不远处停着一辆面包车，经纪人带着艺人走了过来。

路梨伸长了脖子，想看看是谁。

迟忱宴看了她一眼，挡到她面前。

路梨："你挡到我了。"

迟忱宴："不许看。"

路梨："凭什么不许看？我就要看帅哥。"

迟忱宴："那你看我。"

路梨本来想反驳，一抬头对上迟忱宴的脸，反驳的话就没能说出来。好吧，他确实很帅。

迟忱宴："你就没有什么想对我说的？"

路梨实话实说："看帅哥表演是我的爱好，已婚妇女也可以有爱好。"

她抬了抬下巴，说："你以前不知道，现在知道了。现在的我才是真实的我，之前我认知错乱，把你当成偶像来追了。没有人规定我不可以给别人加油，你要是不喜欢这样的我，我也不勉强你。"

他哪里是现在才知道，他早就知道她的追星小号"梨子味小仙女"了。

路梨瞟了他一眼，迟忱宴一直没反应。

她承认，今晚她那么激动，一方面确实是真心实意地给选手们加油，另一方面也是想维护一下自己脆弱的自尊心，顺便气一气这个小气的男人。

迟忱宴轻轻叹了口气，承认她这一招很奏效。

这时，电视台大门处起了一阵骚动。

路梨没等来迟忱宴的回答，干脆绕过他望向电视台大门："谁出来了？"

迟忱宴一把将她拉回来。

路梨不满地抬头，正想说什么，唇上就一热。

他揽住她的腰，吻得很用力，把满腔的醋意都融入这个吻。他用实际行动告诉她，不可以看别的帅哥。

路梨拍了两下迟忧宴的胸口，迟忧宴不为所动，最后她只得放下手，闭上眼睛。

她能从这个吻里知道他的回答。

小气鬼，她在心里想。

偶像是偶像，老公是老公，偶像可以有很多个，老公只能有一个。

两人回到家时已经很晚了，迟忧宴一直牵着路梨，从上车开始牵到进家门。

路梨感受到男人掌心的温度，脸色微红。

他们已经确定了对彼此的感情吧？

嗯，已经确定了。

路梨是下午到电视台的，电视台的盒饭不好吃，她从录制开始后就没有吃什么东西，现在放松下来，觉得肚子空空。

换鞋的时候，她有气无力地说："我饿了。"

迟忧宴顿了一下，问："你想吃什么？"

路梨想了想，道："我也不知道。清淡一点儿就行，我不想长胖。"

迟忧宴笑了声："好。"

咕嘟咕嘟，煮面条的声音从厨房传来。锅里冒出浓稠的白气，随即被抽油烟机吸走，消失不见。

路梨乖巧地坐在餐桌边看着迟忧宴在厨房忙活，眉眼都染上了笑意。

迟忧宴洗着蔬菜，转头看了一眼坐在餐桌边等待的人，问："要不要番茄？"

路梨歪了歪头："当然要。"

路梨喝了口柠檬水，耐心地等待着。

这时，桌上的手机响了起来。谁这么晚了还给她打电话？

路梨拿起手机瞟了一眼，看到来电显示是"妈妈"。

　　母亲怎么会这个时候给她打电话？她突然想起今晚自己在节目中跟粉丝们一起举着双手跟唱的样子。

　　她怎么把这事忘了？路梨吓得一个手抖，差点儿没有握住手机。她抓着一直响的手机，起身跑到迟忧宴面前。

　　迟忧宴正准备问她怎么不接，路梨已经把手机递到他面前了。

　　"你接。"

　　迟忧宴看到来电显示，又看了一眼因为这通电话而焦虑不安的路梨。

　　她这一点倒是跟之前一样，即便已经结婚了，仍旧被家里管束着。面对父母，她不像已经结婚三年的人，反倒像背着家长逃课却又害怕被逮住的孩子。

　　迟忧宴突然有点儿好奇路梨到底是怎么长大的。

　　手机还在响，路梨急得跺脚："你快点儿接啊！"

　　迟忧宴关小火，擦了擦手上的水，拿过手机接起来："妈。"

　　迟忧宴搞定丈母娘还是很有一套的，路梨暂时松了口气。

　　她也不听他们说什么，跑到厨房门口站着，看着迟忧宴认真讲电话的样子。

　　迟忧宴讲着电话，不时看她一眼。

　　路梨的心脏都提了起来。

　　五分钟后，迟忧宴挂了电话。

　　路梨这才走过去，问道："我妈怎么说的，她会坐飞机过来揪着我的耳朵骂我吗？"

　　迟忧宴把手机还给她："会。"

　　路梨震惊了。这是他该说的话吗？她让他接电话，他却说她妈妈会坐飞机过来揪着她的耳朵骂她一顿。

　　她没有接过自己的手机，而是紧紧捂住两只白白软软的耳朵，不敢置信地说："你没帮我说话吗？你跟丈母娘的关系不是很好吗？你就忍心看我被揪耳朵？"

　　迟忧宴笑了，搂过她，把她捂在耳朵上的手拿下来："逗你的，没事。"

他打开手机，翻出两张照片："你妈妈看到了这个。"

路梨凑过去一看，是她跟迟忱宴在电视台外面接吻的照片，看这个画质，应该是被人顺手拍了下来又发到了网上。

路梨心想：大意了。

"以后在外面不要搂搂抱抱、亲来亲去的。"她红了耳朵，不自在地把手机拿回来，"被人看到不好。"

迟忱宴低笑一声，问："那在家里呢？"

路梨的脸更红了，她推了他一把："去煮面啊。"

迟忱宴继续煮面。

路梨则坐回餐桌边。

乔佳一给她发了微信消息："我还以为你今晚会跟你老公斗法呢，结果就看到了这些照片。'吃梨夫妇'接吻照？这几天我辛辛苦苦地陪你骂你老公，最后等来的就是这个？"

乔佳一："你怎么不回我？难道是不方便？"

路梨急忙回复："没有！"

乔佳一："现在没有，待会儿也没有？"

她又把那几张图发给路梨。

路梨气哼哼地回复："不告诉你。"

迟忱宴把煮好的面端出来，见路梨不知在和谁聊天，聊得那么起劲儿。

直到迟忱宴把面放到她面前，路梨才放下手机。

见路梨的表情不太自然，迟忱宴问："怎么了？"

路梨："没什么！"

她拿起筷子，吃了一口。

面上还铺着肉末和葱花酱料，迟忱宴见路梨夹起来就吃，忍不住说："你拌一拌。"

"嗯？"路梨反应过来，"哦，好。"

直到这碗迟忱宴精心做的面条被吃完了，路梨也没注意是什么味道。

迟忱宴把碗筷放入洗碗机。

路梨先上楼，在两间卧室之间选择了一下，最后回到自己的

"女寝"。

她回忆了一下，发现自从自己恢复认知后，两个人就很少搂着睡了。

路梨有点儿沮丧，到底是哪里出了问题？老公总不会某一天突然不行了吧？

她摇了摇头，把这个荒诞的想法抛到脑后。

她简单地冲了个澡，洗完澡后，迟忱宴还没上来，不知道在忙什么。

路梨随便找了件睡衣套上，回了自己的房间。她觉得这房子的设计师简直是鬼才，夫妻俩一人一间卧室，绝了。

她抓了抓头发，又叹了口气，便不再等他，倒头就睡。

楼下的书房里，迟忱宴正在开电话会议。澳大利亚的分公司出了点儿状况，分公司经理的电话在夜里打了过来。

半个小时后，会议终于结束，迟忱宴上楼，发现自己卧室的床是空着的，路梨应该在自己房间。

不过没关系，两间卧室之间的门并没有锁。

迟忱宴拉开门，本以为路梨还在等他，结果房间里一片漆黑，路梨已经睡下了。

他皱了皱眉，走到床边，小地灯随即亮了起来。

路梨睡着睡着，感觉床垫往下一沉。她揉了揉眼睛，睁开一条缝，看到迟忱宴坐在床边。

迟忱宴发现路梨十分淡定，甚至是无欲无求。这个时候，她难道不应该很害羞，或者主动一点儿？

路梨打了个哈欠，往旁边挪了挪，腾了个枕头出来："睡吧。"

迟忱宴看着那个枕头，俯身压了上去。

路梨跟迟忱宴结婚三年，迟忱宴很少进她的房间，她也不会主动邀请他进来。

就像每个人心里都有一个秘密之所一样，她一直默默地守护着自己的这一隅天地，仿若士兵守卫一座城池。

在这里，她是路梨，不是那个因家族联姻远嫁 S 市，孤身一人生活在另一座城市的豪门千金路梨，而是二十岁出头，没事喜欢追星，半夜也躲在被窝里看小说的路梨。

而今天，守护着城池的守卫也被击溃，敌人手握利刃，横行霸道地入侵，然后在这里唱着属于胜利者的歌。

第二天下起了雨，雨点打在落地玻璃窗上，窗外一片模糊。

路梨睡得很沉，整个人都陷在被子里，只露出一颗脑袋，长发铺满了枕头。

门轻轻被打开，发出细微的声响，床上的人还是被吵醒了。

路梨缓缓睁开眼，看到迟忧宴从浴室里出来，他拎着领带，正在扣衬衫的袖口。

她突然想起了什么，立马裹紧了小被子，浑身瑟瑟发抖。

昨晚的迟忧宴太可怕了！

看到路梨一见到他就缩进被子里，迟忧宴放下领带，俯下身，一只手托着她的头，一只手托着她的腰，连人带被子抱了起来。

路梨露出一颗小脑袋，没有说话，只是眼巴巴地看着他。

迟忧宴看到她这副模样，心情突然变得很愉悦：“我去上班了。”

路梨“嗯”了一声。

迟忧宴把领带递给她。

路梨从被子里伸出手接过领带，在指尖绕了个圈，也不知道在想什么。最后她还是把领带绕过他的脖子，给他仔细系好。

迟忧宴笑着说阿姨待会儿会把早餐送上来。

路梨轻轻地“嗯”了一声。

迟忧宴走后，路梨靠在床头上，看着雾蒙蒙的窗外发了一阵呆，然后让阿姨把电脑给她拿了过来。

她在认知错乱时投资的电影已经杀青了，名字也已经定下了，叫《最后一班的少年》。青春片不用特效，后期的剪辑制作一般都很快，很快就能宣发上映了。

路梨打了个哈欠，对着粗剪片段满意地点点头。

虽说她不在意票房，但是导演和主演肯定是在意的。路梨先是让电影出品方找好一点儿的宣发公司，然后截取了两张男主角的剧照，撑着头静静地欣赏了一会儿。

电脑桌上的手机突然亮了一下，路梨本来只是随意瞄了一眼，在看到内容后突然直起身。

半个小时后，洗脸池前出现了一个忙碌的身影。

路梨对着镜子画眼线，好不容易化完了全妆，又去衣帽间挑来挑去。

她试了好几套，一直拿不定主意，最后各拍了一张照片发给乔佳一问："哪一套比较好？"

乔佳一："去约会？老夫老妻了，约会还要打扮？"

路梨："回答我，哪一套好看？"

乔佳一选了衬衫裙那一套。

路梨："谢谢。"

乔佳一："你打扮得这么隆重要去干吗？人呢？不见了？"

路梨急匆匆地收拾好下了楼，坐上车后才回复乔佳一："我哥哥。"

乔佳一没有回复，不知道是没看到，还是不知道回什么。

宾利驶出地下车库，路梨握着手机，看着窗外飘着的小雨，心中忐忑不安。

她有两个同父异母的哥哥，大哥大她十六岁，二哥大她六岁。

以前在 G 市的时候，坊间经常说路恒荦小女儿路梨的生日会，两个异母哥哥都不出席，兄弟俩看不起她，也不承认这个后妈生的妹妹。

路梨想到这里，抿了抿唇，哥哥不出席她的生日会是实情，那些因为想见她哥哥才来参加她生日会的富家小姐都很失望。其实，她也不知道哥哥们不出席的原因是不是真的是街头八卦说的那样。

她从小就知道自己跟两个哥哥不一样，长大一点儿就更加明白父亲对两个哥哥的疼爱和对她的疼爱也是不一样的，对儿子是器重，对女儿只是宠爱。

哥哥们很少陪她玩，总是板着脸，显得很凶，小时候她一见到哥哥就往母亲身后躲。在 G 市的时候他们就很少碰面，她嫁到 S 市后就更没有联系了。

这次突然来找她的是二哥路谦，他本来只是在 S 市转机，结果碰到下雨，航班延误了，他知道她在家里，所以就约她见一面。

S市的一家旋转餐厅里，侍者放下前菜，恭敬地说："二位请慢用。"

路梨乖巧地坐在座位上，对侍者点了点头，她双手撑在椅子上，整个人紧绷着。

路谦上下打量她一番，说："我下午就会走，今天下雨航班延误，所以就临时约你出来见一面。"

路梨点点头，也不知道说什么，只"哦"了一声。

路谦接着说："本来应该叫上妹夫，只是今天是工作日，他应该会很忙，我也是临时起意，便没有叫他。"

路梨："好。"

路谦抿了一口红酒："我们有两年没见了，不过这一阵子，我经常看见有关你的新闻。"

路梨红了脸，想起有关她跟迟忱宴的那些乱七八糟的新闻，干笑了两声。

她突然觉得哥哥对她比以前客气了不少，又觉得可能是因为已经把她当作外人了，所以很客气。

路谦放下酒杯，看着正脸红的路梨，突然问了一句："你还知道你姓什么吗？"

"嗯？"路梨不知道他为什么突然问起这个，她笑了笑，答道，"我姓路。"

路谦抬了抬眼："是吗？我还以为你已经不记得了。"

路梨脸上的笑容僵住了。

路谦说："你跟爸爸，跟我和大哥一样，姓路。虽说你已经结婚了，按理说我们也管不了你，但是既然你姓路，那些上综艺节目什么的，你觉得合适吗？我们家并不喜欢娱乐圈的人。"

路梨一边听着，一边咬住唇。她的母亲就是娱乐圈出来的，母亲在大导演的镜头下很美。

她低着头说："对不起。"

她知道他说的大概是《偶像》这档节目，母亲虽然没管，但她家并不是只有母亲，如果按话语权大小排序，那她的母亲可能是排在最后的那一个。

路谦递给她一张卡："这个是给你的。"

路梨看着那张卡，条件反射地摇摇头："不用，我……"

路谦平静地看着她。

剩下的话她没有说出来，双手接过那张卡，说了声："谢谢。"

路谦见她收了卡，淡淡地说："这两年爸爸的身体不太好，对你也管不了太多，但这并不代表没有人管你，我不希望让外人说一些难听的话。"

路梨轻轻"嗯"了一声。

路谦给她夹菜："吃吧。"

路梨低着头，拿起叉子。

直到一顿饭吃完，两人都没有再说话。

饭后，路谦便跟路梨道了别，并拒绝了她去送机，直接去了机场。

宾利车里，千永坐在副驾驶座上，他看了眼时间，正准备问路梨下午还要不要去哪里逛一逛，一回头就看到她垂着脑袋，肩膀微微耸动。

千永愣住了。

路梨手里还握着路谦给的那张卡，眼泪啪嗒啪嗒地落下来，砸在卡上。

车子没有启动，细密的雨点打在玻璃窗上，千永和司机屏着呼吸，也不敢问路梨现在要去哪里。

路梨抽抽搭搭了半晌才收了眼泪，说了句："回家吧。"

"好的。"司机应道。

千永从后视镜里观察着路梨的反应，然后拿出手机给迟忧宴发信息。

雨天既能助人好眠，也能使人情绪低落。

回家后，路梨坐在沙发上，看着自己在《偶像》里的样子，又想起了路谦说过的话。

她觉得自己像某种小动物，从出生起便被精心养着，长大后就被用来换取利益，卖给另一个人。养得再漂亮乖顺，无非是为了在将来卖个好价钱。

身后响起脚步声，路梨一扭头，看到迟忱宴出现在她面前。她不由得低头看了一眼时间，还没有到他下班的时间点。

路梨又抬头看着迟忱宴，她的"买主"。

迟忱宴看到路梨脸上有哭过的痕迹，蹙了蹙眉。

路梨瓮声瓮气地问："你不上班吗？"

迟忱宴："今天提前下班了。"

路梨看着他，越看，鼻子越酸。

像是满腔的委屈突然找到了宣泄口，她再也绷不住，朝他伸出手，眼角的泪欲坠未坠："呜呜，抱抱。"

迟忱宴的心软得一塌糊涂，他伸出手把路梨抱起来，安抚地拍着她的背。

路梨趴在迟忱宴的肩膀上抽噎了好一会儿。

迟忱宴知道路梨去见了她哥哥。

他知道路梨家比较复杂，但他跟她两个哥哥来往不多，更无从得知路梨出嫁前在家里的处境。有些坊间传得有鼻子有眼，但可信度并不高。

路梨哭够了，伏在迟忱宴肩上，小声问："你也觉得我不好吗？你之前肯定也觉得自己会娶一个名媛太太，对不对？"

"可是我根本不算标准的名媛，我喜欢撒娇，一点儿也不端庄，上学的时候我还偷偷逃课去看偶像的演唱会，晚上还躲在被窝里看言情小说。"她越说声音越小。

迟忱宴本来很动容，听到最后一句，他忍不住说："看过还那么没出息。"

这些都是路梨掏心窝子的话，没想到他的关注点跑偏了。她觉得自己找错了倾诉对象，挣扎着要下地："我不跟你说了，你放我下去。"

迟忱宴立马把她抱得更紧了一点儿："对不起。"

路梨别过头："哼！"

迟忱宴抱着路梨在沙发上坐下，摸了摸她的脑袋。

他从她刚才的话里隐约猜到了她跟路谦见面后为什么会这么难过，

他说："你还有我。"

路梨根本不买账："有你有什么用。"

迟忱宴："做迟忱宴的太太没有那么多要求，她做什么都可以，可以去看演唱会，也可以随便撒娇要抱抱。迟忱宴的太太无论是什么样子，迟忱宴都喜欢。"

路梨听着这些话，虽然还是背对着他，不过绷着的脊背放松了。

迟忱宴顺着她后背的长发："你是大人了，参加一个节目并没有什么错，大家都觉得你很可爱，这并没有什么不好，不会因为你出生在哪个家庭、姓什么便是错的。"

路梨虽然很赞同迟忱宴的观点，但她还是说："你现在跟我说这些又没有什么用。"

迟忱宴笑了出来："要我跟你哥哥说？"

路梨没有应声，算是默认了。

她就像被高年级的学生欺负了的小学生，被欺负的时候不敢说什么，转头就去找个又高又强的好朋友给她出头。

迟忱宴用手臂从后面圈住路梨的腰，凑到她耳边问："你自己跟他说怎么样？"

路梨愣了一下，不可置信地看向迟忱宴。她说？她哪里敢，她从小就怕两个哥哥，长大了更是不敢顶嘴。

她把头摇得像拨浪鼓，愤愤地看着迟忱宴。

迟忱宴又想笑又无奈。她在他面前就无所顾忌、肆无忌惮，碰到哥哥就怕了。

迟忱宴道："没关系，我给你撑腰。有我给你撑腰，你还怕他们？"

路梨听了这些话，还是狐疑地看着迟忱宴。

迟忱宴点了点头，给她一个鼓励的眼神。

路梨咬住唇，娘家是她在迟家的底气，反过来，迟忱宴也可以是她面对娘家人时的底气。

迟忱宴拿过路梨的手机，打开后翻出路谦的电话。

"可以拨了吗？"

路梨紧张地抓住迟忱宴的手臂，正想说"你等一下，我先组织一下语言"，迟忱宴就拨了出去。

没响两声，电话就接通了。

"二哥。"路梨先叫了声。

路谦"嗯"了一声："还有什么事吗？"

路梨一直紧紧抓着迟忱宴："那个，你上飞机了吗？"

路谦："马上登机了。"

"哦。"路梨本来紧张得不行，迟忱宴把她往自己怀里带了带，她的脊背贴上男人胸膛的那一瞬间，好像突然有了勇气。

路梨深吸一口气，说："也没什么大事，我就是想说参加节目录制是我自己的决定，我知道你可能不高兴，这可能是有一点儿不好，但也没有你说的那么糟。我也可以有我自己的想法和爱好。你不可以那样说你自己的妹妹，我会难过的。"

"我老公也会不高兴。"她还不忘补充一句。

电话那端的人似乎愣住了。

路梨说完这些话，心中是按捺不住的兴奋和激动。

她没有等路谦回话，又说："哥哥再见。"

路梨挂断电话后，小心脏扑通扑通地跳着，她好开心，痛快得像是跟人吵架时撂下了致命一击的狠话。

路梨回过头，对上迟忱宴"有没有开心一点儿""满意了吗""现在知道有我这个老公还不错吧"的眼神。

她一把抱住他的脖子，激动之情溢于言表。原来这就是有人撑腰的感觉！

路梨第一次在哥哥面前这么勇敢，她飘飘然了好一会儿才问迟忱宴："你今天真的是提前下班吗？"

迟忱宴想了想，答道："翘班应该也算提前下班。"

他因为她哭了翘班回家陪她，她心底生出一丝雀跃，不过面上还是保持着淡定，告诉自己要镇定，不要觉得这是理所当然的，这样会打扰到他。

路梨："你现在最重要的任务就是努力工作，赚钱养家。"

"下次还是不要这样了。万一你翘班被发现了呢？万一董事会的人拿这种事做文章呢？万一临时有个很重要的会议呢……"路梨噼里啪啦说了一大堆，越说她越觉得严重，然后她戳了戳迟忱宴，"要不，你现在回去接着上班？”

迟忧宴懒得再说，直接堵住了她的嘴。

这场雨在日暮的时候才停下，云销雨霁，空气湿润，天边是橙红色的夕阳。

路梨坐在沙发上，把电视遥控器按得啪啪作响。

迟忧宴则在厨房做小肉丸。

路梨想挑个综艺节目看看，看到最近有一档综艺叫《我是设计师》，刚播出了两期，评分和口碑还不错，播放量也很高。

路梨认识的名媛中，有不少人都顶着服装设计师、珠宝设计师、品牌创始人的头衔，听起来挺厉害，但基本上都是拿家里的钱玩票，成品华而不实，生意惨淡。

迟忧宴给她洗了樱桃，路梨抱着一碗樱桃，看起了《我是设计师》。

这是一档竞赛类节目，十几个设计师进行比拼，每期都有一个主题，根据主题制作服装，每期会有一人被淘汰，最后获胜的人能够与知名服装品牌签约并在时装周办秀。

路梨一边吃樱桃一边看，不时按几下快进，看了十几分钟，在主持人介绍节目评委时愣住了，嘴里的樱桃核也忘了吐出来。

主持人先是念了一大串荣誉和奖项，然后放下手卡，说：“让我们欢迎国际知名设计师、YING 品牌创始人白千迎小姐。”

白千迎坐在评委席，是节目的四位评委之一，主持人介绍到她时，她微笑着冲镜头点点头。

节目组后期还给她做了一个特花哨的特效。

白千迎跑去参加综艺了？路梨哼了一声，望了一眼厨房的方向。

她直接按了快进，结果停下来时又正逢白千迎在给选手讲解服装的面料搭配，几个选手认真听着，后期还在白千迎身边配上了“耐心”“细致”的花体字。

一个竞赛类综艺的主角不应该是选手吗？评委的镜头怎么那么多？路梨看不下去了，直接点了退出。

这节目还只出了两期，第一期的封面是几个选手的剪影，第二期的封面则是白千迎，节目组捧她的意图十分明显。

路梨觉得有些倒胃口，甚至觉得刚才把她抱在怀里柔声哄的迟忱宴都没有那么迷人了。她随意换了个台，又倒在沙发上玩手机。

她翻了翻微博，她大号的粉丝已经涨到了一百多万，"路梨全球后援会"每天孜孜不倦地剪辑她在《偶像》里出境的片段，每一个镜头都不放过。

她又切到小号"梨子味小仙女"，发现最近已经没多少人让她回去管理"吃梨夫妇"超话了。

超话现在的主持人是一个名叫"我爱吃梨"的神秘人士，对方很少现身，但是一现身就抽奖，把粉丝们哄得服服帖帖、死心塌地。

路梨看到自己一手创建的超话换了主持人，她在最困难的时候创建这个超话，"我爱吃梨"在超话人气最旺的时候接手，她突然有一种物是人非、人去楼空的怅然。她叹了口气，又翻了翻微博，看到最近的言情小说产出似乎十分丰富。

路梨忍不住去想迟忱宴看到这些小说后会是什么表情，只是想想，路梨就忍不住笑了。

迟忱宴做好了小肉丸从厨房里端出来，看到电视上在播放时政新闻，路梨歪在沙发上，怀里抱着抱枕，也不知道在看什么，笑得神神秘秘的。

"笑什么？"他突然出声。

"啊！"路梨被吓了一跳，一回头，看到了霸道总裁本尊，自己还差点儿亲到他的脸。

"没、没什么。"她直起身，放下怀里的抱枕。

迟忱宴挑了挑眉，觉得可能跟他有关："真的没什么？"

路梨心虚地答道："当然。"

幸好迟忱宴落伍到连超话是什么都不知道，更不可能看到这些言情小说。

两人面对面吃着饭，虽然家里的用人有厨师证，但路梨还是觉得迟忱宴的手艺更好。

迟忱宴给路梨夹了一个小肉丸。

路梨看着那个小肉丸，突然问："迟……老公，你猜如果哪天你破产了，变得身无分文，我还会不会要你？"

迟忱宴给路梨夹菜的动作一顿，他笑了笑，说："不会。"

路梨瞪他一眼："我在你心里就这么……"

迟忱宴看着她的眼睛说："因为我不想你跟着身无分文的我受苦。"

路梨的表情缓和下来，心里感动得一塌糊涂，她似乎已经想象出了雪夜里她跟着迟忱宴风餐露宿的场景。

"我就要跟着你！跟老公在一起怎么能叫受苦呢，跟老公在一起吃糠咽菜也是甜的！"

"你会做小肉丸，我们饿不死的。我们可以开餐馆，你做饭，我洗碗，名字我都想好了，就叫夫妻饭店。"

迟忱宴听到这个朴实无华的名字，忍不住看向路梨。

他的小娇妻好像又回来了。不过之前是因为认知混乱，这一次是真正的她。

"好。"他应下，"就叫夫妻饭店。"

他突然觉得路梨取的这个名字很不错，平淡即是真。

事实证明霸道总裁不会像偶像剧里那么闲，每天什么事都不做，只跟女主角谈恋爱。迟忱宴下午翘了班，晚上就在书房加班。

路梨洗完澡从浴室出来，脸上贴着面膜，按开卧室里的电视。

她调了几个台，突然停下了，是她下午看的那档节目《我是设计师》，今晚正在电视台播第三期。

路梨看到电视里的白千迎，也不知道她说到了什么，红着眼眶微笑着，一副很动容的模样，还用手指轻轻拭去脸颊上的泪水，旁边是后期配的字幕："感动""仙女落泪"。

路梨扯了扯嘴角，直接换台。

她敷完面膜，完成一整套的护肤流程后，跑到书房门口，趴在门框上，探进去一颗小脑袋。

迟忱宴抬起头看向她。

路梨抓着门框，说："快一点儿哟，我等你。"

迟忱宴道："好。"

路梨喜滋滋地跑回卧室，躺在床上发了条微博，给她的一百万粉丝推荐她今晚敷的面膜。

　　她发完微博，又翻了翻热搜，看到现在的热搜第一是"初恋"。

　　看着这两个字，路梨忍不住抿了抿唇，脸微微红了。

　　路梨捏着被角，甜蜜得心里冒出了粉红泡泡，然后她点开了那个热搜。

　　然而，热搜的内容跟她以为的不太一样。

　　原来是在《我是设计师》第三期中，选手们要以"初恋"为主题设计服装。在最后的点评环节，大家难免谈到这个话题，其中以评委白千迎的话最令人动容，她没有详细说出初恋的故事，只说过去很久了，然后就一直微笑着，默默落了泪。

　　主持人问她："你们现在还有联系吗？"

　　她用手指擦着泪水，答道："他现在很好。"

　　营销号截取了白千迎落泪的画面来发微博，评论都在说什么仙女落泪、她的初恋放弃了这么美好的女孩子太可惜了……

　　路梨看到这里，噌地从床上坐起来，气得胸口隐隐作痛。

　　这个女人到底有完没完！

第八章
路一元与迟有钱

♥

在这个世界上，有的人看似没有做什么出格的事情，却像一只苍蝇一样在你耳边嗡嗡地叫，赶也赶不走，拍也拍不死。

路梨不知道是因为自己长得太善良了，还是看起来太好欺负了，白千迎才会蹬鼻子上脸。

她抚了抚胸口，告诉自己，为了白千迎这种女人生气不值得。

迟忧宴忙完了工作，回到卧室。

路梨盘腿坐在床上，见到他进来，便眼巴巴地看着他。

一般她露出这个表情就表示心里有事。

"怎么了？"迟忱宴问，也坐到床上。

路梨把手机递给他："喏，你看。"

迟忱宴看着手机，路梨将下巴搭在他肩膀上。

迟忱宴皱着眉头看完，扭过头，对上路梨平静的小脸。

路梨知道他在担心什么，开口道："我没有生你的生气哟，我不是不讲道理的人。我只是觉得她很烦，我知道你肯定也觉得她很烦。"

"我们俩现在才是一条战线上的，不是吗？"她抬了抬下巴。

迟忱宴轻轻舒了一口气，托住路梨的后脑勺，揉了揉她柔软的头发："对。"

白千迎虽然顶着国际设计师的头衔，但只是在时尚圈里小有名气，《我是设计师》这个节目把她带入国内观众的视线，随着第三期节目上了热搜，不少人才开始关注这个长得挺漂亮的设计师。

大众关注她后就好像挖到了宝，这位又美又有才华的设计师竟然是孤儿，在孤儿院长大。她从小就热爱服装设计，咬着牙凭着一股韧劲儿努力学习。为了追梦，她靠着打工赚的钱只身赴美留学，最后以优异的成绩毕业，并成为时尚圈的新星。

故事励志，人长得漂亮，既优秀又独立，还有神秘的初恋，白千迎变成了各大营销号的"新宠"，她微博的涨粉速度十分惊人，热度甚至快要赶上一些明星。

不少粉丝都在她微博下面问："你的初恋是谁？既然你们还有联系，那有没有复合的可能？"

有杂志顺势邀请白千迎拍一期封面。

摄影棚里，鼓风机把白千迎的头发吹得微微扬起，她站在白幕前，跟着音乐节奏摆着姿势，专业度并不逊色于模特。YING刚创立时，她自己当模特来展示成衣，所以对于拍照她得心应手。

拍完最后一组照片，助理递上一杯水，白千迎用吸管小口喝着，站在监视器后面看了看片子，然后冲摄影师点点头，表示自己很满意。

"收工。"随着摄影师的话音落下，摄影棚里的工作人员结束了一天的工作。

白千迎去更衣室换了衣服，出来的时候，助理凑到她耳边小声说了几句。

"去吗，千迎？"助理说完，问。

白千迎似乎思索了一下，然后笑了笑，反问道："为什么不去？"

大半个小时后，白千迎进了一家咖啡厅，被服务生领到一个包间，后者先给她上了一杯咖啡。

只是她到了，邀请她的人还没到。

白千迎用小勺搅着面前的咖啡，看着面前的空位，隐隐有些紧张。

大约十分钟后，有人被服务生领进包间，走到她面前："不好意思，白小姐，让您久等了。"

白千迎抬起头，在看到来人后下意识地往他身后看了一眼，似乎在找什么人。

周秘书放下手中的公文包，坐下后说："白小姐您好，我是迟总的秘书，姓周，好久不见。"

上次白千迎和迟忱宴见面，还是迟忱宴跟老同学谈生意那次，当时周秘书也在场，两人见过。

白千迎对着周秘书蹙了蹙眉："忱宴呢？"

周秘书脸上还是那副公式化的表情："迟总下班回家陪太太了，所以由我来跟您谈。"

似乎是为了提醒她用这个亲密的称呼不妥，他特意加重了"迟总"两个字的音。

白千迎没想到迟忱宴找她，却只派了秘书来见她，那句"回家陪太太"尤为刺耳。

"有什么好谈的？"她很快恢复了平静，淡淡地问，"我很忙，没什么事我就先走了。"

周秘书比她还淡定，淡定到宛如一个工具人："我这次来是想告诉白小姐，请停止消费迟总跟您十年前的事情，也请不要再主动出现在夫人面前。白小姐是明理的人，既然想在国内发展，就请尊重迟总和夫人。"

白千迎一边喝咖啡一边听他说，听到最后一句，握着瓷杯把手的指节猛地收紧，骨节泛起青白。

不过她收紧的指节很快就松开了，她放下咖啡杯，看向周秘书。

"是忱宴让你这么跟我说的吗？"她笑了笑，继续问道，"他怎么不亲自来跟我说？"

"白小姐。"周秘书一直板着的脸上终于有了表情，镜片后的眼睛露出一丝不耐烦。

白千迎抬起头，说："我并没有消费任何人，请你回去转告忱宴，那段感情不止属于他，也属于我，我没有对外公布我的初恋男友是谁，请他放心，我只是怀念属于我的过去，除非他可以把这段记忆从我脑海中消除。

"我也并没有主动出现在谁的面前，我现在在 S 市，碰到谁都很正常。

"另外，我选择回国发展，听周秘书的意思，只要我稍有不慎，就会被封杀吗？我并不觉得这种做法符合他的身份。"

她说完，拿起手包直接起身离开了。

周秘书仍旧坐着，紧绷着的身体终于放松下来，心情十分复杂。

迟忱宴在电话里听了周秘书的汇报，微微皱起眉。

挂断电话后，他放下手机，去找路梨。

路梨投资的电影即将进入宣传期，她没有当甩手掌柜，监督着每个环节，所以最近很忙。

迟忱宴进入书房，看到路梨盯着电脑，手边放着一杯水，她戴着耳麦，神情严肃，似乎在开线上会议。

听到动静，路梨转过头来，看到他，她摆了摆手，示意他不要打扰她。

迟忱宴安静地退出去。

大约半个小时后，路梨从书房里出来。

周秘书又打了个电话给她汇报情况。

听到"我只是怀念属于我的过去""碰到谁都很正常""符合他的身份"后，路梨愣住了，如果不是当事人，她甚至想给白千迎竖个大拇指。

迟忱宴吸了口气，脸色有点儿难看。

他之所以让周秘书去，是因为不想一开始就做得太过分，算是敲打白千迎，让她知道收敛，如今听到她所谓的答复，一股厌恶直接从心底涌了出来。

路梨看了看迟忧宴，想说用不着跟白千迎计较。

她往迟忧宴身上蹭了蹭，说："看吧，还是我比较好，你有没有后悔没有早一点儿遇到我？啊，不过即使你在那个年纪遇到我也没什么用，我还是个初中生。"

迟忧宴望着自言自语的路梨，伸出手臂轻轻搂住她。

"是，"他说，"我后悔了。"

路梨趴在他胸口，倦懒地说："反正已经警告过她了，她要是再这样，咱们也不用跟她客气。"

迟忧宴"嗯"了一声。

路梨又觉得凭什么白千迎总烦她，她也要烦一下白千迎，至于以什么样的方式，当然是秀恩爱。

怎么秀呢？

让迟忧宴注册一个微博账号，发一条"我爱你"的微博，然后她转发回复"我也是"。

路梨只是想想就起了一身鸡皮疙瘩。

专门注册一个微博账号只为了秀恩爱，这也显得太刻意了。迟忧宴可是个连超话是什么都不知道的古板男人。

发一张合照？无事发合照，还是显得很刻意。

晒一下迟忧宴给她做的晚餐？

路梨想起之前自己在朋友圈发照片，结果乔佳一误会是其他男人，又把这个方案否决了。她突然发现原来不动声色地秀恩爱竟然这么难。

她坐在沙发上冥思苦想，双腿搭在迟忧宴的腿上，他的手掌从她光洁的小腿上滑过，然后抓住她的脚有一搭没一搭地玩着。

路梨突然想到了什么，收回腿，噌地站起身："你等我一下！"

迟忧宴掌心一空，不知道路梨那么着急是要做什么。

不一会儿，路梨又跑回来了，手里还拿着个东西。

迟忧宴问："你拿的什么？"

路梨把手里的东西递给他，然后重新坐到他身旁，把腿搭在他大腿上。

迟忧宴看着手里小小一瓶的东西："指甲油？"

路梨点头："嗯。"

"你给我涂，好不好？"她指了指自己的脚，"脚指甲。"

她并不怎么爱涂指甲，她的指甲总是淡淡的肉粉色，很可爱。今天不知道为什么，她突然起了涂指甲油的心思。

路梨道："我明天要穿露脚趾的鞋，你给我涂一下，好看些。"

迟忧宴忍不住笑了："好。"

他明显没有做过这种事，握着她的小腿，低着头，拿小刷子小心翼翼地给她的脚指甲刷上指甲油，模样很认真。

路梨把手机拿出来："我可以拍张照吗？"

迟忧宴："可以。"

她把男人低着头认真给她涂甲油的样子拍下来。

迟忧宴小心翼翼地给她涂完了一只脚，正想示意她换另一只脚，路梨直接把腿从他身上拿下来，道："好了，可以了，不用了。"

意思意思就行了，涂指甲油不是主要目的。

路梨认真地看着手机。

迟忧宴的手落了空，不知道路梨在忙什么，只好把指甲油盖子旋回去，然后凑过去看她的手机。

路梨给照片加了个滤镜，又把家具模糊处理了一下，然后给迟忧宴看："发个微博怎么样？"

总裁晚上在家里给小娇妻涂脚指甲，小娇妻拍照发微博，多么恩爱多么甜！

迟忧宴点点头，知道路梨的意思："可以。"

路梨立即点了发送。

迟忧宴把路梨的另一只脚抓起来："这只脚不拍照也涂好。"

路梨抿着唇笑了："好。"

白千迎住在 S 市市中心的高级公寓里。今天下午她见了周秘书，回来后，脑子里一直回荡着周秘书跟她说过的话。

她给自己倒了杯红酒，告诉自己不要再想下去。

周秘书转述的话有出入，迟忧宴不会跟她说那样的话。

这么多年过去，她依旧记得他给她讲题时好听的嗓音，记得与他并肩走在一起时收到的艳羡目光，她不信他们就这样结束了。

一杯红酒喝完，她看到助理发来微信消息，说节目组把她推上热搜。她点开热搜榜，"白千迎拍杂志"排在第二。

"迟忱宴给路梨涂指甲油"则排在第一。

事情似乎总是格外巧，在看到那个压在她头顶的热搜时，白千迎咬住唇，还是点开了。

那是一张照片。

虽然背景模糊了，但仍能看出来是在家里。灯光柔和，一条纤细白皙的腿搭在男人膝上，男人低着头，拿着指甲油刷，神情专注而温柔，正在给面前的小脚涂上颜色鲜艳的指甲油。

虽然腿的主人没有出镜，但是很明显，这条腿来自路梨，至于照片中的男人，自然是她老公迟忱宴。

很快，总裁给小娇妻涂的指甲油色号就被各大美妆时尚博主扒了出来，随后掀起了一阵男朋友给女朋友或者丈夫给妻子涂指甲油的风潮，微博里全是模仿路梨拍照的照片。

白千迎死死地盯着那张照片，盯着照片里低着头的男人，然后又看到评论里网友大呼总裁和总裁夫人好甜。

一种不甘的羞辱感瞬间淹没了她。

路梨知道她发了照片可能会上热搜，但没想到直接冲到了第一，然后又看到排在第二的"白千迎拍杂志"，顿时十分兴奋，甚至想仰天大笑。

她还怕白千迎看不到那张照片呢，现在白千迎上了热搜，肯定会去看热搜榜，然后就会看到迟忱宴给她涂指甲油的照片。

路梨忍不住去想白千迎看到后的表情，越想越开心，越想越激动。

白千迎说自己什么也没做，只是怀念属于自己的过去，那她也什么都没做啊，只是跟自己的老公秀了一下恩爱而已。

爽！太爽了！

迟忱宴擦着头发从浴室里走出来，看到路梨抱着手机兴奋地在床上打滚儿。

"什么事那么高兴？"他问。

路梨见老公出来了，这才停止打滚儿，淡淡地说："没什么。这种属于女人的快乐你是不会明白的。"

迟忧宴"扑哧"一笑，看着路梨在床上小小一团的样子，越看越觉得可爱。

《偶像》第四期直播时，路梨坐在嘉宾席上，虽然收敛了不少，但也会跟着选手的表演拍拍手点点头，一脸"哇，你们唱得真好，跳得真好，我很喜欢"的表情。

当看到《偶像》的网播量和收视率都力压白千迎参与的《我是设计师》时，路梨的心情更好了。

而白千迎虽然对周秘书撂下了一番话，但似乎还是受到震慑，安分了下来，除了在网上营销自己的人设，倒是没有搞出其他事。

路梨没工夫去管她，她投资的电影《最后一班的少年》已经定档并进入宣传期，她忙得脚不沾地。

由于电影从主演到导演都没有名气，宣传起来并不是一件容易的事情，好在宣发公司比较靠谱，根据经验判断这部电影应该走口碑路线，最后采取的是先点映后上映的模式，先小规模点映，等口碑发酵起来之后再全国上映。

宣发公司还提出可以将路梨投资出品并监制作为宣传点，毕竟她是全组上上下下最有名的人，不过被路梨否决了。

《偶像》之后也有不少综艺邀请她，她都没有答应。

迟忧宴不是高调的人，除了上次秀恩爱呛白千迎，他都很低调，所以她也应该低调一点儿。最后，她只在电影片尾那一大串向来没人看的工作人员名单中加上了自己的名字。

白千迎最近倒是一连接了好几档新综艺，大有要进军娱乐圈的意思。想想也是，与其费心地营销她的品牌 YING，还不如营销她本人，她本人的热度起来了，她的品牌自然也就有名气了，最近 YING 的销量似乎很不错，好几个女明星出席活动时都穿着 YING。

乔佳一早已不喜欢白千迎了，每次路过 YING 门店橱窗时，都对里面卖的比国际一线奢侈品品牌还贵的单品嗤之以鼻："这么丑还那么贵，傻子才会买。"

路梨"嗯"了一声，看都不想看这晦气的牌子，拉着乔佳一就走。

今天她约乔佳一出来是为了给迟老夫人买礼物，这周末她要跟迟忱宴回迟家看奶奶。

乔佳一又往橱窗里瞅了一眼，突然说："你看那个包包，我怎么感觉你好像也有一个。"

路梨看她的表情像看怪物："我怎么会去买她设计的东西？我多看一眼都想回去跨火盆熏柚子叶去晦气。"

乔佳一点点头："也是哟。"

周末，路梨跟着迟忱宴回了迟家，一见到迟老夫人就扑过去叫"奶奶"。

小金毛丸子摇着尾巴在二人脚边打转。

迟忱宴笑了笑。

迟老夫人拉着路梨的手，又看了一眼迟忱宴。她知道路梨之前出车祸认知变得混乱的事，也知道路梨现在已经恢复过来。

经过这些日子，孙子孙媳的感情明显有了进展，她很高兴。

迟忱宴跟路梨一起坐着，迟老夫人戴上老花镜，看起了平板电脑上显示的盛景最近的情况。

看完后，迟老夫人说想卸任董事长之职，把公司完全交给迟忱宴。

祖孙俩聊着工作上的事情，路梨对这些不感兴趣，便趴着喂狗。

她拿着一盒狗狗小饼干，一块接一块喂给丸子，不时摸一把它的头。

祖孙俩聊完工作上的事，迟老夫人看了一眼专心喂狗的路梨。

"你俩结婚也三年了，下一步有什么打算没有？"

路梨听到这话似乎是对她说的，喂狗的手停下来，抬头看向迟老夫人。

迟老夫人看着她和迟忱宴，眼神中带着询问。

路梨又扭头看迟忱宴，是她理解的那个意思吗？

迟忱宴也看着她，用眼神告诉她：是的，就是你理解的那个意思。

迟老夫人之前从来没有催他跟路梨生孩子，因为知道两个人没什么感情，催也没用，现在看到两人有了感情，自然就开始催了。

迟忧宴笑了一下，握住路梨的手，对迟老夫人说："顺其自然就好。"

路梨听得红了脸。什么顺其自然啊，她还没有同意呢。

路梨突然发现生小孩要担心的事情实在是太多了。

迟老夫人又看向路梨："梨梨呢？"

路梨悄悄捏住迟忧宴的手掌："嗯，我也顺其自然。"

迟老夫人点点头："你们年轻，没问题的。"

午后，照例是迟家的午休时间。

路梨跟迟忧宴回了他的房间，关上门后，两个便开始讨论严肃的问题。

"我以后不来了。"路梨气呼呼地说。

迟忧宴笑道："怕被催生孩子？"

路梨回他一个明知故问的眼神。

"这有什么好怕的。"迟忧宴从后面揽住她的腰，"生一个不就好了？"

"讨厌。"路梨斜他一眼，又去掐他。

两人躺在床上午休，路梨又把迟忧宴的相册拿出来，专门看他婴儿时期的照片。

迟忧宴靠着床头，用手顺着她的长发，让她慢慢消化这个提议。

路梨若有所思地看着照片，然后她合上相册，躺到迟忧宴的臂弯里。

迟忧宴的嗓音低低的，带着倦懒，很好听，他说："没关系。"

"生小孩的是你，怀孕受累的是你，所以我都听你的。你想生就生，不想生我们再等一等，我去跟奶奶说，让她不要催。"

路梨听得鼻子一酸，把脸埋到他胸口，闷闷地说："我又没说不生。"

迟忧宴笑了笑。

这一觉睡得很安逸，路梨揉着眼睛起来，把梳子递过去，让迟忧宴给她梳头。

迟忱宴用梳子梳她的长发，很细心很轻柔，以免扯到她的头皮。

路梨打了个哈欠，低头看了看手机，有一条微信消息，乔佳一发给她的。

路梨点开看了看。

乔佳一的言辞很激烈："这人也太不要脸了吧！"

路梨微微皱眉。

原来是白千迎之前拍封面的那期杂志出来了，杂志上还有关于她的访谈。

白千迎这次上的是一本在国内知名度还不错的二线刊物，内页的图文介绍里照例附上了采访内容。

前面几个关于生活和事业的问题她都回答得十分得体，面对外界的赞扬更是显得十分谦逊，她感谢了一路走来帮助过她的人，让她在最绝望的时候看到了希望，也感谢一路走来打压过她的人，让她有勇气逆风向上，野蛮生长。

最后是大家都很好奇的初恋问题，外界对她的这段感情都很关注，问她和对方是否还有复合的可能。

关于这个问题，白千迎的回答很长，占了一整页。

通篇都是她的回忆，回忆夏天的午后，风吹起教室里的窗帘，少年用好听的声音给她讲数学卷子的最后一道大题；回忆运动会上，少年参加了三千米长跑，她跟着其他女生一起站在跑道边，少年接过她递出去的水；回忆两个人并肩走在学校里的银杏大道上，他们聊着天，银杏叶在脚下沙沙地响……

文笔优美，细节翔实，看得人忍不住落泪。最后，她说了一句："这些都是属于我的回忆，他现在已经结婚了，希望不要打扰他平静的生活。"

如果说前面的内容看得人忍不住去回忆自己的学生时代，那么一句"他现在已经结婚了"把所有读者都拽回了现实。

是啊，世界上哪有那么多圆满的结局呢？学生时代对彼此心动，毕业后大都各奔前程，你娶了你家人都很满意的妻子，多年后的同学会上，与我相视一笑时，会不会想到我们曾经的模样。

白千迎上次在节目里回忆初恋落泪的图片在营销号的推波助澜下

传播很广，不少人都对这段感情十分好奇，所以这次她在杂志采访里首次谈起，访谈内容立马就被搬到了网上。

前面校园回忆部分有多甜蜜，后面那句"他现在已经结婚了"就有多残酷，尤其是对那些每天在白千迎的微博里问她和初恋复合了没有的粉丝来说。

就好像一篇本应是男女主角破镜重圆的文突然变成了悲剧，读者纷纷表示不能接受。

白千迎的粉丝，一部分很心疼她，另一部分则把怨气发泄到那个和他结婚的女人身上。

与此同时，白千迎发了一条微博："谢谢大家的关心，我真的不想打扰他，感恩。"

粉丝纷纷留言安慰她，又把她送上了热搜。

路梨看到热搜里白千迎的粉丝一口一个"黄脸婆"地叫她，气得揪住了迟忱宴的衬衫。

"我是黄脸婆？我比她年轻，比她漂亮，比她好身材，怎么就成了黄脸婆？"

迟忱宴深吸了一口气，把心中的怒意压下去，先安抚路梨。

路梨还是纠结着那个问题，把脸凑到迟忱宴眼前，问他："你看我是不是黄脸婆？"

"不是，当然不是。"迟忱宴吻着她的脸颊。

路梨哼了一声："我比白千迎年轻，我永远是少女。"

"对，"迟忱宴轻轻吻她的唇，"你永远是少女。"

"是我的错，对不起，是我的错。"迟忱宴不住地道歉。

路梨看了一脸歉疚的迟忱宴一眼，又忍不住用拳头捶他胸口："知道错了就好。"

虽然嘴上这么说，但她知道他也很无辜，他现在给她赔的罪，都是当年造的孽。

路梨翻着微博，看到白千迎的粉丝骂原配黄脸婆，还是被气得不行。她不知道自己怎么就被这种讨厌的女人缠上了，现在白千迎看到自己的粉丝一口一个黄脸婆地骂她，说"他"不爱自己的妻子，心底永远留有初恋的位置时，指不定爽成什么样。

想到白千迎心里爽了，路梨就很不爽。

白千迎故意遮遮掩掩不说出初恋是谁，就是算准了她不能把她怎么样，她若是站出来，就证明了白千迎的初恋是迟忱宴。

路梨登录的是自己的追星小号，首页的各种消息众多，她翻着翻着，就看到首页有博主发了一条新微博。

"爆料：今天上热搜的那位，她的初恋是最近在跟老婆秀恩爱的某位总裁。"

这条微博下面的几条高赞回复里，有人说自己和白千迎是高中校友，有人还晒出了当年的学生证，证明白千迎所说非虚。

"最近在跟老婆秀恩爱的某位总裁"这一点好猜也不好猜，有网友回复："我不信！迟忱宴此生只爱路梨！"

路梨轻轻踢了迟忱宴一下："喂——"

她把手机递到迟忱宴眼前："看，已经有你们学校的人在爆料了，你的情史要瞒不住了。"

迟忱宴看到爆料帖，太阳穴隐隐作痛。

路梨："今天就让你看看我的本事。"

她吸了一口气，切到自己的微博大号，直接转发并评论了白千迎那条"这些都是属于我的回忆，他现在已经结婚了，希望不要打扰他平静的生活"的微博。

"千迎设计师，我看了你的初恋故事，真的好感人好美好啊，看得我都哭了。"

"原来一段美好的恋爱连牵手都没有，讲个题喝个水就能让你记了这么多年，我从来没有见过你这么痴情的女孩子。"

"这怎么能叫打扰'他'的生活呢，你又没有说'他'是谁，不过是用毕业作品纪念了一下，上个节目哭了一下，接受采访时详细描述了一下这段绝美的爱情，我觉得他家里那个黄脸婆看到了生气，才是小肚鸡肠、不识大体、无理取闹，你说是不是？"

"之前几次你主动跟我打招呼的时候，我真是太怠慢了，现在好后悔啊，你可不可以将你的联系方式私信给我，我记一下。"

不少人在看到白千迎的初恋男友可能是迟忱宴的时候都很震惊，

然后纷纷跑去路梨的微博，想看看她是什么反应。

看到路梨发的第一条微博时，所有人都一头雾水。

路梨难道不知道白千迎的初恋男友是她老公吗？她怎么还转发并评论白千迎的微博？难不成是弄错了，白千迎的初恋男友根本不是迟忱宴？路梨发这条微博是为了间接澄清？

正当众人疑惑不解之际，路梨又接连发了三条微博，所有人看完后才恍然大悟。

原来路梨真是手段高明！

很快，营销号就把路梨的微博截图发出去，并总结了路梨话里的重点：

第一，白千迎在节目里提到的初恋男友的确是迟忱宴。

第二，迟忱宴跟白千迎谈恋爱的时候没有拉过手，更别说其他的，白千迎口中刻骨铭心的爱情只有课后讲个题、运动会上递个水以及一起走段路。

第三，白千迎一边说着不消费对方、不打扰对方的生活，一边却在各种场合提及对方，还上了好几次热搜，给自己贴上深情的标签不说，还放任粉丝辱骂路梨是黄脸婆。

第四，路梨和白千迎见过几次，白千迎在明知道路梨是迟忱宴妻子的情况下还跑到人家面前晃悠，企图跟她"交朋友"。

营销号将重点一一列出来，网友立马沸腾了。

白千迎一边说着不想消费对方，却一次又一次提及对方，这不是消费是什么？

她回忆里的爱情再美好，写给自己看就罢了，竟然还刊登出来，既然对方已经结婚了，那对方的老婆就有可能会看到这篇采访，这就是她口中的不打扰人家的生活？

路梨发了微博后本来还有些忐忑，生怕网友看不懂她的意思，在看到营销号总结的重点后，她放心了。

她看向迟忱宴，抬起下巴说："女人之间的战争还是需要女人来解决。"

路梨又想到了什么，抱住迟忱宴的腰："我妈和我哥哥如果因为这件事来骂我，你知道该怎么做吧？"

作为她的丈夫，知道自己妻子很有手段后，迟忧宴非但没有一丝不高兴，反而拥有了一种很奇妙的安全感。

迟忧宴低头看着趴在自己胸口的人，轻轻叹了口气，认命地说："还能怎么办，给你撑腰呗。"

路梨很喜欢"撑腰"这个词，眉梢眼角难掩喜悦。

她又说："以后这种事情交给我就行，明着来的让警察解决，暗着来的就让所有人看看她的嘴脸。"

迟忧宴搂着路梨，心底突然涌出浓浓的心疼："对不起，不会了。"

他不会再给她这样为他劳神的机会。

没过多久，白千迎就顶不住压力，关闭了微博评论，只留下YING官微和她好友的评论，说什么支持她。

对于她这种自欺欺人的做法，路梨嗤之以鼻。

刊登白千迎采访的那期杂志也撤掉了网上的文章，就连她之前已经宣布要参加的几个综艺也纷纷表示要换人。

路梨发了一篇长微博，主旨就一个：两个人彼此信任、彼此相爱最重要。

粉丝们纷纷表示赞同。

解决了白千迎，路梨又忙起了自己投资的电影定档和点映的事情。她后知后觉地发现，自己每天忙着电影的事情，似乎忽视了迟忧宴，他有意瞒着是一回事，她没有察觉到则是另一回事。

现在电影已经敲定档期了，为了弥补自己这段时间冷落他，路梨决定给迟忧宴送个礼物。她在网上搜了一下适合送老公的高端大气上档次的礼物，搜出来的礼物却毫无新意，陷入了给迟忧宴送什么回礼的烦恼之中。

算了，路梨决定不苦思冥想，她系上围裙进了厨房。

她转念一想，这样平平淡淡、温馨一点儿就挺好的，不一定非得送他一份独一无二的礼物，迟忧宴难道敢说他不喜欢？

烹饪跟芭蕾舞、钢琴一样，是名媛的必修课之一，路梨在这方面不算有天赋，除了三鲜面以外，只会做几道菜。

迟忧宴下班回来的时候，路梨已经快做好了，还有最后一道菜鲫鱼汤在锅里煨着。

路梨把迟忧宴拉到餐桌边坐下，然后摆好碗筷。

迟忧宴一脸疑惑。

路梨解释道："送你的礼物。"

迟忧宴忍不住想笑。在接收到路梨的"死亡凝视"后，他闭了嘴。

路梨哼了一声，去厨房把鲫鱼汤端出来。

迟忧宴很给面子地把她做的菜吃光了。

路梨看到空碗盘，心里松了一口气，总算解决了一桩心事。

第二天，两人收拾好后一起出门，迟忧宴是去上班，路梨则另有行程。

今天是电影《最后一班的少年》举办首映礼的日子。

首映礼定在一家大型的电影院，到场的有电影主创人员，还有一些媒体和粉丝。几位主演都没什么粉丝，于是路梨让千永把粉丝席位的票送给了路梨全球后援会的粉丝，让他们谁有空就去，当作粉丝福利。饶是这样，现场也没有坐满。

路梨坐在前排，戴了副墨镜，给台上明显很紧张的演员比手势加油。

乔佳一也来了，坐在路梨身边，林寄予用眼神感谢路梨的鼓励，乔佳一给他比了个心。

林寄予脸一红，收回视线，双手乖乖搭在身前，配合主持人的互动。

首映前的流程走完了，现场的灯光全部熄灭，大幕拉开。

路梨之前在电脑上看过样片，但今天是她第一次在电影院看这部作品，还是很期待。

第一个镜头就是小镇的清晨，早餐摊的老奶奶在炸油条，少年嘴里叼着包子，骑着单车飞速赶往学校。

路梨看着大银幕上林寄予的表演，满意地点点头。

电影不长，一共九十分钟。

小镇上唯一的一所中学即将面临改造，学校领导准备把最后一班的少年全都转到城里的中学。然而少年们对这所古老的中学以及学校的老师都有很深的感情，不愿意离开，于是最后一班的少年们以林寄予饰演的主角为首，为了保住学校，与学校领导斗智斗勇，发生了一系列啼笑皆非的故事。

电影的最后，挖掘机驶入学校，在飞扬的尘土中，少年们聚在一起，一边流泪一边高声唱歌，他们知道学校并没有消失，而是会永远留在他们心里。

大灯点亮，主题曲响起，幕布上滚动着演职人员表，路梨在出品人那一栏看到了自己的名字。

现场一时很安静，在导演带着主演出来谢幕时，才响起了热烈的掌声。

路梨能感受到现场的气氛明显变了，原本只是来走个过场的记者不停地提问，粉丝们也难掩激动，最后主持人一再提醒时间已经到了，大家才恋恋不舍地结束了提问。

根据宣发公司的安排，几个主演和导演接下来几天要去国内几个重要城市跑路演宣传，他们要马不停蹄地飞往下一个城市。

可能是已经看过一遍的缘故，路梨并没有觉得很伤感，现在的心情更像是重担落下，长舒了一口气。

乔佳一没有看过样片，走出放映厅时，她抱着路梨的胳膊，似乎还沉浸在剧情里。

路梨忐忑地问她："怎么样？"

乔佳一看向她，说出自己最真实的评价："好看。"

路梨似乎有些不满这个略显简单的回答："好看？"

乔佳一答道："在这个充斥着烂片的市场上，好看已经是最真挚的赞美了。不瞒你说，我本来只是想来看大银幕上的小林，但被剧情吸引之后，主角的颜值已经不重要了，故事本身才是关键！"

乔佳一拿出手机："我现在就订票了，明天带男朋友来二刷。"

明天是周末，路梨见乔佳一的反馈似乎还不错，有了信心，准备带迟忧宴来看，让他知道她的工作成果。

路梨参加完首映礼便回了家。

她先是在各大电影点评网站上给《最后一班的少年》打了分，耐心地写了影评，然后分享到朋友圈。不一会儿，她就收获了很多赞，G市的朋友甚至问她会不会在 G 市上映。

她又把影评分享到微博，然后发现自己的大号收到了很多跟她有关的消息。

某媒体报道：华裔设计师白千迎将于本月底在 S 市举办其品牌YING 的秋冬发布会，并在微博上发长文回应近来关于她的种种质疑。

路梨只觉得好心情又被毁了。此时，白千迎的微博评论已经打开了。她嫌白千迎那条微博太长，字太多，也不想看对方矫情做作的小文章，于是先点开评论。

待看到前几条热评时，路梨整个人都微微发抖，"小三的女儿""靠老公才衣食无忧"这些话在她脑海里盘旋。

一个字都没有提到她，但是人们看到那些字词都会想到她，都知道说的是她。

她吸了吸鼻子，委屈到极点。此时她的灵魂好像脱离了肉体，凭着本能拨打了那个电话。

"梨梨。"男人好听的声音响起。

路梨在听到这个声音的那一瞬，眼泪不受控制地落下来。

"我不是。"她带着哭腔说。

白千迎那条微博的发布时间是在半个小时前。

她说自己一直努力经营自己的品牌，在综艺上的一些言行举止被人恶意抹黑，她表示自己行得正坐得直，不怕非议。另外，这些日子她除了忍受网络暴力，在现实生活中更是受到了一些"无形力量的压迫"，但是她不会屈服，一定会坚持把 YING 做下去。

可能是因为白千迎之前关闭了评论，她一发微博回应并打开评论后，立刻出现在了实时热搜的位置。

如果说以前有关白千迎的实时话题都是讽刺她的，这次的风向则发生了变化，看到白千迎的回应长文后，难免有人产生了质疑。

毕竟路家的情况比较复杂，以前 G 市的八卦自媒体还写了不少分析文章。之前白千迎被骂得那么惨，但也没有真的介入路梨和迟忧宴的感情，如果路梨真的是"小三的女儿"，这样攻击白千迎是不是很讽刺？

其实，白千迎的故事还是很励志的，人也挺有才华的，在这一点上要胜过路梨。白千迎被骂得那么惨，好几个综艺本来邀请了她都临时换了人，是不是因为她提到的"无形力量的压迫"呢？

正当网友们讨论得热火朝天时，"白千迎发微博回应"的热搜被投诉撤下了。

这难免让人想到白千迎所说的"无形力量的压迫"。

路梨不再去看那些评论，打完电话后就抱着抱枕站在门口，等着迟忱宴回来。

迟忱宴回到家一打开门，就看到路梨红着眼眶站在门口。

"对不起。"他一把将路梨拥进怀里。

"我不是。"她在他怀里重复道。

迟忱宴揽着路梨，想到那些流言蜚语，眼里闪过一丝戾气。

他强迫自己冷静下来，低头柔声哄她："别哭，交给我。"

很快，盛景集团官微发布声明：白千迎小姐所受到的"无形力量的压迫"与盛景没有任何关系，盛景集团从未也没有必要去打压一位设计师，欢迎有关部门和社会各界的监督，至于投诉热搜和热帖，则是因为涉及恶意诽谤总裁夫人。

这段文字下面是盛景集团委托律师出具的律师函，要求造谣中伤路梨的人员限期内公开道歉。

在众人以为这就算完了的时候，又是一份律师函，来自路氏地产，声明将依法提起诉讼，追究恶意诽谤者的法律责任。

只是不知道路氏这封律师函代表的是路恒荣的意思，还是路梨的两位哥哥的意思。毕竟路恒荣还是董事长，他要护女，两个儿子绝对不敢有微词。

众人正在讨论着，这时，有营销号发布了路谦于十分钟前公开分享的照片。

那是一张由三张照片拼在一起的图片，照片中他一直作为男伴陪伴某个出落得越来越标志的女孩参加毕业舞会，从初中到大学，一场不落。

路谦还在这些照片下写了一行文字：我家的小公主。

营销号搬运的照片里，女孩是谁大家一眼就能认出来，至于她旁边的男人……

大家纷纷感叹，以前怎么不知道路梨还有两个神龙见首不见尾的哥哥。

事情到了这一步已经很明晰了，盛景行事光明正大，从来没有封谁的口，所谓"无形力量的压迫"为某人自尝恶果后的自导自演。

路恒荣是在跟原配离婚四年后才娶了路梨的母亲徐慧娴，虽然两人的年龄相差甚大，但路恒荣绝没有出轨。退一步说，如果徐慧娴真的破坏了路恒荣与原配的婚姻，路谦还会十年如一日地陪同父异母的路梨去参加毕业舞会？

彼时，白千迎的那条微博已经删了，她还清空了自己所有的微博。

另一边，路梨这个当事人在看到路谦发的照片后也很吃惊。她看了迟忱宴一眼，有些不自在地说："是不是你让我哥哥发的？"

发照片就算了，还说什么小公主，多肉麻啊。

她才不信这种话会从她那凶巴巴又冷漠，除了训她和甩银行卡，从不联系她的哥哥口中说出来。

迟忱宴看着路梨从中学到大学参加毕业舞会的照片，正遗憾自己错过了她的少女时代，就听到路梨的问题，他摇了摇头。

"你觉得我说了他就会照做吗？"他问路梨。

路梨鼓了鼓腮帮子，他哥跟迟忱宴针尖对麦芒，哪会迟忱宴说什么就做什么。

她趴在迟忱宴胸口，微微叹了口气："我是遵纪守法的好公民，便宜了白千迎！她怎么就一直跟我过不去呢？是不是她对你余情未了，所以才这么恨我？"

她想起乔佳一在微信上跟她说过的话，说白千迎嫉妒她，把她当成了假想敌。

白千迎一次次在别人的底线上蹦跶，似乎笃定了没人能把她怎么样。她的长文并没有提到路梨，只是含沙射影，现在她的粉丝因为造谣要向路梨道歉，而她只是清空了微博。

YING 的门店还开着，甚至月底的秀也没有取消。这次事件还让她收获了一波热度，毕竟现在谁不知道白千迎设计师，谁不知道她的品牌叫 YING。

迟忧宴摸了摸路梨的头，没有说话，一副若有所思的模样。

路梨打了个哈欠。

月底，点映口碑很好的《最后一班的少年》正式上映。

而路梨在这个时候刷到了一则新闻——"白千迎抄袭"，而且证据确凿。

在设计行业，创意无疑是每个设计师的立身之本。

白千迎很聪明，她抄的不是国际知名一线大牌，这样太容易被发现，她抄的是法国和意大利的两个独立设计师的品牌，不仅国内的人没有听过，即便在国外知道的人也不多，如果不是时尚行业从业者，根本不会看出她抄袭了。

两位设计师在外网上发布了声明，他们发现自己的品牌创意长期被某设计师抄袭，跨国打官司虽然很麻烦，不过他们仍将通过法律途径解决问题，声明的最后附上了十分详细的对比图。

白千迎抄得十分巧妙，她只抄两位设计师每一季的设计里最具有创意的部分，然后放到自己的样品里，就好像一顶王冠，她直接拿走了最璀璨的那颗珍珠。

路梨看完这条新闻，又看了看迟忧宴，眼神很有深意。

迟忧宴正在平板电脑上看盛景这个季度的报表，感受到路梨的目光，他回头看她。

路梨撇了撇嘴。

若要人不知，除非己莫为。如今这个结果也是白千迎自找的，估计她以前不知道多少次沾沾自喜以为自己抄得高明，不会被发现。

很快，有人发现《我是设计师》节目把与白千迎有关的微博全删了，就连最新放出来的花絮也没有她的镜头。而白千迎本来要举办的那场新品大秀也沦为笑柄，模特和受邀的嘉宾均表示不会出席。如今白千迎臭名远扬，她的设计之路也走到了头。

迟忧宴放下手中的平板电脑，冲路梨张开双臂。

路梨虽然不情不愿，但还是扑进男人怀里。

"明天请你去看电影，我投资的电影。"路梨把下巴搭在迟忱宴胸口，抬了抬头，嘴角是藏不住的笑意。

《最后一班的少年》点映口碑不错，她有预感应该不会亏本。

"好。"他压低声音说。

第二天，迟忱宴被路梨带到电影院，坐了九十分钟，看完了整部电影。

路梨用胳膊肘戳了戳迟忱宴："怎么样？"

她问完后又自言自语："你不喜欢也正常，我们之前开会分析过了，这部电影的主要目标受众不是你这种商业精英。"

迟忱宴笑了笑，拉住路梨的手："我觉得不错。"

路梨不信："真的？"

迟忱宴点头："我用我的审美起誓。"

路梨这才信了，毕竟否定迟忱宴的审美就等于否定她这个小娇妻。迟忱宴是不敢拿这种事开玩笑的。

迟忱宴轻轻捏着路梨的手："当出品人的感觉怎么样？"

路梨知道他在片尾滚动的名单里看到她的名字了。

她微微一笑，抬了抬下巴："还行吧。"

她突然谦虚起来："哎呀，我就是觉得闲着无聊，所以玩一玩。"

"反正比当天使投资人强。"她看了迟忱宴一眼，想起他让她去当天使投资人的事。

迟忱宴很喜欢路梨跟他说话时的俏皮模样。

《最后一班的少年》上映第十天，官方微博发了票房破亿的海报。

虽然主演都没什么名气，但是影片的口碑极好，看过的观众几乎都成了"自来水"，在各大论坛不遗余力地宣传，才有了这样的成绩。

电影票房破亿之后，排片量持续增加，主演和导演的微博涨粉速度极快，就连电影里的 N 省某个小镇也出名了，游客纷至沓来。

路梨原本想着只要不亏本，她就能躲在被窝里偷笑了，如今的票房已经远远超出了她的预期。

一开始的时候没人注意到她是出品人，后来二刷的人多了，就有人看到出品人那一栏里写着"路梨"。

路梨？是他们知道的那个路梨吗？

是的，是大家知道的那个路梨。导演在电影上映后接受了电影频道的采访，讲了电影背后的很多故事，他特意感谢了路梨，说到动情处甚至抹起了眼泪。

"没有路梨小姐就没有这部电影，谢谢路梨小姐当初的信任以及投资，感谢路梨小姐的全程参与，我们才能把这部作品呈现给大家。"

他还拿出了几张照片，是路梨去探班时拍的，她跟导演一起坐在监视器后面，神情认真。

路梨的形象一下子就高大起来，谁说她每天只知道吃喝玩乐？

她悄悄地搞事业，就连宣传都没有刻意提她的名字，低调得令人钦佩。

很快就有不愿透露姓名的人士爆料，迟忱宴当初答应路梨投资这部电影只是为了哄她开心，亏多少无所谓，千金难买她高兴，哪承想路梨争气，现在她在家里神气得很。

不愿透露姓名的爆料人说得煞有介事，让人不得不信。接着有人对比了路梨能获得的票房收入和迟忱宴的资产，大概就是小娇妻赚了一元钱就在家里神气十足，总裁则一脸宠溺地看着她。

票房除去影院的分成以及其他成本，最后就是投资方能拿到的份额。路梨和账务算了算自己能拿到的分成，虽然在心里告诉自己不能飘，但是笑容仍然藏不住。

说实话，对迟忱宴和路家来说，分成并不重要，但是对她来说具有特殊的意义。

路梨查完分账，看到自己的微信昵称"路小梨"，突然有点儿嫌弃。

她告诉自己，她才没有像外界说的那样在总裁面前很神气，她只是觉得这个昵称配不上她了而已。

她立马发微信给迟忱宴："老公，我想改微信名，你说是'路富婆'比较好，还是'路亿元'比较好？"

路梨发的是语音消息，迟忱宴现在可能不方便说话，便回复了文字消息："我觉得'路一元'比较好。"

路梨突然怀疑迟忱宴可能没有她以为的那么老土，说不定经常在网上"冲浪"，然后看到了她赚了一元钱就在家里很神气的段子，所以现在故意用"路一元"这个昵称来逗她。

气死了，气死了。

路梨回了一句"谢谢老公"，为了赌一口气，真的把自己的微信名改成了"路一元"。

迟忱宴："不用谢。"

路梨看着那句"不用谢"，整个人气鼓鼓的，像只河豚。改完微信名，她还不忘把自己的新名字发到朋友圈，无声地控诉迟忱宴。

他迟大总裁好意思让自己老婆每天顶着"一元"的昵称吗？一看就是他克扣了她的生活费，呵呵。

路梨发完朋友圈，亲朋好友纷纷点赞并留言。

她点开消息提示，想看看大家是怎么样跟她一起控诉迟忱宴的，结果发现评论全是："这是我见过的最别致的情侣名！总裁好宠梨梨哟！"

路梨心想："哪里宠溺了？还有，情侣名是怎么回事？"

她找到迟忱宴的微信，发现他刚才把自己的微信名改成了"迟有钱"。

"路一元"配"迟有钱"，好像也没什么不对。

路梨不得不承认，迟忱宴这回赢了。

为了配她的"路一元"，霸道总裁竟然把自己的微信名改成了"迟有钱"这种乡土气息浓郁的名字。

想到这里，路梨心里舒服了，也就没有把微信名改回去。

盛景，总裁办公室。

迟忱宴在看到路梨刚发的那条朋友圈下面的留言后，忍不住想象了一下路梨现在的表情，一定很可爱。

周秘书敲门进来，手里拿着一份文件。

他刚才开了会儿小差，看到了总裁和夫人在朋友圈里的互动，此时见到迟忱宴，脸上便浮现出意味深长的微笑。

不过那个微笑转瞬即逝，他又恢复了不苟言笑的样子，把文件放到迟忱宴的办公桌上："总裁，法务部那边已经拟好协议了，请您过目。"

迟忱宴点了点头，拿起那份文件。

那是一份婚后财产补充协议。之前跟路梨提了一嘴，他便让人着手去办。

迟忱宴仔细看完协议，准备下班后带回家让路梨签。

他之所以这么做，一是因为他愿意为路梨这样做，二是他想用这种方式给她个保证。

在生孩子这件事情上，他发现路梨虽然没有反对，但也算不上多么积极，他希望这份新的协议能给她带去安全感，让她能跟他一样安安心心地期待孩子的到来。

迟忱宴拉开办公桌的抽屉，准备把婚后财产补充协议放进去，突然看到那份离婚协议还躺在里面。

他皱了皱眉，公司的碎纸机淘汰了一批，新的明天才会送来，明天再处理这份离婚协议吧。

这样想着，迟忱宴把婚后财产补充协议放了进去。

路梨今天下午去做了例行的体检，她每半年就会做一次全面体检。

抽血的时候，由于她的血管人细了，护士扎了两针才扎中。路梨委屈巴巴地捂着胳膊上的针口，一取下棉签就拍照发给迟忱宴，让他看她胳膊上的针眼。

路梨："好痛，护士说我的血管太细，我今天失血了，必须要吃小肉丸才能补回来！"

迟忱宴看着路梨撒娇耍赖，笑了笑，回复："晚上回家做。"

路梨把手机捂在胸口，心中满满都是幸福。

迟忱宴本来安心等着下班回家给路梨做小肉丸，结果下班前他接到消息，要临时去日本出差。

总裁的工作并不轻松，忙起来可以说是二十四小时连轴转，而且几乎是全年无休。

迟忱宴以前一心扑在工作上，路梨出车祸认知混乱之后，他才慢慢减少了出差的次数和时长。这次日本的项目已经谈了很久，现在日本分部突然发消息说对方终于松口，请总裁去一趟。

迟忱宴听到这个消息后揉了揉眉心。

周秘书此时已经在安排私人飞机了。

迟忱宴只好给路梨发微信消息，她如果不想他去，他就尽量推掉，让日本分部那边的总监去谈。

路梨："为什么推掉？小肉丸有赚钱重要吗？你不努力赚钱养我，哪有钱买肉给我做小肉丸，难道真的要我去陪你去开夫妻饭店？我上次只是随便说说，我可不想洗碗。不过话说回来，你这次出差会去多久？"

迟忱宴心里很暖："不久，很快就能回来。"

路梨："那去吧去吧，你不在，我正好自由自在地玩几天。"

迟忱宴看着手机笑。

周秘书进来汇报说私人飞机已经安排好了。

这次周秘书不跟迟忱宴一起去，迟忱宴带了其他的秘书和助理，周秘书留在国内有另外的工作。

迟忱宴直接从盛景总部去的机场，途中突然想起那份婚后财产补充协议还放在办公室的抽屉里。路梨即便拿到后也不会立刻签，路家的律师会再帮她看看。

迟忱宴让周秘书把那份补充协议先拿给路梨，他出差的这几天，她可以先让路家的律师看一下。

周秘书答应下来。

今天对周秘书来说本来是很平凡的一天，如果他没有看到手机里推送的新闻的话。

就在刚才，当红女明星梁烟被拍到小腹隆起之后，在微博上承认自己怀孕了，大众喜闻乐见，但梁烟的粉丝群里则是哀号一片。

周秘书是梁烟的忠实粉丝，看到这则新闻更是如遭晴天霹雳。

在工作中，他是能力出众的总秘书，秘书部的下属常常私下讨论他是不是永远都是一张面无表情的脸，似乎只是一个没有感情的打工人。在工作之外，他也不过是个普通的追星男孩。

他会因梁烟的一张美图而脸红心跳，也会给参加综艺节目的梁烟加油，举着灯牌大声喊着"烟烟我可以""烟烟我爱你"。

如今梁烟怀孕了，孩子的父亲还是他们视为死敌的陆林诚。

周秘书眼神空洞、动作僵硬，这是他人生中最灰暗的一天。如果可以，他现在很想大哭一场，告别自己对梁烟的爱，同时含泪为梁烟送上祝福。

他翻到迟忱宴办公桌抽屉里的文件，装进牛皮纸袋，送到苏河湾。

"这是总裁让我交给您的文件，您可以请家里的律师过目一下。"

"嗯。"路梨点点头，送走周秘书。

她望着周秘书的背影，觉得今天的他跟以前不一样，看起来很落寞，还有点儿颓丧。

路梨取出牛皮纸袋里的文件，看到标题后，皱起了眉。

迟忱宴在飞机落地后给路梨发了微信消息。

路梨回复了一个"哦"字。

迟忱宴觉得路梨的反应似乎有点儿冷淡，他回复道："我今晚休息一晚，明天去谈工作，很快就回去给你做小肉丸。"

迟忱宴等了好一会儿也没有等到路梨的回复，只得放下手机。

S市，路梨看到迟忱宴发来的微信消息，把面前的文件翻得哗啦作响。她知道他谨慎，婚前协议拟得明明白白，不过她也理解，毕竟他拥有亿万家财，被人分去一半谁也不会乐意。

但是现在，他一边想着让她生孩子，一边竟然连离婚协议都拟好了？这就有点儿过分了！

难道他们的感情在他眼里还是如此脆弱不堪吗？难道这些年的情爱与时光都错付了吗？

路梨骂够了迟忱宴之后，又深吸一口气，想着他应该不至于此，毕竟今天早上他去上班之前还亲了她，于是她拿起手机，准备问一下迟忱宴是不是搞错了。

就在这时，她的手机响了，是她母亲从G市打来的。

路梨接起电话，听到母亲的话后，猛地站起身："什么？！"

迟忱宴一共在日本待了三天，工作结束后就迫不及待地赶回S市。

他先回了家，一进门，预期的路梨扑入他怀中嗲声嗲气地说"老公，你终于回来了，好想你"的场景并没有出现。

"梨梨？"迟忱宴叫了一声。

用人闻声走过来，说太太这两天不在家。

"不在家？"迟忱宴一惊，"她去哪里了？"

用人摇头："不知道，太太没有说。"

迟忱宴打了个电话给路梨，没有接通。他又打了个电话给千永。

千永一头雾水，说他以为太太这几天一直在家。他虽是助理，但只能被路梨随叫随到，不可能在路梨身上安装定位器。

迟忱宴蹙紧眉头，突然有一种不太好的预感。

这几天他给路梨发微信消息，她都会回复，不过很敷衍，都是"嗯""哦""知道了""忙"之类的话，并没有跟他说她不在家。

迟忱宴快步走到楼上，在卧室里的床头柜上看到了一份文件。

迟忱宴拿起来一看，封面上赫然写着五个字：离婚协议书。

他一下子就明白了。

这个时候，路梨终于回复了。迟忱宴慌忙点开，见路梨回了很简单的一句话："我回家了。"

她说的家应该不是他现在所处的这个家。

迟忱宴看着手中的离婚协议书，一向涵养极好的他忍不住骂了脏话。

老婆跑了！心里有个声音告诉他。

他翻到签字页，好在那里是空的，路梨并没有签字。

他松了口气，立马想打电话跟路梨解释，结果别人的电话先打过来。

迟忱宴只好接起来，尽量平静地道："喂？"

电话是医院体检中心打来的，说他们之前给路梨小姐打了两个电话，都没有打通，所以转而打给了他。

迟忱宴"嗯"了一声，听着电话那头的人说话，听着听着，他就愣住了。最后，电话那头的人让他们尽快去医院做详细的检查。

迟忱宴说了句"好的，谢谢"就挂了电话，然后看向手中的离婚协议书。

心里的那个声音再次告诉他："你老婆跑了，可能还是带着孩子跑的。

第九章
我爱你
❤

迟忱宴闭了闭眼，强迫自己冷静下来。

他没有在 S 市多待，直接又飞往 G 市。

G 市，养和医院。

这是 G 市最有名的私立医院，无数名流就医的首选。

私人病房内，路梨坐在餐桌前，桌子上的饭菜色香味俱全，但看着面前的一盅虫草鸡汤时，不知道为什么，她觉得有点儿反胃。不过路梨还是忍着反胃把汤喝了下去。

徐慧娴从病室里出来，坐到路梨对面，昔日惊艳荧幕的美人，五官依旧美丽，只是再精心保养，眼角还是添了岁月的痕迹。

"你吃完就回家休息吧，你爸爸已经没事了。"

三天前的晚上，路恒荣突然晕倒，送到医院后，医生紧急为他做了造影，然后在冠状动脉搭了支架。

手术期间，徐慧娴和三个儿女均到场陪护，路梨更是随着母亲寸步不离地照顾他。

路梨抬起头，说："我不回去，我要陪着爸爸。"

在电话里得知父亲突然晕倒时，路梨都快吓死了，立马飞回了G市。她赶到医院时，造影结果刚出来，说冠状动脉被堵住了，需要立即搭支架。

这三天，她既要担心父亲的手术，还要提防无孔不入的狗仔走漏风声。

徐慧娴对着女儿叹了口气："就是你爸爸让你回家休息的。"

路梨撂下碗："我不，我进去跟他说，我要陪他。"

徐慧娴一把拦住女儿："他刚睡着，你不要进去吵醒他，他让你回家休息你就回家休息，明天再来。"她说这些话时用了不容反驳的语气。

路梨从小到大被这样教育惯了，只得垂下头道："哦。"

徐慧娴见女儿这副模样，放缓了语气说："你吃完了就回去吧，这里有我。"

路梨点点头。

她吃完饭走出病房的时候，刚好碰到一下班就赶过来的二哥路谦。

路梨想起之前他发的那些照片，突然觉得不太自在，明明不知道该说什么，话却直接从嘴里蹦了出来："二哥，爸爸下午醒了，大夫说没事了，我妈让我晚上回家休息。"

路谦听完后只"嗯"了一声，便绕过她往病房里走去。

路梨突然觉得网上的路谦和现实中的不是一个人。

网上的哥哥叫她小公主，现实中的哥哥当她是空气。

那些因为路谦陪她去参加毕业典礼、叫她小公主就嚷嚷着羡慕的人，肯定不知道他现实里对她这么无情。

路梨撇了撇嘴，回了浅水湾。

她在车上看了眼手机，发现迟忧宴自下午回S市发现她不在家问她去了哪里后，竟然再也没有打电话或者发消息过来。他把离婚协议书送到她手上还理直气壮？他难道没发现她被气得回娘家了吗，还是说老婆回娘家了就让她回？

路梨气炸了，心想这日子没法过了，等她回S市就签离婚协议书，一秒钟都不耽搁。

浅水湾是G市风景最美的港湾，路家主宅就坐落于此。

路梨放下手机，一路都愤愤不平地抄着手。

即将驶入园内时，车子停了下来，因为前面停着一辆车，副驾驶座上的男人走下来，跟门卫交涉。

路梨看到那辆车的车牌号并不是她家的，不知道谁来她家做客，也不提前打声招呼。

司机按了按喇叭，前车的人才发现后面的车。

路梨看到前车后座的车门打开，一条长腿首先伸出来。

她刚才还在心里骂的男人从车上走下来，他走到她乘坐的车子前，敲了敲车窗。

原来他不是任老婆回娘家，是直接追到娘家来了。

车窗缓缓缓下，路梨收拾好表情，不让他看出来她因为他的到来而很高兴，努力地板起脸。

迟忧宴总算见到了人，叫道："梨梨。"

路梨清了清嗓子，说："麻烦把你的车挪开，我要进去。"

迟忧宴知道当务之急是解释清楚，尤其是她现在可能还不知道自己怀孕了，他卑微地解释道："周秘书把文件拿错了，我原本要给你的是一份婚后财产补充协议。对不起，我回到家才发现周秘书拿错了，我应该亲手把协议交给你。"

路梨看了迟忧宴一眼。事情跟她之前猜想的差不多，果然是周秘书拿错了。

不过那份离婚协议书也是真实存在的，虽然没有打算给她，但是就在他那里放着。

路梨抬了抬下巴，问：“那离婚协议书呢？总不能是周秘书为了拿错专门打印了一份离婚协议书给我吧。”

迟忧宴继续解释：“那是在你出现认知错乱前拟定的，一直放在办公室里，我忘了扔掉。”

路梨哼了一声。

虽然她以前也想跟迟忧宴离婚，但只是想想，没想到迟忧宴竟然把离婚协议书都拟好了。

迟忧宴把手伸进车窗去拉路梨：“梨梨。”

路梨心里虽然还是有些生气，但她并不是个胡搅蛮缠的人，便说：“上车吧。”

迟忧宴搭着路梨的车进去，门卫见状，把拦住的那辆车也放了进去。

车子驶进大门的时候，路梨看了身旁的迟忧宴一眼：“他们刚才拦你了？”

迟忧宴没有回话，扭过头，看到路梨眼里的笑意。

路梨从男人的表情中得到了答案，这下爽了。

她靠在椅背上，懒洋洋地说：“哎呀，我觉得门卫的安全意识很不错，陌生人的车一律不放进去，即便来人自称姑爷也没有用。”

迟忧宴之前只来过她家两次，一次是结婚前，一次是前年，结婚前那次他坐坐就走了，前年他也只待了一晚，门卫即便觉得他眼熟，但没有提前收到通知，也不敢贸然放他进去。

两人下车进门，路梨发现迟忧宴急匆匆地从 S 市飞过来竟然还给她父母带了礼物，只是一想到正在住院的父亲，她便有些难受。

“他们不在。你以为我是因为看到一份莫名其妙的离婚协议书就跑回娘家的吗？我才不会那么轻易放过你，我本来是要找你问清楚的，结果我爸爸生病了，所以我就回来了。”

迟忧宴皱了皱眉，担忧地问：“你爸爸怎么了？”

路梨：“心脏不好，搭了个支架。这两天我忙前忙后，所以才没怎么理你。”

迟忧宴道：“你怎么不早告诉我？”

路梨耸了耸肩：“告诉你又没用，你又不在，再说了，还有离婚协议书的事呢。"

迟忧宴想起那份离婚协议书，不知道周秘书现在反省得怎么样了。

迟忧宴说："你爸爸住在哪家医院，我今晚过去看看吧。"

路梨："我刚从医院回来，爸爸没什么大碍，已经转到普通病房了。今晚你就别过去了，以免打扰他们休息，明天再去看吧。"

迟忧宴道："好。"

迟忧宴把目光落在路梨的小腹上，他走过去，轻轻把人揽进怀里，心里总算踏实下来。

"想你了。"

路梨把脸埋在迟忧宴胸口，用手捶了一下他的后背，嗔道："不要表现得多喜欢我一样，你之前不是还想跟我离婚吗，协议书都拟好了，哼！不过你也别得意，我之前也很想跟你离婚。"

迟忧宴听到"离婚"两个字就皱了皱眉，说："不离，我回去就把离婚协议书撕掉。"

路梨："不许撕。"

她用手指点了点迟忧宴的胸口："我要把离婚协议书裱起来挂在脖子上，要是哪天你惹到我了，我马上签。"

迟忧宴想象了一下路梨把离婚协议书挂在脖子上，每天在他面前晃悠的样子……

撕，必须得撕！

不用等他们回家，待会儿他就打电话让家里的用人撕掉。

路梨又问他："你晚饭吃了吗？"

她问完之后又别过眼，迟忧宴把离婚协议书都送到她手里了，她还关心他有没有吃饭。

迟忧宴立马答道："没有。"

路梨："我就随便问一句，没有要请你吃饭的意思。"

迟忧宴笑着去亲她。

路梨躲开："谁允许你亲我了！"

最后两人还是坐在了餐桌边。

路梨特意让厨师做了几道 G 市特有的小茶点，其中有一道是蛋挞。路梨以前很喜欢家里的厨师做的蛋挞，今天不知怎么的没了胃口，只看了两眼，她就把自己的那份蛋挞推到迟忧宴面前。

"这个也给你，全部吃掉，不许浪费。"

迟忧宴看到路梨食欲不振的样子，想到体检中心打来的电话，忍不住又激动起来。

"你没胃口吗？"他试探着问。

医生说路梨血液中的人绒毛膜促性腺激素比正常值要高，是孕早期的数值，所以让两人再去做一次检查。

他又回忆了一下路梨的生理期，如果按照规律，前两天就应该来了。

路梨点点头："可能是这几天太忙太累了吧。"

她自顾自地说："我觉得爸爸老了好多，我妈之前一直打电话让我多回家看看，结果我口头上答应了，却一直等到爸爸生病了才回来，所以这一次我想在家里多住几天。"

"好不好？"她抬头问迟忧宴。

迟忧宴愣了一下，然后点点头："好。"

他能感受到路梨心里的内疚，知道这个时候再和她说别的事情不太合适。

第二天，迟忧宴跟着路梨去了医院。

路恒荣的精神已经好多了，手术后一周就能出院。两人走进病房的时候，他正坐在床上戴着老花镜看新闻。

看到父亲的身体好转，路梨的心情也变好了。

两人从病房里出来，迟忧宴感受到路梨的好心情，这才跟她说："刚好在医院，要不我现在陪你去做个检查吧？"

路梨疑惑地问："什么检查？我做？"

迟忧宴点点头，搂住她的腰，说："孕检。"

路梨一下呆住了。

迟忧宴给了她一个肯定的眼神。

路梨突然想起这两天自己看到鸡汤和蛋挞时的反应，她的例假也推迟了。

路梨低下头，愣愣地看了一眼自己的小腹，然后又抬起头，对上迟忱宴满是喜色的脸。

她不得不接受了这个事实，接着她一个激灵，想到了什么。

她无比懊恼地问："哎呀，那份离婚协议书上写清楚了离婚后孩子归谁吗？"

迟忱宴闻言，只觉血压飙升。

他磨着后槽牙说："归我！"

在路梨发出抗议前，他又补充了一句："你也归我。"

"不许再说离婚！离婚协议书我已经让阿姨撕掉了！"他说得斩钉截铁。

路梨立马生气了："我们现在是挺好的，但谁能保证以后？万一我们的感情出现裂痕了呢，万一我们对彼此没有激情了呢？对了，万一你跟别的女人跑了，抛下我们了呢？我才不会默默忍受，我要带着孩子抛弃你，然后嫁给一个比你更好的男人，我还要……"

迟忱宴听不下去了，只好堵住路梨说个不停的嘴。

路梨呜咽着，胡乱挥舞着手臂，迟忱宴只得连着手臂一起圈住她。

这下路梨安分了。

两人靠着墙亲了好一会儿，突然听到身后响起开门声。

迟忱宴立刻松开路梨。

"呼——"路梨大口呼吸着空气，脸红得像个苹果。

她看到自己的亲妈徐慧娴从病房里出来，正站在门口看着他们。

迟忱宴回头，跟徐慧娴对视了一眼："妈。"

徐慧娴先看了看迟忱宴，然后把目光移到小脸红扑扑、嘴唇发红的路梨身上。

路梨立马往迟忱宴身后躲了一下，揪着他的袖子，只探出个脑袋，叫道："妈。"

不知道为什么，她现在竟然有种早恋被家长抓包的感觉。

徐慧娴冲两人点点头，一副看穿一切的样子，又关上了门。

路梨的脸颊蹭在迟忱宴的胳膊上，迟忱宴拉起她的手。

两人在养和医院做了检查，果然跟预想的一样，医生笑着恭喜他们要做爸爸妈妈了。

两人听了将近一个小时的孕早期注意事项，从诊室出来的时候，路梨捏着验孕单，虽然经过迟忱宴的提醒，她已经有了心理准备，但还是有一种不真实感。她又扭头望了一眼迟忱宴，发现他似乎跟她一样的反应。

迟忱宴让自己淡定下来，他拉着路梨的手，平静地说："好了，我们去拿药吧。"

医生给路梨开了叶酸以及其他早孕期要补充的维生素。

路梨点点头，跟着迟忱宴走。

走出两步之后，她忍不住扯了扯他的袖子："你好像走反了。"

男人抬头，看到完全相反的指示箭头，强装的淡定碎了个彻底。

一进电梯，他就忍不住抱起路梨，在她唇上亲了又亲，脸上的笑容再也藏不住。

"谢谢。"

路梨扭头看到角落里的摄像头，说不定现在两个大叔就坐在监视器前看着他们，立马拍了拍他的胳膊："注意形象，注意影响。"

迟忱宴似乎想到了什么，立马把她放下来，动作轻柔得像是在放一件易碎的瓷器。他伸出大手贴在她的小腹上，生怕有什么闪失。

两人取完药，又回到路恒荣的病房，告诉了他们路梨怀孕的消息。

迟忱宴是路恒荣跟两个儿子一起挑选的女婿，他们把路梨嫁给他，自然是希望路梨跟他感情和睦，但没想到路梨嫁过去后两人并不和睦，如今不知道什么原因两人爱上了对方，现在路梨还怀了孕，迟忱宴很高兴。

徐慧娴想起昨天路梨喝那碗鸡汤时皱眉的模样，拉着她叮嘱道："前三个月不许往外说。"

路梨点点头。她原本就打算在家里多住几天，现在怀孕了，便彻底安顿下来。她想让迟忱宴回 S 市去上班，迟忱宴不愿意，不想让她一个人住在这儿。于是，迟忱宴每天都远程处理公务，重要的文件则空运过来他处理。

路梨在得知怀孕后的两天里觉得自己像在做梦，自己都还是个宝宝，怎么就要生宝宝了。她有事没事就把手放在小腹上抚摸着，去感受里面的小生命——尽管根本感受不到什么。

到第三天的时候，她也就习惯了，不再时时刻刻记着自己怀孕了这件事。

因为宝宝还未满三个月不能对外说，目前知道她怀孕的就只有最亲近的家人。

路梨已经回到 G 市一个星期了，虽然没有对外说，但当地的小姐妹们也都知道她回来了。于是，路梨陆续收到她们的邀请，喝个下午茶叙叙旧。既然她都回来了，还是有必要赴一下约，毕竟都是从小玩到大的小姐妹。

迟忧宴得知路梨要去赴约时，皱着眉头说他要陪同。

路梨满头问号："我和朋友聚会，你去做什么？我们都是女孩子，你一个大男人夹在中间像什么样子。而且我昨天听你打电话时说今天下午有个远程会议要开，请准爸爸迟忧宴先生好好工作赚奶粉钱，谢谢。"

迟忧宴闻言，也只得放弃，又不放心地叮嘱她："你们约在哪里？有没有人抽烟？不许喝酒。"

路梨说了她们订好的茶餐厅名字，又说："没有人抽烟，下午茶喝什么酒，我难道不知道自己怀孕不能喝酒，我在你眼里就是个粗心大意的人？"

迟忧宴觉得自己变成了一个爱操心的老妈子。

路梨处于孕早期，还不至于脆弱到需要每天待在家里，多出去走走见见朋友，能让她保持好心情。

迟忧宴揉了揉路梨的头发，既无奈又宠溺地说："好，你去吧。"

路梨高高兴兴地赴约。

她到的时候，其他人已经到得差不多了，一见到她就叽叽喳喳地说开了。

"哎呀，有两三年没有见到梨梨了。"

"梨梨比结婚前更漂亮了。你这包是 H 牌的新款吗？我跑了好几个国家都没买到。"

"来这边坐，好想你哟。"

…………

路梨一边笑着点头一边坐下，一一回应着大家的问题，几个人很快便聊开了。

其中有一个小姐妹中途去了趟洗手间，回来后神神秘秘地问其他人："你们猜我刚刚碰到谁了？"

"谁？"几人询问。

路梨正用吸管喝最地道的丝袜奶茶，也跟着看向那个小姐妹。

"傅松！"

一听到这个名字，小姐妹们顿时兴奋起来："真的吗？"

"他不是去美国了吗？你在哪里碰到的他？让他过来坐坐。"

"快把他叫过来，他肯定会来。"

路梨听到傅松这个名字，不禁咬了咬吸管。

G市就这么大，圈子里的同龄人基本都互相认识，大多数还是同学。傅松是圈子里与她们同龄的男孩子中脾气最好、性格最温和的，小时候女孩子们最喜欢他，中学的时候他便随父母去了美国，也就逐渐跟大家断了联系。

路梨记忆中的傅松还是他随父母去美国之前的样子，戴一副圆圆的眼镜，永远是班上的第一名。

路梨和傅松是幼儿园兼小学同学，小时候玩过家家，一般傅松当爸爸，她当妈妈。

不一会儿，两个小姐妹就推着一个男人过来。

路梨在看到被推过来的男人时有些惊讶。

傅松的五官轮廓依稀还是小时候的模样，只是圆眼镜变成了金丝边眼镜，他穿着白衬衫，袖子挽到小臂，颇为帅气。

傅松坐下后跟她们打了招呼，原来他这次回G市是来祭祖的。

他把目光落在路梨身上，笑道："是梨梨吗？好久没见了。"

路梨点点头。

其中一个小姐妹不高兴了："你跟我也好久没见了，怎么只和她打招呼？"

傅松立马喊出她的名字，说了一件她小时候的事。

那个小姐妹笑得十分开心。

大家纷纷回忆起了往事，谁小时候在生日会上把蛋糕拍到了傅松脸上，谁以前参加舞会时争着当傅松的女伴，谁以前每天抄傅松的作业……

路梨偶尔搭句话，傅松也很给面子地跟大家叙旧。

转眼就到了晚餐时间，大家商量着一起去吃晚饭，路梨得回家吃孕妇餐，便推辞了。

"梨梨你不去啊？"小姐妹似乎很遗憾。

路梨："不好意思啦，下次再约。"

傅松本就是被临时拉来的，他也另有安排，于是和路梨一起跟几个小姐妹分开。

两人一起进了电梯，傅松知道路梨已婚，说遗憾没去参加她的婚礼。

路梨："人没到没关系，现在补红包我也收。"

两人一起笑开来。

电梯到了一楼，路梨之前给迟忱宴发了微信消息，迟忱宴说要来接她，电梯门一打开，她就看到迟忱宴站在外面。

迟忱宴先是看到路梨，然后又注意到她身旁的戴金丝眼镜的男人。

路梨两步走到迟忱宴面前，然后给他介绍："傅松，我幼儿园和小学同学。"

"你好。"

两个男人握手打了招呼，寒暄了两句，交换了名片，便各自离开了。

路梨跟迟忱宴一起坐在回家的车上，她开了局游戏。

迟忱宴似是随口问："不是说是小姐妹聚会吗，怎么有男同学？"

路梨："刚好碰到了，她们一起去吃晚饭了，我跟傅松不去，所以一起下的楼。"

迟忱宴"嗯"了一声，又像是随口问："他是你幼儿园同学？"

"当然啊。"路梨仍旧打着游戏，"幼儿园加小学。"

迟忱宴接着问："你们关系怎么样？"

路梨正全神贯注地玩游戏，随口答道："挺好的，他人很好，小学的时候他是我同桌，总给我抄作业。"

她说起一个人，习惯性地说对方的好话。

"有一次我跑步摔倒了，还是他把我背到医务室。我们在幼儿园的时候关系就很好，每次玩过家家我们都是一组。"

迟忱宴越听越不是滋味，他看着前方，姿势还是刚才的姿势，只是语气变得有些古怪："这么好的男同学啊。"

路梨随口"嗯"了一声。

迟忱宴继续用阴阳怪气的语气说："是不是过家家他当爸爸，你当妈妈？他还亲过你的手？"

路梨猛地抬起头，这才仔细琢磨迟忱宴话里的意思。

她想起之前自己认知错乱时，以为迟忱宴不喜欢自己而委屈得离家出走，在知道他有前女友时，给自己找了个幼儿园玩伴来气他。

傅松和路梨从幼儿园到小学都是同学。玩过家家的时候也确实是傅松当爸爸，她当妈妈，他们永远是一对。舞蹈课上学跳交谊舞，傅松也确实亲了她的手。

她闻到一股像几坛老陈醋打翻了的酸气，然后看向迟忱宴，眯了眯眼，说："小孩子之间那点儿互动都很正常，难不成幼儿园玩伴的醋你也要吃啊？"

迟忱宴别过头，不愿承认自己在吃醋。

路梨见不得他这副模样，不再搭理他，低下头继续玩游戏。

迟忱宴没忍住，扭头看向路梨，好几次欲言又止，直到回到路宅也没把话说出来。

路梨吃了孕妇餐，便和迟忱宴回了房，一个坐在床上听胎教音乐，一个在房间里东看西看。

与迟家里迟忱宴的房间一样，这是路梨从小住到大的地方，留下了很多属于她的痕迹。

她的房间配有一个小展厅，里面摆着她从小到大得过的奖杯奖状、有纪念意义的收藏和玩具，墙上则挂着她的照片。

迟忱宴第一次来就看过这些照片，这次则看得更为仔细，角落里一张不起眼的照片引起了他的注意。

照片中的路梨还是小女孩，穿着白色蕾丝的公主裙，头上戴着一顶水晶小王冠，她和穿黑色燕尾服的小舞伴在舞池里翩翩起舞。

照片的主角是路梨，舞伴只露了小半张脸，但就凭这小半张脸，迟忱宴立马认出他就是今天下午那个戴眼镜的傅松。

照片右下角标注着日期，是路梨十四岁、上初中二年级的时候。

照片里的女孩明眸皓齿，跳舞的样子像只优雅的小天鹅。

如果说之前幼儿园过家家，迟忱宴还说服自己只是两个小不点儿在玩的话，现在看到这张照片时，他整个人都不好了。

他那漂亮得不像话的小天鹅竟然跟别人跳浪漫的华尔兹。

迟忱宴从展厅出来的时候，路梨刚好把胎教音乐听完，摘下耳机。

她打了个哈欠说："我先去洗漱了。"

迟忱宴轻轻"嗯"了一声，一副若有所思的样子。

洗手间里，路梨正对着镜子往脸上抹孕妇面霜，看到迟忱宴进来，默默地站到她身后。

她转过身，用手指点了点迟忱宴的胸膛："干吗？"

迟忱宴没有说话，只是低头看着她。

路梨哼了一声，想起今天下午他吃醋的样子，心情莫名很好。

迟忱宴眼神一暗，声音压得很低："你以前还跟傅松一起跳过舞？"

路梨愣了一下，随后反应过来迟忱宴为什么会这么问。天啊，这个男人从下午一直吃醋到现在吗？

他怎么知道她跟傅松跳过舞？路梨忍不住反驳："幼儿园时一起跳过不行吗？"

迟忱宴反驳："初中二年级的时候也跳过。"

路梨张了张嘴，他是怎么知道的？

她回过神来，问道："小孩子的醋你也吃？"

"当然。"迟忱宴终于承认自己吃醋了。

"那个时候他即将转学了，我们从小一起长大，就在告别舞会上跳支舞而已。这种醋你都吃，那你把我关起来好了。"

她说着说着，可能是孕妇本就情绪波动大，她感到很委屈，甚至有点儿想哭："孩子都有了，你还吃飞醋。你的崽都在我肚子里了，你却为了一个很多年没见的同学跟我计较。"

路梨一边把男人的手按在自己的小腹上，一边委屈巴巴地控诉："你若是想让我们母子一起伤心，你就继续吃醋好了。"

迟忱宴摸了摸她的小腹，接着轻轻揉了揉她，哑着嗓子道歉："对不起。"

路梨吸吸鼻子，这男人什么都好，就是吃起醋来不讲道理。

她伸出小手揪住迟忱宴胸口的衣服："你以后不许乱吃醋！"

迟忱宴问："什么是乱吃醋？"

路梨："就是像今天这种，你这是乱吃醋。"

他"嗯"了一声，答应下来。

迟忱宴在 G 市陪路梨待了两三个月，外人不知道路梨怀孕了，还以为他只是陪老婆回来探亲小住。因为盛景发展迅猛，以及他岳父的名气，他在 G 市也颇受关注，刚好有一个关于商业论坛的会议要在这里举办，主办方便给他发了邀请函。

参加这次会议的都是 G 市年轻一辈里的精英，迟忱宴简单发了个言便坐到了一边。

会议结束后有一场酒会，他在酒会上又碰到了路梨的幼儿园兼小学同学傅松。

傅松也看到了迟忱宴，拿着酒杯走了过来。

两人聊了两句，傅松说："我小时候一直在想梨梨长大后会嫁给什么样的人，如今终于知道了。"

迟忱宴："傅先生已婚？"

傅松笑着摇了摇头："没有迟先生那么好的福气。"

"哦？是吗？"迟忱宴挑眉，"多谢傅先生，我也觉得自己有福气，可以娶到梨梨。"

傅松脸上的笑容僵住了。

两人又说了两句便分开，酒会结束后，迟忱宴直接去往停车场。

路梨在家闲得无聊，便跑来接他。

两人拉着手往车边走，突然听到身后有人叫了声："梨梨。"

路梨停下脚步，回头看了一眼。

"傅松？"她笑着跟走过来的男人打招呼，"你也来啦？"

傅松点点头："跟迟先生一样。"

路梨又问："你这次准备在 G 市待多久啊，还会回美国吗？"

傅松想了想，道："还不确定，有点儿生意上的事情要处理，我暂时会待在这里。"

迟忱宴睨了两人一眼，因为他答应了不吃醋的，所以也不好说什么。

路梨说着说着，突然捂住唇转过身干呕了一下，她近期渐渐有了孕期反应。

迟忱宴一脸担忧，抽出纸巾递给她："没事吧？"

路梨一直捂着嘴，过了好一会儿才缓了过来："没事。"

迟忱宴眼里满是心疼。

傅松看着两人的互动，又看到干呕的路梨，突然想到了什么，错愕地问："梨梨，你是不是……"

路梨干笑道："还不能说啦。"

傅松听后怔了怔，然后才说："恭、恭喜。"

路梨："谢谢。"

迟忱宴在一旁听着两人的对话，看到傅松知道路梨怀孕时的表情，他心里爽极了。他拉住路梨的手，懒懒地说："好了，不打扰傅先生了，咱们走吧。"

路梨冲傅松点了点头："我们先走喽。"

傅松扯出一抹笑："再见。"

迟忱宴拉着路梨走出几步，又回头看了立在原地的男人一眼。

路梨抬头，迟忱宴刚好把头转回来。

看到迟忱宴嘴角带笑，路梨一脸疑惑，她怎么感觉他笑得有些怪怪的？

她忍不住开口问："你在笑什么？"

"嗯？"迟忱宴收起脸上的笑容，又捏了捏她的手心，想起她刚才干呕的样子，关切地问，"还难不难受？胃里还不舒服吗？"

路梨狐疑地看他一眼，还是回答："不难受了。"

迟忱宴抓着她的手，两人十指紧扣："辛苦了。"

路梨心里一暖，抬了抬下巴，说："既然知道我辛苦，就要加倍对我好。"

迟忱宴笑笑："嗯。"

路梨闲来无事喜欢跟着家里的西点师学做曲奇饼干，为此她还特意买了很多模具，有小动物的，也有数字的，都非常可爱。

这天下午，路梨烤好一批饼干，先是给爸妈拿了点儿，然后她就端着剩下的饼干跑去书房找正在远程办公的迟忧宴。

"老公。"她敲了敲门，从门缝中探进去一个脑袋。

迟忧宴冲她招招手。

路梨端着饼干走过去，直接坐到迟忧宴的腿上。

迟忧宴习惯性地将大手放在她小腹护着，然后就看到碟子里的饼干，老虎、兔子、狐狸等形状的都有。

路梨挑了一个"兔子"喂进迟忧宴嘴里："怎么样？"

刚烤好的曲奇饼酥脆蓬松，迟忧宴点点头，又问路梨要了一块。

"我就是来给你送点儿吃的。"路梨把碟子放在书桌上，准备起身，"现在送到啦，我要走了。你努力赚奶粉钱，迟有钱先生是最棒的！你肩上的担子很重，我们母子的富足生活就靠你了！"

迟忧宴圈住她的腰不让她起身，笑着问："你不是路亿元吗，怎么光靠我？"

她给他加油打气，他还好意思跟她提路亿元？

路梨睐了睐眼，不服气地说："我赚的那点儿钱在迟有钱先生的眼里只值一元，怎么养得起迟有钱先生？请迟有钱先生不要产生吃软饭这种不切实际的想法，谢谢。您这辈子是没有吃软饭的命的，我给您送点儿曲奇饼干就已经够意思了。你若是实在想吃软饭，我建议您可以把饼干泡软。"

迟忧宴叹了口气，松开圈住她的手臂，道："好，我努力工作。"

路梨给迟忧宴送完饼干，就去了自家花园，她坐在凉亭里泡了一杯牛奶，就着刚烤好的饼干喝下午茶。

她本来想发个朋友圈，结果点到了微信旁边的微博。

自从上次在微博上被白千迎的粉丝骂过之后，路梨就产生了一定的心理创伤，虽然后来骂她的人该赔钱的赔钱了、该道歉的道歉了，但她也不怎么上微博了，甚至连追星小号也很少登录。

她的微博大号下每天都有粉丝催她发博。

以前她一个月怎么也会发一两条动态，现在好几个月没动静了，颇有一种要离开微博的意思。

她最后一条微博下面的评论已经多达两三万条了——

"呼叫总裁夫人、名媛少妇、豪门小公主大梨梨！"

"《最后一班的少年》太好看了，谢谢路梨慧眼识珠，让我们能够看到这么好的作品！"

"路梨的微博要长草啦，出来营业啦！"

"今日催更卡，滴！"

路梨今天偶然登录了微博，看到粉丝们每天锲而不舍地催更、打卡、评论，感觉颇为暖心。

她慢慢刷起了微博上与自己相关的内容，发现各大八卦论坛都在说迟忱宴和她要一起参加夫妻类综艺节目。

路梨很茫然，有这回事吗？她这个当事人怎么不知道？

凭着多年的追星经验，她断定这是节目组放出的烟幕弹。

这是一种很常见的宣传手段，在节目正式录制之前，节目组放出消息说哪些嘉宾要参加，这些嘉宾一般都很有人气，所以会引起不少人的关注。前期预热的效果达到了，最后定下来的嘉宾基本都不是早期宣传的那些。

路梨翻了翻那些说她和迟忱宴要一起参加节目的微博评论区，"吃梨夫妇"的粉丝虽然一边说着"不可能吧，他们怎么可能来参加这种节目"，一边都暗暗期待着。

路梨没想到这些粉丝还在，想当初她创建"吃梨夫妇"超话时是何等的冷清，她知道如今的超话主持人是"我爱吃梨"，她对这个用户有点儿印象。

她点开"我爱吃梨"的主页，发现对方转发的全是她的美图，配文都是"爱心""好看""仙女""小公主"之类的，她隔着屏幕都能感受到对方对她的喜爱之情。

不过这也很正常，她好歹参加过一档综艺，照片比较多，迟忱宴除了每年一度的电视采访，其他时候都神秘。

虽然她这样想，别的粉丝似乎不这么想，最近"我爱吃梨"好像遇到了麻烦。

路梨看到"我爱吃梨"转发了一条路梨投资电影大获成功、身价倍增的微博，配文是"很棒"。

看到"很棒"两个字，她突然有种"我爱吃梨"不是粉丝，而是在指点江山的错觉。

这条微博下面的评论则不太友好：

"我承认路梨确实很棒，但是博主你最近是不是转发有关路梨的新闻转发得有点儿多啊？"

"为什么从来不发迟总的？我觉得您有点儿太偏心路梨了！"

"请博主把水端平！"

路梨本来不打算管这些事情，但想着这么久没上线了，今天干脆营业一下，告诉粉丝她很好，于是她发了一张下午茶的照片，配文"自己烤的小饼干"。

粉丝惊喜地发现路梨终于上线了，纷纷转发、点赞、评论。一分钟后，"我爱吃梨"也转发了路梨发的这条微博，配文"心灵手巧，贤妻良母，点赞"，用词十分简单朴素，简直不像个年轻人。

"我爱吃梨"一转，"吃梨夫妇"的粉丝就生气了："迟总难道就那么入不了你的眼吗？你也太偏心了！"

路梨没想到自己的一条微博引发了蝴蝶效应，她又觉得"我爱吃梨"是不是有点儿缺心眼儿，就随便夸两句迟忱宴不行吗？

她看到有一条呛"我爱吃梨"的评论收到了很多点赞："对你无语了，你每天都是路梨、路梨、路梨，你以为你是迟忱宴吗，眼里只有路梨？"

路梨左思右想，然后切换到小号"梨子味小仙女"，给"我爱吃梨"私信留言，没想到"我爱吃梨"还关注了她的小号。

"您好，我是'吃梨夫妇'超话的前任主持人，其实您也可以多转发一下和迟忱宴相关的内容，如果您只喜欢路梨，可以跟粉丝说一下退出这个超话，然后关注路梨的超话。"

"另外，谢谢您对路梨的喜爱，真的感谢！"

路梨发完私信，心里松了一口气，希望"我爱吃梨"能听得进去她的话。

她本想一边喝下午茶一边玩一局游戏，但乔佳一给她发来微信消息，说她的微博粉丝数在刚刚突破两百万了，粉丝都评论让她发自拍照。

路梨犹豫了一下，粉丝这么热情，她是应该感谢一下他们。

她抿住唇，想了又想，决定干脆开个直播，可是她现在又不方便露脸。于是，她登录微博大号，分享了一个直播链接，并配文："和大家玩个游戏。"

粉丝立马点进链接，发现是路梨的手机游戏界面，四人小组已经匹配完成，正在等待中，直播弹幕随即刷屏。

另一边，迟忱宴忙完工作，看到手机收到两条消息提示，是用户"梨子味小仙女"发来的私信。

他知道这是路梨的小号，以前她认知错乱时在他面前露馅过。

迟忱宴看完那两条私信，笑了笑。

同一时间，路梨正紧张地玩着游戏，突然，手机上方弹出一条消息提示。

"我爱吃梨"私信你："是我，梨梨。"

路梨现在正打到最关键的时候，便直接把那个提示框滑上去。

是你？你是谁？还叫她梨梨，当自己是迟忱宴吗？

路梨直播的是手机界面，粉丝自然也看到了那条一闪而过的消息提示，他们跟路梨一样疑惑，反应过来后都很鄙视"我爱吃梨"，叫得这么亲热，也太不把自己当外人了。

过了两秒，用户"我爱吃梨"又给路梨发了私信，消息提示再次挡住了她的手机界面。"我爱吃梨"私信你："老公。"

看到"老公"两个字时，路梨愣住了。

直播间的粉丝也愣住了。

路梨回过神后，也顾不上游戏直播，招呼都没打就直接关了直播。

粉丝从直播页面里出来，过了许久才开始议论刚才那一幕——

"刚才给路梨发私信的是'我爱吃梨'？"

"他刚说了啥？老公？"

"不会吧？有没有人截图啊？"

"我截了。"

有个粉丝把截图发到群里，可以看到消息提示上，"我爱吃梨"给路梨发的私信是：

"是我，梨梨。"

"老公。"

这边，路梨噔噔噔跑到书房，她推开门，看到坐在里面的迟忱宴，立马问："刚才那两条私信是不是你发的？"

看到路梨一脸着急的样子，迟忱宴一头雾水。

他就是给她发了私信，让她知道他并不是很老土，她怎么这么激动？她是跑过来的？

迟忱宴立马起身走到路梨面前，护住她的小腹："你记不记得肚子里还有一个？"

路梨平复了一下呼吸，对迟忱宴说："你可能露馅了。"

迟忱宴笑道："我知道。"

"你不知道。"路梨无奈地说，"我说的是你在粉丝面前露馅了。"

"我刚才在直播。"她绝望地笑了一下。

迟忱宴皱起眉头："什么？！"

路梨直播打游戏，中途收到"我爱吃梨"的私信的截图立马流传开来。

网友们纷纷跑到"我爱吃梨"的微博围观，觉得这个用户越看越可疑。

他有钱又爱抽奖，还只关注了路梨。

他转发的每一条有关路梨的微博的配文都给人一种"老公视角"。

他的评论都是"好看""很棒""小公主"之类的，最近转发的一条路梨的微博，配的还是"贤妻良母"这种词。

现在看来，就连"我爱吃梨"这个名字也大有深意。

此时，大家再看到"我爱吃梨"之前转发的微博下那条高赞评论——"你以为你是迟忱宴吗，眼里只有路梨？"，突然觉得很尴尬，没想到……人家还真是。

总裁被大家指责了，他会不会生气啊，会不会顺着网线把大家揪出来啊？

没有骂过"我爱吃梨"的粉丝则大胆地评论："那个，总裁，既然你喜欢吃梨，可以问一个问题吗？请问总裁最近一次吃梨是在什么时候，梨是不是很甜很好吃？"

两个小时后，"我爱吃梨"终于上线了。

他只发了一条简短的微博："很好吃，很甜。"

路梨正翻着"我爱吃梨"之前的微博，腹诽着这男人被她熏陶了那么久，夸人的词汇还是这么贫瘠，她刚翻完，就看到了"我爱吃梨"最新发的微博，以及下方的评论。

她不要面子的吗？！

路梨径直冲到迟忧宴面前，抓着他的肩膀使劲儿摇晃："你赶紧把那条微博删掉！还有，把你这个破名字也改了！"

迟忧宴拿开路梨的手，把气成河豚状的人拉到怀里。

"可是，我是真的很喜欢吃梨啊。"他低笑一声，在她耳边轻声说，"很甜。"

路梨听得耳朵唰一下就红了。

"有吗？"她不自在地问，低头抠着手指，"哪里甜？"

她只是叫路梨而已，又不是真的是一个梨。

迟忧宴圈在她腰上的手臂微微收紧："哪里都甜。"

迟忧宴露馅后，吸引了一大批粉丝关注，不过发了"很好吃，很甜"这条微博之后，他便没有再上线，甚至卸任了"吃梨夫妇"超话的主持人。

粉丝虽然很难过，但是也能理解。

迟忧宴的最后一条微博下面全是粉丝对他们的祝福：

"总裁要照顾好路梨，一定要一直恩爱下去啊！"

"什么时候生小梨？"

路梨看到那些催生的评论，低下头看了看自己的小腹，暗暗道，其实已经有了。

路梨在 G 市待了多久，迟忧宴就陪了她多久，他每天远程办公，有时候不得不飞一趟Ｓ市，处理完工作后，他又会乘坐当天的飞机飞回来。

两人之前说好了，过了三个月孕早期就回Ｓ市，迟老夫人迫不及待地想见见怀孕的孙媳妇。

迟忱宴把那份婚后财产补充协议交给了路梨和路恒荣，让他们确认没问题之后就签字。路梨坐在父亲的书房里，听着路家的律师逐条分析协议里的内容，听完后她张了张嘴，一时没回过神来。

迟忱宴是疯了吗？

路恒荣也没想到迟忱宴竟然能做到这个地步，他看了看路梨。

路梨唤了一声："爸爸。"

路恒荣很欣慰："你的意思呢？签不签随你。"

路梨吸了一口气，道："我不签。"

"我自己也很有钱，不图他的钱。"她嘀咕道。

她现在是路亿元。

路恒荣点了点头："好。"

路梨拿起那份协议，准备回房间还给迟忱宴。虽说她不打算签，但心里还是很开心和感动的。

她把文件放在迟忱宴面前："给你。"

迟忱宴拿起来翻了翻："签好了？"

路梨抬了抬下巴："我不签。我说过以后我们去开夫妻饭店，你做菜，我洗碗，我图的是你的人，又不是你的钱。"

迟忱宴没有说什么，只是将一支钢笔塞到她手里，翻到签名页放到她面前。

路梨捏着那支钢笔，别过头，吸了吸鼻子："你就不怕我签完立马跟你离婚？"

迟忱宴："不怕。"

路梨啪地放下手中的钢笔，坐到迟忱宴怀里。

"我不签。"她气呼呼地说，"我不图你的钱。哪天要是你不爱我了，我一定很干脆地签离婚协议，然后带着孩子改嫁。"

"你敢！"迟忱宴咬着牙说道。

路梨傲娇地说："你可以试试我敢不敢。"

迟忱宴知道她话里的意思，叹了口气，他怎么敢试。

他又劝了几次，见她不肯，便稍微修改了一些条款，再让她签字。

对于迟忱宴这种上赶着让她分他家产的举动，路梨心里很感动，她低着头，轻轻抚着小腹。

不管怎么说，至少现在看来，她是嫁对了。

路梨孕早期过了之后，两人终于坐上了回S市的飞机。

路梨在G市住了那么久，再回到苏河湾，发现自己对这里还是很有感情的，因为这里才是属于她和迟忱宴的家。

路梨安心在家里养胎，前三个月她都没有显怀，到了第四个月时，她的肚子终于有一点儿凸起了，也开始有了胎动，她能感受到肚子里像是有人在吹小泡泡，医生说是小宝宝在羊水里游泳。

她的孕期检查显示一切指标良好，大人和孩子都十分健康。

这天，路梨照例在手机上记录胎动，然后坐在沙发上，一边啃苹果一边在电视上看《海绵宝宝》。

用人来问她晚餐想吃什么，她想了想，随便报了几道菜。

她本来想吃小肉丸的，可是迟忱宴晚上有个应酬，不能在家陪她吃饭。

路梨拿起手机给迟忱宴发微信语音消息："老公，你晚上什么时候回来？阿梨好想你。"

"宝宝也好想爸爸。"她又补充了一条。

路梨发完便坐在沙发上，抿着嘴笑。

不出一分钟，迟忱宴的回复就来了："九点之前一定回去，小乖在家里好好吃饭。"

迟忱宴在她的影响下也用起了表情包，路梨高兴得握着手机在沙发上直蹬腿。

晚上，时间刚到八点半，迟忱宴就回来了。

"老公！"路梨想扑过去求抱抱。

迟忱宴在她扑过来前阻止道："别过来！我喝了点儿酒，先去洗个澡。"

路梨点点头，站到离迟忱宴很远的地方："老公快去洗澡吧。"

迟忱宴上了楼，路梨也跟着上去了。

她在卧室里等着他洗完，觉得很安心。

二十分钟后，浴室的门终于从里面打开了。

路梨听到开门声就走过去，迟忱宴看到她，很自然地张开了双臂。路梨埋到男人怀里，闻着他身上沐浴露的香气，两个人又腻歪起来。

他们身边的亲朋好友陆续都知道了路梨怀孕的消息，孩子还没出世就收到了不少礼物。乔佳一笑着打趣说，他们家的财产终于有人继承了。

路梨扶着腰，对着肚子里这个好命的继承人哼了一声。

她怀孕五个月时，终于开始显怀了，已经能明显看出肚子凸起来了。自打怀孕后路梨便没有公开露面，平时出门也有保镖保护，没有被人偷拍到，因此外界目前还不知道她怀孕的消息，粉丝每天都在她微博里催生。

今年盛景的发布会又要召开了，路梨想起去年自己坐在台下给迟忱宴比心的样子，忍不住扶额。

迟忱宴摸了摸她的肚子，问她今年想不想去。

他问的时候似乎有些犹豫，发布会上人很多，路梨挺着个大肚子，他怕万一出什么岔子。

路梨懒懒地歪在沙发上："当然要去，这么重要的时刻，总裁夫人怎么能不到场？我又不是保护动物，没那么脆弱，刚才小家伙还踢我了。"

迟忱宴看着路梨隆起的腹部笑了一声，只得应下："好。"

发布会当天，路梨特意化了淡妆，卷了头发，然后选了一件鹅黄色的宽松纱裙，完美遮住了肚子，露出纤细的四肢。

她找到自己的座位时，发现前后左右全是穿着黑西装的保镖。

发布会现场的灯光暗了下来，现场也安静下来。

大约半分钟后，迟忱宴戴着耳麦出场，现场响起热烈的掌声。

路梨跟着鼓掌。

迟忱宴走上台，一眼就看到了台下一身鹅黄色小裙子，在一群黑衣保镖中格外显眼的路梨。

两人目光交汇，从对方的眼神中读懂了彼此的言语和爱意。

与此同时，摄像镜头扫过嘉宾席，摄像师特意给了前排中间某位贵妇一个特写镜头。

路梨一出现在镜头里，蹲守在直播间里的粉丝纷纷撒花欢呼。

接下来，镜头一直在迟忱宴身上，路梨没有再出境，但这不妨碍粉丝狂欢。

发布会结束后，网上出现了一段动图，应该是发布会尾声的合影环节，身着黄色裙子的路梨在一群西装革履的高管中极为显眼，她站在迟忱宴旁边，一直被小心翼翼地护着。

这一段动图包含的信息很多，比如迟忱宴小心翼翼地护着路梨，路梨身上宽松的裙子，以及她脚上的那双平底鞋。

有人把路梨的肚子放大了一百八十倍，像是拿着显微镜在看——

"我怎么觉得路梨像是怀孕了。"

"我也觉得她怀孕了，她去年还在台下给迟忱宴比心，今年肚子里就有宝宝了，好甜啊。"

"这两个人的孩子得多好看啊！"

…………

"路梨怀孕"这个话题随之登上热搜。

迟忱宴没有参加庆功宴，发布会一结束就陪路梨回家了，两人回到家时就看到了热搜。

路梨摸了摸自己的肚子，跟迟忱宴对视了一眼。

半个小时后，路梨发布了一条微博，内容很简单，就是系统自带的两个大人中间有一个小孩子的表情包。

她发完微博后，就没有再看手机了。

她怀孕后作息很规律，早早就准备去洗漱睡觉。

她洗了头，坐在迟忱宴面前，迟忱宴拿着吹风机为她吹头发。

吹风机的嗡嗡声在她耳边响起，不算太吵。

其间，路梨收到一条微信消息，是乔佳一发来的，说今年的"最甜夫妻"大赛，她和迟忱宴打败了无数夫妻和情侣，以压倒性的优势获得了第一名。

"最甜夫妻"？好像也不错。

路梨回复了乔佳一便放下手机，头发此时已经差不多吹干了，她打了个哈欠。

迟忱宴笑着和路梨闲聊。肚子里的小家伙似乎听到了两人的对话，开始做起了"晚间操"。

路梨立马抓起迟忱宴的手覆到她的肚子上，让他感受胎动。

房间里顿时安静下来，他耐心地感受着手底下的胎动，小家伙把路梨的肚皮踢得鼓起来一块。

一种血脉交融的感动击中了迟忱宴，他忍不住鼻子一酸。

小家伙似乎也感受到了爸爸的存在，踢得很用力。

虽然他知道路梨感觉不到痛，但他还是希望小家伙以后可别太折腾路梨。

这阵胎动持续了几分钟才结束。

路梨缩在迟忱宴的怀里，想到白天他站在台上西装革履、意气风发的模样，又看看他现在穿着睡衣搂着她、眉眼温柔的样子。无论哪个模样的他都属于她。

天气预报说今晚有雷雨，闪电划过，天际响起轰隆的雷声。

路梨安心地躲在迟忱宴的怀里。以前她一个人睡觉时很害怕打雷，但又不好意思去找他，现在她一点儿都不怕了，她知道未来遇到风雨时，她都可以安心地躲在他的怀里。

迟忱宴轻轻拍着路梨的背，又拿了个软垫垫在她发酸的腰下，哄她入睡。

他关上床头灯，黑暗中路梨听到他强有力的心跳声。

"老公。"她轻声开口。

迟忱宴"嗯"了一声。

路梨往他身上靠了靠，轻声说："我爱你。"

迟忱宴在她额头上落下一吻，低声回答："我也爱你。"

"晚安。"

"晚安。"

番外一

自从路梨怀孕后，迟忧宴想象过很多次将来路梨和孩子一起往他怀里钻的情景，他觉得世界上最幸福的时刻也莫过于此了。

路梨怀孕七个月的时候，终于在微博上发了一张照片。

这是她怀孕后第一次在社交网站上发照片，是她早上穿衣服的时候在衣帽间对着镜子拍的，她一身无袖碎花连衣裙配白色短袜，明显可以看出她圆滚滚的肚子。

路梨两个月不发微博，如今一发，粉丝全都跑来了——

"这个胳膊这个腿是真实存在的吗？为什么我没怀孕都比你的还粗？"

"梨梨怀孕了还是这么好看！"

"我居然想买同款孕妇裙。"

"重点不应该是孩子吗！超想看梨梨的宝宝！"

"我已经迫不及待想看到亿万财产的继承人了！哈哈哈！"

"对！把亿万财产继承人的排面搞起来！"

"附议！"

…………

看到"亿万财产继承人"，路梨忍不住想笑，随后摸了摸自己的肚子。

这时她收到一条微信消息，是迟忧宴发来的："把外套穿上，别着凉了。"

路梨看到这条没头没尾的消息先是愣了一下，然后才后知后觉地反应过来，迟忧宴肯定看到她发的微博了。为了拍照好看，她只穿了裙子。

迟忧宴已经弃用了"我爱吃梨"，现在他肯定又注册了一个新的账号，每天关注着她的微博，盯着她的动态。

路梨穿上针织小外套，还特意拍了张自拍照给迟忧宴发过去，是一副颇为可爱的表情。

迟忧宴："很乖。"

路梨抿着唇笑了，然后在心里盘算今晚迟忧宴回来两人要干什么。在宝宝出生之前，她要珍惜现在这种老公宠爱的日子。

路梨的预产期在九月初，在离预产期还有半个月的时候，迟忧宴就陪她住进了医院待产。

在离预产期还剩三天的时候，病房就热闹起来了，迟家的亲戚来了不少，路梨的父母和二哥路谦也从 G 市飞到了 S 市。

路梨坐在病房里，得知二哥都来了，忍不住低头看了看自己的肚子。她本来是不紧张的，被两家人这么一搞，反倒有点儿紧张了。

预产期当天，迟忧宴小心翼翼地守着路梨，每隔几分钟就问她有没有动静，有没有开始疼。

路梨同样很紧张，她感受着肚子里的动静，然而小家伙跟往常一样，在她肚子里做了两套操，然后就安静下来，一点儿要出来的意思都没有。

　　两家人从早上一直等到晚上，困意袭来，路梨的眼皮开始打架。

　　医生说预产期超一两天是很正常的事，第二天小家伙依然安静地待在路梨肚子里。第三天，大家变得有些焦虑，但小家伙依然没有出来。到第四天的时候，路梨已经在盘算等小家伙出来后要拍他屁股了。

　　两家人都是放下工作来守着，尤其是她二哥，她都没想过他会来。

　　路梨捧着自己的肚子，幽怨地看了迟忱宴一眼，嘀咕道："怪不得这么慢，姓迟呢。"

　　在预产期过了一个星期时，经医生的建议以及慎重的考虑，迟忱宴签了字，准备让路梨打催产素。

　　超过预产期太久，孩子在母体内长得过大，会增加生产的难度。

　　现在，催产素已经配好了，护士也给路梨扎上了留置针。

　　路梨抱着肚子坐在健身球上做最后的努力："求你快出来好不好？妈妈不想打催产素。肚子里有什么好玩的，你都待了那么长时间了，外面才好玩呢。

　　"太奶奶和外公外婆舅舅都很想你，爸爸妈妈也都很想见你。

　　"你都迟到一个星期了，架子已经够大了。"

　　路梨苦口婆心地劝着，也不知道是不是小家伙真的听到了她说的话，在打催产素前的半个小时，肚子突然疼了起来。

　　"老公，好像不用打了。"路梨疼得皱紧眉头。

　　迟忱宴又惊又怕，忙按铃叫来了医生和护士。

　　两家人听到路梨要生了，立马紧张起来。

　　事实证明小家伙虽然架子大了点儿，但还是知道不折腾妈妈，几个小时后，婴儿嘹亮的啼哭响起。

　　小小迟，六斤八两，身体各项指标都很正常，他一出生就拿到了人生中的第一个满分。

　　虽然小小迟比预期的迟到了一个星期，但是他的出生带给大家无限的欢乐。

一个月后，路梨从月子中心回家，同时向外界公布了喜讯。

在医院住了将近两个月，此刻终于回到家，路梨总算放松了下来。

因为出生时迟到了，所以路梨给小家伙起了个小名叫"迟到到"。

迟到到在路梨肚子里闹腾得厉害，路梨原以为他会是个调皮好动、爱折腾人的宝宝，结果迟到到每天除了饿了尿了哭几声，其他时间都安安静静地睡觉。

路梨抱着迟到到喂母乳，用手轻轻拍着他的背。

他身子小小的，吮吸母乳时却格外有劲儿，小拳头紧紧攥着，小脸通红。

路梨在第一次喂母乳时就彻底爱上了这个小家伙。

迟忧宴去布置好的婴儿房转了一圈，回来时看到路梨正在给迟到到喂奶。看着他们，他突然觉得人生很圆满。

路梨喂完了奶，看到迟忧宴，便示意他过来给孩子拍嗝。

因为在月子中心学过，迟忧宴现在给孩子拍嗝拍得十分娴熟。

路梨整理好衣服后，站起身。

迟忧宴看她的样子，以为她想要亲亲。

他微笑着想凑过去，路梨却先他一步低下头，在迟到到的小脸蛋上落下一吻。

"好可爱。"

其实，在迟到到会坐会爬之前，迟忧宴还曾想象过母子两人在他怀里争宠的画面。

直到某一天，他下班回家，路梨没有第一时间来迎接他，他看着窝在路梨怀里的小子，他似乎终于想明白了。确实争宠了，不过争宠的双方不是路梨和迟到到，而是迟到到和他……

迟忧宴一直觉得迟到到像他，是一个很有主见的小孩，这种感觉一直持续到迟到到三岁。

迟到到从小就长得很好看，大人见了都喜欢夸他抱他。

迟到到每次都很给面子，一点也不认生，谁抱他，他都乐呵呵的，逗得人心花怒放，家里堆满了他收到的礼物。

迟忧宴看着在谁怀里都傻笑的儿子，突然开始担心，儿子会不会太没心眼了？

有一天，迟忧宴在家门口听到一段对话。

"你亲乔阿姨一口，阿姨就给你棒棒糖，好不好？"

"好。"迟到到小奶音软软甜甜的。

"你再亲乔阿姨这边一口好不好？"

"好。"

"谁是世界上最美丽的阿姨呀？"

"乔阿姨。"

"真乖！棒棒糖看起来很好吃的样子，可以给乔阿姨舔一口吗？"

"可以呀，喏。"

"哇，谢谢小宝贝！"

迟忧宴听到这里，沉着脸推门进去。

乔佳一正蹲在迟到到跟前逗他，她并没有真的想舔迟到到手里的棒棒糖，只是做个样子。迟忧宴突然出现，乔佳一被吓得一屁股坐在地板上。

他怎么这个时候回家了？路梨不是说他要上班吗？

乔佳一一直有点儿怕迟忧宴，尤其是她逗人家的儿子还被现场抓包。她立马从地上爬起来，冲迟忧宴点了点头，干笑了两声："我去找路梨。"

迟忧宴看了一眼溜走的乔佳一，又低头看了看正认真舔着棒棒糖、一脸乖巧的迟到到。

迟到到甜甜地叫了声："爸爸好。"

迟忧宴坐到椅子上，指了指自己面前的位置："过来，爸爸跟你说话。"

迟到到含着棒棒糖乖乖地走过去，站到他指定的位置。

迟忧宴看到迟到到嘴边有一圈黏糊糊的糖渍，他叹了口气，伸出手。

迟到到看到他摊开的手掌就知道他是什么意思了。

小家伙顿时难过起来，摆出一副泫然欲泣的模样。

迟忧宴仍旧伸着手。

迟到到的眼泪已经在眼眶里打转了，小小的鼻翼翕动着，小嘴撇着，对上迟忱宴那张严肃的脸，他还是把手中的棒棒糖交给了迟忱宴。

迟忱宴把迟到到舔了一半的棒棒糖用糖纸包起来。

迟到到告别棒棒糖，想起自己嘴边还有糖渍，正准备伸出舌头舔舔，迟忱宴就扯了张湿巾给他擦。

连嘴上那圈糖都没留住，迟到到三岁的人生终于崩塌了。他眼睛一眨，眼泪就像断了线的珠子一样往下滚。

"呜呜呜……哇……"他捂住脸哭起来，哭声不大，但是其中的哀伤简直令人落泪。

迟忱宴扔掉湿巾，又抽了两张纸巾，然后把迟到到抱到自己腿上坐着。

"为什么哭？"他问迟到到。

迟到到捂着脸说："爸爸，呜呜呜呜……我今天不能吃糖，可我还是吃糖了。"

怕迟到到长蛀牙，迟忱宴和路梨严格控制着迟到到每日的糖分摄入量。

迟忱宴用纸巾给迟到到擦眼泪："还有呢？如果今天不是乔阿姨，而是陌生的阿姨给你糖呢？"

迟到到抽抽搭搭地回答："不可以吃陌生人给的糖。"

迟忱宴回忆起刚才乔佳一用一根棒棒糖就把迟到到逗得又是献吻又是卖萌的情形，不禁对迟到到的这个答案表示怀疑。

他现在说得好好的，别到时候被一根棒棒糖就勾跑了。唉，看来儿子并不像他，而是像路梨，是个天真单纯的孩子。

他把迟到到放下来，从小家伙的眉眼中看到了路梨的影子，他笑了一下，拍了拍迟到到的小屁股："下不为例，去玩吧。"

迟到到脸上还挂着泪痕，他握住迟忱宴的手，嘟着嘴亲他的手心："谢谢爸爸。"

迟忱宴看着掌心的口水渍，感叹着他的儿子真是又天真又可爱。

迟到到哭过就好了，又恢复了好心情，蹦蹦跳跳地去找妈妈了。

虽然他跟爸爸关系很好，但是他最爱的永远是美丽的妈妈。

看着迟到到蹦蹦跳跳跑走的样子，迟忱宴颇为无奈。

晚上，迟忱宴和路梨躺在床上，详细地聊了一下关于迟到到的教育问题。

迟忱宴觉得迟到到的性子实在太软了，不像个小男孩。

路梨听到这话后很不高兴。

"你什么意思？他才三岁，可爱一点儿，讨人喜欢一点儿，难道不好吗？"

迟忱宴知道自己说错了话，立马搂住路梨："我不是那个意思。"

路梨哼了一声："你不喜欢他我喜欢，以后我们母子不要你了！"

"我错了。"迟忱宴立刻认错，安抚了路梨，又跟她解释，"我真的不是那个意思。小孩子可爱一点儿、招人喜欢一点儿当然没什么不好，只是你不觉得他太单纯了吗？一根棒棒糖就能哄到他，万一以后他碰到坏人，坏人给他一根棒棒糖、说两句好听的，他岂不是就要跟着走了。"

路梨听得皱了皱眉，想起自己的小崽子，语气中透着心虚："不会吧……我们不是一直教育他不许吃陌生人给的东西吗？"

迟忱宴："教是教了，可是迟到到长这么大，碰到过陌生人和对他不好的人吗？

"如果他真的碰到陌生人，那个人跟他说一句'现在我们认识了，不是陌生人，而是好朋友了，所以你可以吃我给的糖并跟我走'，你觉得会怎么样？"

路梨想了想自己的儿子遇到坏人时的场景，虽然嘴上没有说，但还是没有信心了。

迟忱宴知道路梨理解了他的意思，拍了拍她的肩。

其实还有一点他没有说，那就是作为一个对儿子寄予厚望的父亲，他希望儿子可以酷一点儿。

第二天，路梨看着迟到到时也生出了一丝忧虑。

迟到到马上就要上幼儿园了，他不仅要学会提防坏人，还要学会和别的小朋友相处。如果他被别的小朋友欺负了怎么办？

迟到到钻到路梨怀里，问她："妈妈在想什么呀？"

路梨摸了摸迟到到的小脑瓜："你想不想跟爸爸出去玩？"

迟到到奶声奶气地问："是要去旅游吗？那妈妈呢？"

上半年的时候他跟爸爸妈妈一起去了夏威夷度假，那里的水好蓝好蓝，沙子也好软，那是他人生第一次去旅行，他很喜欢。

路梨道："妈妈有别的事呀。"

自从上次投资《最后一班的少年》成功后，她又陆续投资了一些项目。

迟忧宴给迟到到报了一个父子夏令营，参加的都是父亲和儿子，专门培养父子之间的感情。

路梨觉得让迟忧宴跟迟到到单独相处几天也不错，迟忧宴平时日理万机，难得抽出时间陪孩子，她应该支持。

迟到到现在这么单纯可爱，肯定也跟经常和她待在一起有关，和霸道总裁爸爸相处几天，他肯定也会霸道起来。

迟到到抱住路梨的脖子："妈妈也去。"

路梨："这是你跟爸爸一起参加的活动，妈妈不能去。宝宝跟着爸爸好好玩几天，好不好？等你回来了，妈妈亲亲哟。"

迟到到是个很乖巧听话的小孩，虽说他很希望妈妈也去，但是妈妈不去，他也只能作罢。而且，他也很喜欢爸爸，跟着爸爸去也不错。

迟到到嘟着小嘴答应下来："好，等我回来，妈妈要亲亲哟。"

路梨笑着在迟到到脸颊上亲了一口："现在就亲一个。"

过了几天，迟忧宴带着迟到到去参加父子夏令营，两人拉着行李箱跟路梨告别。

目送父子俩离开后，路梨在家里喝起了下午茶。

她不知道迟到到第一次跟爸爸去参加夏令营是什么样子，也不知道夏令营的具体内容，迟忧宴一直没跟她细说，只说是亲子类型的。不过不知道也没关系，她对迟忧宴还是很放心的。

路梨喝着下午茶，迟忧宴给她发了微信消息，是他们这几天的主要日程。

路梨正想知道自己的儿子这几天要跟着爸爸玩什么，她笑着看了看日程上的活动，在看到"摔""爬""滚""打"这几个字后，她便觉得不太对劲儿。

她的目光转移至日程表的抬头——某某军事化亲子夏令营。

路梨愣住了，怪不得迟忱宴出发前一直没向她透露具体内容。最狠不过老父亲的心啊！

迟忱宴在日程表后面还附上一条微信消息："这些是给男孩子设计的项目。"

在知道父子俩参加的是军事化亲子夏令营后，路梨整个人都不好了。她还看到训练内容里有一项是模拟小孩被坏人绑架关到小黑屋的情景。

她忍不住想象了一下自己儿子被坏人关在小黑屋里，号啕大哭着叫妈妈的样子，她的心都揪起来了。

迟忱宴至于这么狠吗？儿子到底哪里得罪了他，非得把三岁的迟到到带去体验人世间的险恶，还美其名曰男孩子就是要接受这样的训练。

路梨立马回复迟忱宴："迟老父亲，你真狠！您的继承人迟到到现在只是一个天真烂漫、见谁都笑的小孩，禁不起您这么折腾。我第一次见到亲爹嫌弃自己的小孩太可爱的，那么请问迟先生，是不是有一天也会嫌弃自己的妻子路女士太可爱？"

路梨一连发了三条微信消息，迟忱宴没有回复，不知道他是没有看到还是不敢回复。

到了晚上，路梨才收到迟忱宴的回复。

此时，父子俩已经到达夏令营基地了，迟忱宴给路梨打了个视频电话。

路梨一接起，迟到到那张放大的脸就出现在屏幕上。

他往后退了一步，对着镜头大声喊道："妈妈！"

路梨正想跟迟到到打招呼，但看到迟到到的打扮后，她惊讶地问："哎呀！这是你们统一的制服吗？宝宝穿上真好看。"

迟到到穿着一身迷你的灰绿色迷彩服，很是可爱帅气。

迟到到点点头，得意地说："老师给我们发的，爸爸也有啊。"

"爸爸也有？"路梨有点儿好奇，不知道迟忱宴穿上迷彩服是什么样子。

她在镜头里找了找："对了，你爸爸呢？"

明明是他给她打的视频电话，怎么他却不见了？

迟到到回头，看到爸爸从洗手间里出来，立马扭头对路梨说："爸爸来啦！"

路梨看到迟忱宴走进镜头。

他跟迟到到穿的是同款，显得宽肩窄腰。明明天天看到的人，路梨却觉得他又变帅了。

迟忱宴走过来坐下，把迟到到拉到他身前站着。他习惯性地问路梨："你在家吗？洗澡了没？准备几点睡？想我了没有？"

路梨偷笑，这才分开多久啊！

迟到到蹦了起来："妈妈，我想你了。"

路梨对迟到到笑了笑："妈妈也想你了。"

她看看一脸天真的儿子，又看看对儿子寄予厚望的老父亲，一时间有些感慨。

迟到到还不识字，看不懂那些日程，只知道今天穿了制服很开心，他不知道接下来的几天他要面临什么。

路梨跟父子俩聊了大概半小时就挂掉了电话，其间，她重复了好几次，让迟忱宴一定要照顾好迟到到。

迟到到平时最想跟妈妈睡，今晚则退而求其次，跟爸爸一起睡，让爸爸抱着他给他讲故事，感觉也不错。

迟忱宴看着早早爬到床上躺好的小家伙，他一躺上去，迟到到就滚到他怀里。

迟到到趴在迟忱宴的胸口，抬起头问："爸爸，你给我讲个故事，好不好？"

迟忱宴几乎没有跟迟到到一起睡过，对于讲故事这种事他更是不擅长。

他看着趴在自己胸口的小屁孩儿，问："你想听什么故事？"

迟到到想了想，说："小动物的故事。"

迟忱宴微微皱眉："小动物的故事？"

迟到到点头："对，爸爸就讲小鸭子和小白兔的故事吧。"

迟忱宴只好临时用手机查了一下小鸭子和小白兔的故事，他大致浏览了一遍，然后复述给迟到到听。

可能是因为他低沉的声音有催眠效果，又或者是这个故事被他讲出来并不是那么有意思，迟到到听到一半，眼皮就打起了架，很快就睡着了。

迟忱宴把迟到到搭在他身上的小脚轻轻拿下去，然后蹑手蹑脚地起身，为迟到到盖好了被子，接着俯身在小家伙的额头上吻了一下。

迟忱宴走进洗手间，关上门，倚在盥洗台上，拿出手机。

此刻的苏河湾，路梨也倚在床头，她接通了视频，屏幕上是男人帅气的脸庞。

路梨压低声音道："你在洗手间吗？儿子睡了吗？你说话会不会吵醒他啊？"

迟忱宴看着路梨精致的小脸，点了点头，说："他已经睡着了，应该不会被吵醒，这里的房间隔音还不错。"

路梨松了口气，然后又想到了什么，愤愤不平地问："你为什么要带儿子去参加军事化夏令营？今天白天为什么不回我微信？天真、烂漫、招人疼的儿子哪里得罪你了，你竟然对他这么狠！我觉得你就是思想包袱太重了，他只是一个小孩子，你别揠苗助长。"

迟忱宴听着路梨的唠叨，无奈地笑了笑。

"好。"他答应下来，"是我不对。"

"我没有别的意思，只是想让他锻炼锻炼。男孩子嘛，还是不能太娇气，你觉得呢？"

"这里的安全保护措施都做得很好，还有同龄的小孩子和他一起玩，就当让他提前体验幼儿园生活了。"

路梨这才点点头："那行吧，你们注意安全。"

迟忱宴换了个姿势靠着，对着屏幕里的路梨说："有个问题你还没有回答我。"

路梨："什么问题？"

迟忱宴："你想我了没？"

路梨："老夫老妻了，干吗还问这么肉麻的问题？"

迟忱宴又问:"现在想我了吗?"

路梨乖乖地回答:"想。"

迟忱宴:"我也想你了,但是现在很晚了,你快睡吧,我爱你。"

"我也爱你。"

第二天,起床的号角早早就吹响了。

迟忱宴带着迟到到正式参加此次的军事化亲子夏令营。

军事化亲子夏令营名副其实,从第一个项目起就体现了"摔""爬""滚""打"的主题。

第一个项目是障碍赛,四个小朋友一起比赛,谁先克服障碍跑到终点,谁就是赢家。

老师一吹哨子,小朋友们就开始在各种障碍中打滚前进了,现场气氛十分热烈。

迟忱宴看了一眼在队伍末尾的迟到到,他跟只小乌龟一样匀速前进,跨过一个栏杆摔了一下,还不忘拍拍膝盖上的土。

"迟到到加油!迟到到加油!"

迟忱宴低头看到身边站着的两个小女孩,她们都是昨天迟到到认识的朋友。

女孩儿的家长笑着跟迟忱宴打了招呼。

迟忱宴朝对方点点头,他安慰自己不能急,慢慢来,迟到到得最后一名也没关系,能完成就是好的。

比赛还在继续,这一轮,有三个小朋友和迟到到一同比拼。

领先的那个小朋友已经跑到了障碍处,可能是由于领先了,他十分得意,跑着跑着,"扑通"一下往前跌了出去,一时没爬起来,他父亲赶紧跑过去看情况。

第二个小朋友也很努力,可是由于他助跑的时候太用力了,后来渐渐体力不支,速度明显慢了下来,很快就被后面的小朋友超了过去,接着被一直匀速前进的迟到到超过。

其实,倒数第二也可以,迟忱宴笑了笑。

最后,原本是第三名的小朋友率先冲过了终点,小朋友的爸爸抱起他欢呼起来。

迟忧宴也去终点等迟到到，他看到迟到到迈着小短腿向自己走过来，便冲着迟到到伸出了手。

迟到到走到终点后并没有去牵他的手，而是直接绕过他，走到旁边的一个大锣鼓前。他拿起鼓槌，在大锣鼓上敲了一下。

"嗡——"锣鼓声响起。

老师也在这个时候吹响了哨子。

正在庆祝自己夺得了第一名的小朋友听到声音，猛地回头，仿佛意识到自己忘记了什么。

老师拉住迟到到的小手举起来，大声道："要敲锣才算完成全部任务哟，所以本轮比赛，迟到到小朋友获胜，大家一起恭喜他！"

哗啦啦的掌声响起来。

迟到到冲大家鞠了个躬，甜甜地说："谢谢大家。"

之前还在安慰自己迟到到拿倒数第二也没关系的老父亲迟忧宴一时百感交集，说不出话来。

自从父子俩出门后，路梨每天都很担心，好在迟忧宴每天都会给她发照片。看到照片里儿子努力完成任务的样子，她既感慨又欣慰，叮嘱迟忧宴一定要把她的乖崽照顾好。

这两天，迟忧宴一直细心地观察着迟到到。

自从第一大的比赛中迟到到从倒数第一逆风翻盘获得冠军后，他就隐约觉得自己可能小瞧了儿子。尤其是今天迟到到在模拟"人贩子"拐卖中的表现，让他刮目相看。

别的小孩大都受不了棒棒糖的诱惑，或者被"人贩子"三言两语就骗了，乖乖跟着"人贩子"走了，迟到到没有被"人贩子"骗走，顺利过关并被老师带回来时，在场所有的爸爸都震惊了。

事后，迟忧宴代表全体爸爸采访了迟到到，迟到到舔着老师奖励的棒棒糖，歪了歪小脑袋，说出的话十分简单："爸爸妈妈说过，小孩子不可以跟陌生人走。"

其他的爸爸都沉默了，随后纷纷向迟到到竖起大拇指。

等到父子两个人单独相处的时候，迟忧宴蹲下身，看着还在舔棒棒糖的迟到到。

因为今天他表现不错，所以这根棒棒糖没有被迟忱宴没收。

迟忱宴整理了一下迟到到的小衣领，说："妈妈跟你说的话你都有好好听，对不对？"

迟到到把棒棒糖从嘴里拿出来，点点头："对！他们说认识爸爸妈妈也不能相信他们，坏蛋也会说认识爸爸妈妈。"

迟忱宴摸了摸迟到到的头，知道自己之前小瞧这小家伙了，他可能是天真单纯了一点儿，但绝对不傻。

通过接下来几天的认真观察，迟忱宴确定迟到到只是长得像路梨，智商还是遗传了他。

迟忱宴表示很满意，这个夏令营他来对了。

路梨从迟忱宴那里听到迟到到面对人贩子时的反应后，并不太相信。她之前还想着迟到到被"人贩子"关在小黑屋里会号啕大哭呢。

军事化亲子夏令营进行到最后两天的时候，主办方把孩子们的妈妈也请来了。

路梨收到邀请后就立刻出发去了夏令营基地。

她在路上碰到了其他小朋友的妈妈，当她们一起出现在夏令营基地的时候，正围坐在一起玩游戏的小孩子立刻停下了，迈着小短腿朝着日思夜想的妈妈奔过去，扑到妈妈的怀里撒娇，有的小朋友还哭了。

迟到到也扑到路梨的怀里，抱着她的脖子亲她的脸颊，奶声奶气地说："妈妈，我好想你啊。"

"爸爸也很想你。"他补充道。

路梨觉得自己的心都要化了，她也亲了亲迟到到，然后又仔细打量了一番自己的乖崽，发现就这么几天的工夫，他好像就瘦了一圈。

迟忱宴跟在迟到到身后走过来。

路梨站起身，嘟着嘴斜了迟忱宴一眼。

迟忱宴笑着拉住路梨的手："走吧。"

夏令营收费高昂，每对父子都有单独的房间。

路梨到来之后，迟到到小朋友很兴奋，滔滔不绝地说："妈妈，我这几天都跟爸爸睡！爸爸给我讲了小鸭子和小白兔的故事。爸爸还给我洗澡澡洗脚脚了……"

迟忧宴面带微笑地听着。

路梨看了迟忧宴一眼，眼神里有赞许。

她说："我去洗手间看看。"

洗手间里的设施还挺不错，路梨看到盥洗台旁的架子上搭着一大一小两条毛巾，于是她打开洗漱包，把自己的毛巾也放了上去。

她拿出手机，想给这三张毛巾拍照。

迟忧宴跟进来，看到路梨举着手机半蹲下身，镜头前是整整齐齐的三条毛巾。

"这有什么好拍的。"他笑着问。

她白了他一眼："想拍就拍，你管我。"

路梨拍好照，收起手机，又看向迟忧宴，开始数落他："我还没跟你算账呢，这才几天，迟到到就瘦了一圈！"

迟忧宴听着路梨的数落，摇了摇头，走过去抱住喋喋不休的女人。

把她揽到怀里的那一刻，他才终于觉得踏实了："你就只关心迟到到，怎么都不关心关心我？"

路梨伸出手抱住他精瘦的腰，嗔道："你又没瘦。"

迟忧宴不再说话，低头吻住路梨。

夏令营结束，一家三口快快乐乐地回到家。

迟忧宴作为总裁，这几天积压了很多工作，其中有一项工作很重要，他需要去法国出一趟差。

两人刚结婚的时候，迟忧宴是个不折不扣的工作狂，经常一出差就是两三个月。后来他便减少了出差的频率，能不去的就不去，有些推不掉的，他基本都会带上路梨，他出差，路梨去旅游。

这次迟忧宴去法国出差，路梨也打算跟着去，刚好法国时装周要开始了，她准备去买些衣服，再看两场秀。

至于迟到到嘛……他被夫妻俩送到了迟家，交给了迟老夫人。

迟老夫人别提多高兴了，她拉着迟到到让他跟爸爸妈妈说再见。

迟到到冲爸爸妈妈挥挥小手，在心里告诉自己不可以哭，不可以追上去，太奶奶这里也很好，太奶奶可以给他很多糖。

一想到糖，迟到到就有些激动，小手挥舞得更有劲儿了，他大声喊道："妈妈再见！"

路梨不知道迟到到怎么突然变得这么热情。

其实，这次她跟着迟忧宴出国，把迟到到扔在迟家，她是有些过意不去的。

年初的时候，迟到到跟着他们去了夏威夷度假，这次带上他也不是不可以。只是这个提议遭到了迟忧宴的拒绝，他给出的理由是带着小孩太麻烦，而且迟老夫人想小曾孙了，就让迟到到去陪陪迟老夫人。

迟忧宴既然这么说了，迟老夫人也想小曾孙了，路梨便不好再说什么。

她也冲迟到到挥了挥手："宝宝再见。"

迟忧宴回头看了看迟到到，父子俩交换了一个心照不宣的眼神。

路梨一上飞机就戴上眼罩睡觉，迟忧宴则跟几个助理核对行程。

飞机飞了多少个小时，路梨就睡了多少个小时，两人下飞机后准备先去酒店。

路梨坐在车上，拍了张车窗外的巴黎的街头，给照片加了个滤镜，顺便打开定位，发朋友圈。

迟忧宴来法国出差，他身边的人都知道，她现在也定位一下自己在巴黎，秀一下恩爱。

迟忧宴打开手机，给路梨刚发的那条朋友圈点了个赞。

路梨离开迟家时还觉得把迟到到丢下不太好，现在看着巴黎的美景，她又觉得夫妻两人偶尔独处一下也不错。

"老公。"路梨笑嘻嘻地把头靠在迟忧宴的肩膀上。

两人到达酒店时，天差不多已经黑了，助理提前跟酒店订了晚餐送进两人的房间。

巴黎不愧是浪漫之都，侍者送来的是烛光晚餐。

迟忧宴拿起刀叉，优雅地帮路梨把牛排切好。

路梨撑着下巴乖巧地说："谢谢。"

她看着烛光中男人轮廓分明的脸，莫名觉得心里暖暖的，这是她的老公呢。

迟忱宴察觉到路梨的目光落在他脸上，便问："你在看什么？"

路梨嗲声嗲气地说："老公，我爱你。"

迟忱宴没想到路梨又开始表白，他忍不住笑了一下："我也爱你。"

他把切好的牛排推到路梨面前："喏。多吃点儿，待会儿不许说肚子饿。"

路梨去洗了澡，从洗手间出来的时候看到迟忱宴正在打电话，他说的是英文，应该是生意上的事情。

路梨也不打扰他，坐到床上，拿起手机，作为一个母亲，她本能地开始想迟到到。

国内现在应该是早上六七点，迟到到还没起床。

照顾迟到到的阿姨给路梨发了微信消息，是迟到到在小床上睡觉的照片。

路梨看着照片里沉睡的小家伙，脸上不自觉地漾开笑容。她在微信上叮嘱阿姨，让她监督迟到到每天规律地作息，不要让他吃太多糖。

路梨握着手机，想着还有什么没跟阿姨嘱咐到，突然，床垫向下一陷。

迟忱宴不知什么时候结束了通话，胸膛压住她后背。往她手机上看了一眼，看到迟到到睡觉的照片。

路梨察刚扭过头，手机就被迟忱宴抽走了，他直接关了机扔到床头柜上。

房间里点着香氛，丝丝缕缕的香气在空气中浮动，今晚的气氛似乎格外缱绻，路梨也不再去想小家伙，现在她的世界里只有一个男人。

路梨以为这次和以往一样，迟忱宴忙着工作，她就买买逛逛，结果她发现自己失算了。

迟忱宴除了头两天稍微忙一点儿外，其余时间都和她待在一起。

路梨一度怀疑迟忱宴说来出差是骗她的，只是借着出差的由头把她带出国玩而已。

迟到到每天盼星星盼月亮盼爸爸妈妈回来，殊不知爸爸已经乐不思蜀了。

十天后，路梨戴着大墨镜，穿一条把胸口和锁骨挡得严严实实的裙子，迈着软绵绵的双腿，和迟忱宴一起坐上了回国的飞机。

夫妻俩一回国就去迟家接迟到到。

迟到到从来没有离开过爸爸妈妈这么长时间，虽然每天他们都会视频通话，但是一见到路梨，他就忍不住想哭。

迟忱宴单手抱起迟到到，看到他撇着小嘴泫然欲泣的模样，他很想笑，又觉得不太厚道。

迟到到在爸爸的臂弯坐了会儿，又伸出小胳膊要妈妈抱。

迟到到越来越重，路梨都快抱不动了，不过她还是把迟到到抱了过来，在他小脸上亲了亲，笑着说："想爸爸妈妈啦？爸爸妈妈也想你啊。"

迟到到趴在路梨的肩膀上，别提多委屈了，为了吃糖，他牺牲好大，都没有跟着爸爸妈妈去玩，乖乖在太奶奶家等爸爸妈妈回来。

迟到到还没有上幼儿园，不过从一岁半开始，对他寄予厚望的老父亲迟忱宴就给他报了早教班，每个周末去一次或两次。

平时都是路梨和迟忱宴一起陪迟到到去，这周迟忱宴有个应酬，路梨也得跟着出席，于是陪迟到到去上早教班的人变成了一直照顾他的阿姨。

迟忱宴和路梨回到家时，阿姨说迟到到还没睡。

"还没睡？"路梨放下手里的包，"怎么回事？"

阿姨："他一直在等爸爸妈妈呢，不肯睡。"

路梨有些疑惑："等我们吗？"

两人换了鞋，一起去了迟到到的儿童房。

迟到到正躺在自己的儿童床上抱着玩偶滚来滚去，一听到爸爸妈妈的脚步声，他立马从床上爬起来。

"爸爸，妈妈！"他大声地喊。

路梨和迟忧宴对视一眼，笑着走过去，一起坐到他的床边。

迟忧宴把迟到到抱到自己腿上坐着，摸了摸他柔软的头发，问："宝宝怎么这么晚了还不睡觉呀？"

迟到到看着路梨，突然撇了一下小嘴："我在等妈妈。"

"等妈妈？"路梨没想到迟到到这么晚不睡觉竟然是在等她，她好奇地问，"等妈妈干什么呀？有什么话想跟妈妈说吗？"

迟到到从迟忧宴腿上扑到路梨的怀里，小脸贴着她胸口："妈妈。"

路梨听到迟到到说话时带了鼻音，像是要哭了，她看了同样很疑惑的迟忧宴一眼，然后抱住迟到到，柔声问："怎么了？"

迟到到闷声闷气地说："妈妈，你太辛苦了。"

迟到到吸了吸鼻子："妈妈怀我的时候很辛苦，肚子大不好走路，又吃不下饭，我还喜欢在里面踢妈妈。"

路梨轻轻"啊"了一声，眼眶一下子就红了。

她摸着迟到到圆圆的后脑勺，问："你怎么知道的呀？"

迟到到又道："老师说，妈妈怀宝宝的时候都很辛苦，每天都吃不下饭，肚子大大的，腰很痛腿也痛，生宝宝的时候最痛，有的妈妈还要被医生在肚子上划一个口子才能把宝宝生出来，所以我们要好好爱妈妈，体谅妈妈，不要惹妈妈生气。"

路梨听完，心已经软得一塌糊涂。

迟忧宴也很动容，看着母子俩的目光温柔至极。

"谢谢宝贝。"路梨吻了吻迟到到的头顶，"不管多辛苦，妈妈都很高兴能够生下你，妈妈爱你。"

迟到到："我也爱妈妈。"

"也爱爸爸。"他不忘看看迟忧宴。

迟忧宴笑了："爸爸也爱你。"

夜已经深了，夫妻两人终于把迟到到哄睡着了。

回到卧室的时候，路梨抱着迟忧宴的腰，将脸贴在他的胸膛上："老公。"

迟忧宴回搂住她："嗯。"

路梨抬头看着迟忧宴："我们为什么可以生出这么可爱又懂事的小孩啊？"

迟忱宴轻声答道:"迟到到这么可爱懂事,都是因为他有你这样的妈妈。"

路梨听着迟忱宴夸孩子的同时还不忘给她戴高帽子,不禁用小拳头捶了捶他胸膛。

过了不久,路梨又怀孕了。

以前怀迟到到时,她被迟忱宴细致入微地呵护着;现在她又怀孕,则被迟忱宴和迟到到父子两个人一起无微不至地照顾着。

尤其是迟到到,他把西瓜里最甜的那一部分留给她,一直往她碗里夹小肉丸,平时走哪里都要把她牵着,一副生怕她摔倒的样子。

其实比起孕妇路梨,三岁的小豆丁更容易摔倒。

作为一位感性的老母亲,路梨被儿子这么照顾着、保护着,感动坏了。

路梨抚着自己的肚子,感受着里面小家伙的动静,心一下子提了起来。如果说以前怀迟到到的时候,他是在她肚子里做广播体操,现在这个小家伙就是在里面打军体拳,哪有宝宝这么调皮的。

路梨这时就忍不住用脚丫子踢迟忱宴:"都怪你,都怪你。"

迟忱宴表情凝重,把手覆在路梨的肚子上,感受到里面的小家伙踢得无比欢腾。

作为主要责任人,迟忱宴自知理亏,只好转移话题:"对了,你把名字取好了吗?"他说的是孩子的小名。

路梨打了个哈欠,懒懒地说:"急什么呀。"

"迟到到"这个名字就是她取的,为了纪念迟到到这小家伙在她肚子里多待了几天才出来,所以这一次路梨也准备等孩子生下来后再按照孩子的性子去取小名。

可能是有了生第一个孩子的经验,路梨生第二个孩子的过程还算顺利,并且第二个宝宝不像哥哥那么懒,离预产期还有两天时,小家伙就闹着要出来见见世面了。

本来夫妻俩一直觉得小家伙那么闹腾,多半是个弟弟,没想到生下来时发现是个妹妹。

听着女儿嘹亮的哭声，路梨松了口气。

在路梨怀迟到到时，迟忱宴就想要个甜甜软软会撒娇的女儿，现在他总算得偿所愿了。

迟到到进到路梨的病房，没有先去看妹妹，而是扑到路梨的床边说："妈妈辛苦了。"

路梨笑着伸出手揉揉迟到到的脸："谢谢宝宝，去看妹妹吧。"

迟到到这才点点头："好。"

孩子终于生下来，路梨又要开始给她取小名了。

因为是个女儿，路梨在"迟甜甜"和"迟乖乖"之间纠结。

她问趴在妹妹摇床前的迟到到："你说妹妹叫'迟甜甜'还是'迟乖乖'好？"

其实妹妹早出生了两天，也可以叫"迟早早"的，但路梨总觉得这个名字会让她想到一部偶像剧，于是坚定地把"迟早早"这个小名否决了。

迟到到盯着熟睡的妹妹陷入了思考："嗯……"

他还没有想好，摇床里的妹妹就醒了过来，然后张开嘴哇哇大哭。

迟到到被她的哭声吓了一大跳，求助地望向大人。

妹妹不都是乖乖软软、安安静静的吗，为什么她的哭声这么大？他好害怕。

阿姨过来，摸了摸尿布，发现没有湿，知道妹妹是饿了。

路梨把女儿抱进怀里喂奶，女儿吃到奶后立马不哭了。

迟到到第一次见到妹妹吃奶，他好奇地凑过去，看妹妹吃得哼哧哼哧的，他甚至能听到吸吮声。

迟到到看得呆住了，问："妈妈，妹妹在喝奶吗？妹妹不吃饭吗？"

路梨摸了摸妹妹的小脑袋："妹妹现在还不用吃饭，奶就是她的饭。"

"哇！"迟到到张着小嘴感叹，"妈妈，妹妹吃饭好厉害哟。"

路梨笑了笑，说："是啊。"

这小家伙吃奶确实很厉害，比她哥哥当年有劲儿多了。

迟到到沉默了一会儿，突然说："那妹妹就叫'迟饭饭'吧，好不好？"

迟忱宴刚好端着水果过来，听到迟到到的话，也愣了一下。

他和路梨对视一眼，然后两人的目光都不由自主地落到使劲儿喝着奶，仿佛谁都不可以跟她抢的妹妹身上。

两人都沉默了。

那就叫"迟饭饭"吧。

番外二

♥

　　路梨从小就跟两个哥哥不亲，大哥大她十六岁。她出生的时候，大哥已经去国外读书了，二哥虽然只大她六岁，但两人从小就没什么交流。对出生在他们这种家庭的小孩来说，或许亲情淡漠才是正常的。

　　路梨跟路谦念的是同一所学校，从幼儿园到高中都是直升。她上小学的时候就经常从同学嘴里听到路谦的名字，由于他相貌出众、成绩优异，再加上是路恒荣的二公子，路谦在学校里一直是女生们仰慕的对象。

路梨读五年级的时候路谦读高中，那个时候有不少女生往路梨手里塞礼物，托她转交给她哥哥路谦。

她看着那些礼物叹了口气，其实她跟她同父异母的哥哥并不是很熟啊。

尽管照顾她的保姆阿姨一直说她以前特别黏二哥，说她刚学会走路说话时，每次看到二哥都会摇摇晃晃地朝他跑过去，抱住他的腿，把口水蹭在他裤子上，抬着头叫"哥哥"。

路梨对保姆阿姨说的这些事情完全没有印象，甚至怀疑保姆阿姨是在骗她。

她怎么敢跑去抱二哥的大腿，还把口水蹭在他裤子上？即便她那样做了，路谦怎么会允许她抱他大腿，还把口水往他裤子上蹭呢？保姆阿姨见路梨怎么也不相信，只能摇头叹气。

因为母亲的缘故，路梨自懂事后，看路谦的眼神便总是夹杂着畏惧和谨慎，她似乎知道路谦不会喜欢她，所以主动和哥哥们保持距离。

路谦自然也不会上赶着接近这个跟自己同父异母的妹妹。那些女生塞给路梨的礼物，最后都被路梨让保镖叔叔退了回去，她不能替她们转交。

于是，路家兄妹感情淡薄，路谦从来不理会这个同父异母的妹妹的传闻逐渐传开。

路梨听到这些传言有些难过，不过母亲告诉她，不要去理会那些流言蜚语，她是家里最受宠爱的小公主。

路梨点点头，以后再也不听那些无聊传闻。

几年后，路梨初中毕业时，学校举办了十分隆重的毕业舞会。

路梨班上的女生都十分看重毕业舞会，早早就让家里准备礼服，并邀请男伴。

是的，跟大人们参加的晚宴一样，他们的毕业典礼上每个人都要有男伴或女伴。

徐慧娴很早就开始为女儿的毕业舞会做准备，她请了好几个造型师，问路梨在舞会上想穿什么样子的裙子，做什么样的造型。

面对母亲温柔的询问，路梨显得有些心不在焉。

她从小到大就不缺漂亮的衣服，她不在乎自己在毕业舞会上穿什么衣服、做什么造型，她心里想的是自己的男伴是谁。

路梨没有青梅竹马的男同伴，也没有表哥堂哥之类的亲戚。她只有两个哥哥，大哥已经结婚了，二哥路谦的年龄倒是合适，但是他怎么可能陪她参加舞会。

徐慧娴并没有看出路梨的心事，她拿出一条鹅黄色的蓬蓬裙让路梨去换上。

路梨换上那条裙子，头上戴了一顶钻石小皇冠，整个人看起来像迪士尼电影里的小公主。

漂亮的小裙子会带来好心情，路梨虽然还在为找男伴发愁，不过看着镜子里的自己，她仍旧甜甜地笑了出来。

她转着圈圈跑出衣帽间，想去书房让爸爸看看。

她拎着裙摆跑到书房门口，刚好碰到从书房里走出来的路谦。

路谦已经很高了，路梨只到他胸口，他一直在国外读大学，最近放暑假，他回来爸爸的公司里学习。

路梨见到路谦，不由得往后退了一步，双手背在身后，低下头小声地打招呼："哥哥。"

路谦点头"嗯"了一声。

他看到路梨身上的小礼服，突然想起学校的传统，路梨应该是要去参加毕业舞会。那个把口水蹭在他裤子上的小豆丁已经逐渐长大，变成了一个漂亮的小公主。

路谦并没有再说什么，转身离开了。

路梨站在书房门口，看着路谦远去的背影。

离毕业舞会的日子越来越近了，同学们私底下都在讨论舞会上的事情，包括谁要穿什么颜色的裙子，以及谁的舞伴是谁。

路梨听到班里有人在背后小声议论她。

"不知道路梨的舞伴是谁？"

"不管是谁，反正不可能是路谦。"

"听说路谦在家里从来不理路梨。"

"真的吗？你听谁说的？她好惨啊。"

路梨没有理那几个议论她的女生。班里有跟她玩得好的朋友，同样也有不喜欢她的女生。

　　她只是奇怪，明明都是从小接受良好教育的富家千金，为什么在背后议论起别人来尖酸刻薄，他才不会跟她们计较，这样会让她觉得自己也跟她们一样。

　　毕业舞会在学校的礼堂举行。当天，礼堂外面铺上了红毯，参加舞会的同学们各自挽着自己的伴儿，笑盈盈地入场。

　　路梨的朋友给她发信息："你到了吗？大家都在等你呢。另外，你的男伴是谁？大家都很好奇。"

　　班里那几个不喜欢路梨的女生聚在一起，阴阳怪气地说："不会是找不到男伴不来了吧？"

　　"哎呀，男伴随便找找不就有了，只不过有点儿丢脸就是了。"

　　"你今晚好好看哟，路梨根本没有你好看，那些男生到底什么眼光？"

　　几人七嘴八舌地议论着，被恭维的女生笑着抬头，在看向礼堂大门时，突然愣住了。

　　一群人顺着她的视线看过去。

　　路梨出现在了礼堂门口，她穿着一条鹅黄的礼服裙，头顶是钻石小皇冠，脚下的凉鞋带了点儿跟，她正甜甜地笑着，整个人显得灵动又俏皮。

　　而她亲密挽着的男伴是路家二公子路谦。他穿着一身黑色西服，配暖黄色领带，跟路梨身上的裙子是同一色系。

　　舞会开始，路谦握着路梨的小手，陪她在舞池里跳舞。路梨抓着路谦的手，快乐地转着圈圈。

　　她看到那几个经常在背后议论她的女生脸色很难看，跟男伴一起灰溜溜地站在柱子后面。

　　当路谦说他会陪她来参加毕业舞会时，她一开始还不敢相信，知道他是认真的之后，她开心得不行，晚上在被窝里蹬着被子，兴奋到睡不着觉。

　　她是路谦的妹妹，他们是有血缘关系的亲兄妹，路谦会像别人的哥哥那样陪她参加毕业舞会。

舞池里，路梨由于太开心，不小心踩了一下路谦的脚。

她立马紧张起来，路谦安慰她："没事。"

路梨红着脸说："谢谢哥哥。"

她一整晚都挽着路谦的胳膊，像只小鹌鹑一样跟在他身边，像是在告诉所有人："看，这是我的哥哥，他来陪我参加舞会。"

由于她一整晚都太兴奋了，等舞会结束后，他们坐上回家的车子时，路梨困得眼睛都睁不开了，她打了个盹儿，靠在路谦的肩头睡着了。

路谦揉了揉少女的头发，想起她很小的时候迈着小短腿朝他奔过来，一边流口水一边叫他"哥哥"的样子。或许从那一刻起，他心里就对这个小家伙卸下了防备。